Trockeneis

Viktor Glass

Trockeneis

Band 1 der Reihe »Nordpol ermittelt«

Wißner

Cover: Lisa Schwenk

Bibliografische Information der Deutschen Nationalbibliothek
Die Deutsche Nationalbibliothek verzeichnet diese Publikation in der Deutschen Nationalbibliografie; detaillierte bibliografische Daten sind im Internet über http://dnb.d-nb.de abrufbar.

ISBN 978-3-89639-783-6

Druck: CPI books GmbH, Ulm

für Analyn

Dies ist ein Regionalkrimi, der in Augsburg spielt. Sollten die dargestellten Figuren Ähnlichkeiten mit real existierenden Personen haben, so ist dies volle Absicht.

1

»Ja, verdammt noch mal, ich komme ja schon!« Rolli wälzte sich aus dem Bett und stellte erstaunt fest, dass er tief geschlafen hatte. Keine Zeit jetzt, darüber nachzudenken – irgendein Irrer parkte seinen Daumen auf der Klingel und hämmerte mit der Faust an die Haustür. Als Roland Findeisen aus dem Zimmer wankte, fiel sein Blick zufällig auf das Bett. Da lag jemand. Eine Frau.

Tessa!

Verdammter Mist!, dachte er. Ich muss besoffen gewesen sein, und sie auch!

Während er aus der zweiten Etage die Treppe hinunterstolperte, überlegte er, wie diese Traumfrau in sein Bett kam und wieso er dann seine verschwitzte, nach kaltem Rauch stinkende Kleidung von gestern trug, doch jetzt war er an der Haustür, die unter den Schlägen des Verrückten da draußen erzitterte. In seinem Kopf schien sich das Hirn träge einmal um sich selbst zu drehen, dann riss er die Tür auf und hätte fast die Faust des frühen Besuchers ins Gesicht bekommen.

»Was soll der Krach?«, rief er. »Wissen Sie, wie spät es ist? Noch nicht mal sechs Uhr!« Rolli sah sich drei Männern gegenüber, fast gleich gekleidet, Bürotypen, alle drei mit dichten, aber ordentlich gestutzten Bärten, als kämen sie von der Sitte. »Was wollen Sie?«

»Steht hier drauf.« Der vorderste Mann hielt ihm ein Blatt Papier vors Gesicht, so dicht, dass Rolli nichts darauf lesen konnte. »Gestatten, Steigerwald. Steuerfahndung. Das hier sind meine Kollegen Lackwitz und Roppel.«

»Dann roppeln Sie mal rein. Ich habe nichts zu verbergen.«

»Das sagt jeder. Wenn wir nicht ernste Zweifel hätten, gäbe es keinen Durchsuchungsbefehl.« Steigerwald schob sich an Rolli vorbei, winkte seine Mitarbeiter hinter sich her und stapfte in Richtung Küche.

»Wo haben Sie denn Ihre Buchführungsunterlagen?«

»Im Gastraum an der zweiten Theke«, sagte Rolli. »Rechts vom Tresen. Da wo das Telefon und die zweite Kasse ist. Liegt alles offen in der obersten Schublade, und für die Kasse gebe ich Ihnen gleich das Passwort, wenn Sie es nicht schon irgendwie abgehört haben. Und latschen Sie bloß nicht durch die Küche. Das ist Hygiene-Bereich und für Betriebsfremde gesperrt. Da rechts gehts lang, sonst hab ich Theater mit meinem Koch.«

»Abgehört! Sie sind ja paranoid«, sagte Steigerwald. »Noch so ein Satz, und ich lasse Sie zwangseinweisen. Was meinen Sie mit zweiter Theke, zweiter Kasse?«

Bevor Rolli antworten konnte, meldete sich von oben eine verschlafene Stimme. »Mann, was ist denn hier los?« Es war Tessa, die ihre Kleidung von gestern trug, völlig zerknittert, genau wie ihr Gesicht.

»Die Steuerfahndung«, sagte Rolli. »Die machen einen auf Stasi.«

»Aha ... Ich komme gleich.« Tessa verschwand wieder in der Wohnung.

»Herr Findeisen, Sie sind gefährlich nahe an einem Haftbefehl«, sagte Steigerwald. »Also passen Sie auf, was Sie sagen. Zeigen Sie mir jetzt Ihre aktuellen Buchführungsunterlagen oder nicht?«

»Kommen Sie hier lang. Sie sind nicht desinfiziert und dürfen wie gesagt nicht durch die Küche, sonst habe ich eine Stunde später die Bodentruppen von der Lebensmittelkontrolle am Hals. Da ist die

Gaststube.« Er ließ die drei vorausgehen. Zwei der Herren begaben sich hinter den Tresen und öffneten die Schubladen, als wären sie hier zuhause, der dritte machte sich an der Registrierkasse zu schaffen. »Nicht!«, rief Rolli. »Ein falscher Tastendruck, und es werden sämtliche Buchungen der letzten drei Monate ausgeschrieben.«

»Die wollen wir ja haben«, sagte der Beamte.

»Sie finden sie auch hier im Kassenbuch. Es ist alles vorhanden. Wenn Sie mir direkt an die Kasse gehen, haben Sie eine Dienstaufsichtsbeschwerde am Hals, die sich gewaschen hat, das sage ich Ihnen gleich.« Rolli war so aufgebracht, als wäre die Katastrophe bereits passiert. Er griff nach einem Ordner auf der Fensterbank. »Bitte. Wir haben hier nichts zu verbergen.«

»Das werden wir ja sehen«, knurrte Steigerwald pikiert. Er nahm den Kassenordner und blätterte darin, legte ihn auf den Tresen, verglich Belege und tabellarische Eintragungen. Rolli gab sein Passwort in die Kasse und ließ die letzten Monatsabrechnungen ausfahren.

Tessa tauchte hinter Rolli auf, nicht ganz nüchtern. Als er sich umdrehte, sah er sie zum ersten Mal ungeschminkt. Sie wirkte ein wenig fremd, aber nicht weniger hübsch. In ihren braunen Augen, jetzt rötlich umrandet, funkelte verhaltener Zorn. »Wie komme ich in dein Bett?«, zischte sie.

»Du warst heute morgen ganz schön abgefüllt«, sagte er. »Da hätte dich auch kein Taxi mehr mitgenommen. Ich dachte, es ist einfacher, ich lass dich hier schlafen und stell dir eine Schüssel vors Bett, falls dir schlecht wird. Die Treppe hast du gerade noch geschafft, auch wenn ich etwas nachgeholfen habe.«

»Und du?«

Sein Zögern war kürzer als eine Sekunde. Er musste sie belügen, sonst hätte es Zoff gegeben. Tessa war seit fast einem Jahr seine

Traumfrau. Er hatte immer wieder versucht, an sie heranzukommen, doch sie gab sich unnahbar – da ging es ihm nicht viel anders als den Gästen, von denen ungefähr die Hälfte für sie schwärmte. Wenn er zugab, dass er neben ihr gelegen hatte, wenn auch kaum mehr als zwei Stunden, würde sie ihm nicht glauben, dass er nicht zumindest versucht hätte, sie zu betatschen. Er würde seine beste Thekenkraft und damit den wichtigsten Kundenmagneten des Lokals verlieren. »Auf der Liege in meiner Wohnküche«, sagte er.

Sie schüttelte den Kopf. »Lüg mich nicht an. Die andere Hälfte des Bettes sieht benutzt aus.«

»Das ist immer so. Ich bin Junggeselle, vergessen? Ich mache mein Bett einmal im Monat, wenn ich es neu beziehe.«

»Ferkel.«

»Ich schlafe ja kaum darin.«

Tessa gab sich vorerst zufrieden. »Ich brauch jetzt erstmal einen starken Kaffee.« Sie drehte sich um und machte sich an der Maschine zu schaffen.

Der Steuerfahnder war noch immer in die Akte vertieft. »Sieht ja alles ganz nett aus«, brummte er. »Aber ich finde hier nur Einträge, die Gastronomisches betreffen.« Er richtete sich auf und sah Rolli scharf an. »Uns ist zu Ohren gekommen, dass Sie nebenher einen Kurierdienst betreiben. Wo verbuchen Sie die Einnahmen und Ausgaben dafür?«

»Zu Ohren gekommen. Aha. Spitzel im Einsatz? Die Unterlagen für den Kurierdienst sind da drüben.« Roland Findeisen deutete auf eine Nische, die früher mal ein Windfang für einen Ausgang zur Straße gewesen war. Es gab da eine schmale Theke aus Fichtenholz, die nicht ganz zur sonstigen, nachgedunkelten Einrichtung des Lokals passte, und ein zweites Telefon, ein altes Gerät aus den Siebzigern, in leuchtendem Orange und mit Wählscheibe, eine echte Antiquität. »Gestatten: Firma NDS oder Nordpol Delivery Service.«

»So ein Schmarrn«, brummte Steigerwald und winkte seine beiden Beamten zu sich. »Ist mir egal, wie das heißt. Der Betrieb ist nicht angemeldet.«

Rolli sah ihm ins Gesicht. »Danke, ebenso Schmarrn! Der Betrieb ist angemeldet, seit es ihn gibt.«

»Auf wessen Namen?«

»Auf meinen.«

»Das wüsste ich aber.« Der Steuerfahnder lehnte sich lässig an die kleine Theke, dass das Holz knarrte. »Dann zeigen Sie mir mal die diesbezüglichen Buchführungsunterlagen.«

»Bitte.« Rolli hielt ihm zwei Mappen hin. »Auftragseingänge, Zahlungseingänge, Abrechnungen mit den Kurieren. Die arbeiten auf Provision, wie Sie sehen. Steuervorauszahlungen muss ich erst leisten, wenn ich über zehntausend im Jahr komme. Hab mich erkundigt, und zwar bei Ihrem angeblichen Bürgerservice. So weit bin ich aber noch lange nicht. Wenn Sie also wieder mal Fund-Raising für verarmte Bankmanager betreiben wollen, sind Sie hier falsch.«

»Werden Sie nicht unverschämt.« Steigerwald blätterte. »Hier steht als Eigentümer ein Roland Findeisen eingetragen.«

»Das bin ich.«

»Zweiter Vorname, was? So billig lasse ich mich nicht verarschen.«

Rolli grinste. »Wie wäre es mit Vater und Sohn?«

Der Steuerfahnder machte ein dummes Gesicht. »Ich sehe hier keinen zweiten Geschäftsführer oder sowas. Ihr?« Er sah Lackwitz und Roppel, seine beiden Mitarbeiter, an. Die schüttelten erwartungsgemäß den Kopf.

Tessa brachte ein Tablett mit fünf Espresso und stellte die kleinen

Tassen auf einen Tisch. »Wasser dazu?« Die Frage war an die frühen Besucher gerichtet.

»Um Gottes Willen, Tessa!«, rief Rolli theatralisch. »Kaffee für die Steuerfahndung? Das könnte uns als Bestechungsversuch ausgelegt werden.«

»Also, ich könnte einen gebrauchen«, kam es von Roppel. Das war das erste, was er seit einem undeutlichen »Morgen« gesagt hatte.

»Schon gut«, entschied Steigerwald. »Wir zahlen unseren Kaffee natürlich.«

»Sehr korrekt«, merkte Rolli an.

»Die Kasse ist aber noch nicht offen«, erinnerte Tessa. »Unsere Frühstücks-Bedienung kommt erst um acht.«

»Bis dahin können Sie einen Deckel machen«, bot Rolli großzügig an.

»Um acht werden wir voraussichtlich noch nicht weg sein«, erinnerte Steigerwald und nahm Platz, flankiert von seinen beiden Leuten. »Es gibt hier einigen Klärungsbedarf.«

Rolli setzte sich ihm gegenüber, Tessa holte eine Schale mit Zuckertütchen und nahm neben ihm Platz.

»Zuerst einmal: Wer sind Sie?« Steigerwalds Blick richtete sich auf Tessa.

»Teresa Pietrasz, Thekenkraft. Studentin im Fachwechsel. Ich nehme mir hier eine Auszeit von zwei oder drei Semestern, bis ich sicher bin, dass die neu geordneten Studiengänge auch funktionieren.«

»Und? So früh schon hier?«

»Ich bin jetzt nicht im Dienst. Es ist gestern Abend etwas spät geworden, da konnte ich nicht mehr fahren. Ich brauche meinen Führerschein noch.«

Steigerwald blickte anzüglich zwischen Rolli und Tessa hin und her. »Ach so nennt man das.«

Tessa wollte auffahren, Rolli hielt sie zurück. »Ich weiß, was Sie denken. Auch hier liegen Sie völlig falsch. Wie in allem, weswegen Sie hier zu sein scheinen.«

»Wird sich herausstellen. Jedenfalls herrscht hier eine undurchsichtige Betriebsstruktur.«

»Wenn Sie es sagen.«

Steigerwald lehnte sich zurück. »Dann erzählen Sie mal. Oder rufen Sie besser Ihren Vater, dem angeblich die Gaststätte gehört.«

Roland reckte den Hals, sah aus dem Fenster und deutete dann nach draußen. »Sehen Sie den weißen Smart da?«

»Wo *Mopfle* draufsteht?«

»Ja. Das heißt *Mobiler Pflegedienst*. Mein Vater wird gerade zurechtgemacht und kommt in einer halben Stunde zum Frühstück herunter.«

»So, so.« Steigerwald nippte an seinem Espresso und verzog das Gesicht. »Da ist ja kein Zucker drin.«

»Steht hier.« Tessa hob das Schälchen an und ließ es neben Steigerwalds Tasse krachen.

»Also«, begann Rolli und räusperte sich. »Mein Vater ist Josef Findeisen, ich bin Roland Findeisen, das schon mal zur Klärung der ersten großen Undurchsichtigkeit. Meine Eltern betreiben seit Jahren diese Gaststätte *Zum Nordpol*, übrigens in zweiter Generation. Ich habe Betriebswirtschaft studiert, aber der Diplomabschluss fehlt noch. Meine Tätigkeit hier im Lokal geht zum Glück als Betriebspraktikum durch, zumindest war es so mit dem ersten Jahr. Jetzt sitze ich an der schriftlichen Arbeit, wenn es meine Zeit erlaubt. Meine Eltern hatten vor ungefähr eineinhalb Jahren einen schweren Verkehrsunfall auf der A 8, dabei kam meine Mutter ums Leben, mein Vater ist querschnittsgelähmt.«

»Wie kann er dann Inhaber eines Geschäfts sein?«, warf Roppel ein.

»Der Kopf ist ja noch dran.«

Steigerwald schwieg und machte ein Gesicht, das angestrengtes Nachdenken signalisierte.

»Und wie viele Angestellte gibt es hier?«, wollte Lackwitz wissen.

»Hm.« Rolli sah nicht ihn, sondern Steigerwald an. »Was die Gaststätte betrifft, da bin zunächst einmal ich als Praktikant in der Geschäftsführung. In der Küche haben wir Giovanni Rosetti, unseren Meisterkoch, und Aysun Fidanci, eine türkische Küchenhilfe. Hinter der Theke steht Tessa von siebzehn bis vierundzwanzig Uhr, sonst mache ich das selbst. Dazu kommen vier Bedienungen in Teilzeitarbeit und Wechselschicht, im Sommer, wenn Biergartensaison ist, drei mehr. Dazu eine Putzhilfe, zur Zeit Frau Maric, eine Serbin, die auch die Tischwäsche wäscht und bügelt. Mit Papieren selbstverständlich. Der Kurierdienst läuft, wie gesagt, getrennt von allem anderen.«

»Kurierdienst. Hm. Was kurieren Sie denn?« Steigerwald leerte seine Tasse und sah ihn über den Rand hinweg an.

Vorsicht!, dachte Rolli. Wenn Beamte versuchen, witzig zu sein, werden sie gefährlich. »Alles, was angefragt wird und transportabel ist«, gab er zurück und entrang sich ein Pflichtlächeln. »Geschäftsunterlagen oder eilige Pakete zum Beispiel. Wir machen auch Leerdienst für Postfächer, kaufen für alte Leute ein, helfen bei mehreren Pizzadiensten in der Nachbarschaft aus, wenn viel los ist, und so weiter. Die Leute rufen hier an, und wir sehen, was sich machen lässt. Wir haben zur Zeit acht Studenten mit eigenem Fahrzeug, Kleinwagen oder Moped, und für größere Sachen stelle ich meinen Lieferwagen zur Verfügung, einen Ford Kombi Baujahr achtundneunzig. Abgerechnet wird nach Kilometern, wie Sie sehen.«

Steigerwald hielt eine der Mappen hoch. »Kann ich mir das mal mitnehmen?«

Rolli zuckte mit den Schultern. »Wenn Sie nichts Spannenderes zu lesen haben … Ich kann Sie wohl nicht daran hindern.«

»Stimmt. Was bekommen Sie für den Espresso?«

»Ist Ihr dienstlicher Besuch damit abgeschlossen?«, fragte Rolli.

»Klar. Für heute ja, aber das ist vermutlich nicht das letzte Wort.«

»Dann geht der Kaffee aufs Haus. Ist kein Bestechungsversuch, oder?«

* * *

Der Besuch am frühen Morgen hatte Roland Findeisens Routine ein wenig durcheinandergebracht. Normalerweise war er als Erster unten in der Gaststätte, machte sich einen doppelten Espresso und las die Morgenzeitung, bis er sich einigermaßen wach fühlte, dann richtete er das Frühstück für seinen Vater. Wenn Punkt acht der Aufzug im ersten Stock rumpelte, schloss er die Vordertür des Lokals auf, so dass Frühstücksgäste hereinkommen konnten, und wenn Josef Findeisen dann mit seinem Rollstuhl in die Gaststube gefahren kam, lag die Lokalzeitung ordentlich sortiert und gefaltet an seinem Platz.

»Was war heut morgen los?«, wollte der alte Findeisen, wie ihn die Gäste oft nannten, von Rolli wissen.

»Steuerfahndung«, brummte dieser. »Drei Leute. Waren ziemlich enttäuscht, dass sie nichts gefunden haben. Irgendwer hat denen einen Tipp gegeben, ohne zu ahnen, dass wir zwei verschiedene Geschäfte betreiben. Jetzt sind sie frustriert. Das Fahrtenbuch haben sie mitgenommen, wahrscheinlich bekommen wir es vom Zollamt zurück, wenn man es da auf Schwarzarbeiter durchgesehen hat.«

Josef Findeisen beklopfte sein Frühstücksei mit der Rückseite eines Teelöffels, exakt bis zum Rand des Eierbechers, dann zog er die durch die Haut zusammenhängenden Schalenstückchen mit einem einzigen Ruck ab. »Da werden sie nichts finden. Bei uns ist alles in Ordnung, darauf habe ich ein Auge.«

»Und das nervt die Jungs.« Rolli angelte mit einer Gabel ein paar Scheiben Senfgurken aus dem Glas. »Die werden keine Ruhe geben, bis sie was finden.«

»Wird schwer sein.« Sein Vater löffelte das halbweiche Ei. »Ich glaube, ich hab vorhin Tessas Stimme gehört. Ist sie etwa schon hier?«

»Sie war hier. Noch von gestern Abend. Ist gerade mit dem Bus nach Hause gefahren.«

Sein Vater sah ihn an. »Läuft da was?«

»Vorläufig nicht. Leider.«

Durch den Kies des Biergartens schlurfte jemand auf den Eingang zu. Im Rahmen der zum Lüften weit offen stehenden Tür zeigte sich Tanja Behnke, die zurzeit als Frühstücksbedienung im »Nordpol« arbeitete. »Tut mir leid, ist etwas später geworden. Hab den Bus verpasst.« Sie hielt eine große Semmeltüte hoch. »Aber wenigstens daran habe ich heute gedacht.«

»Schon gut. Ist ja auch noch keine Kundschaft da«, sagte Rolli.

»Aber ein kurzer Anruf wäre besser gewesen«, brummte der alte Findeisen. Bei ihm musste alles seine Ordnung haben.

Tanja hängte ihre Jacke auf und zog hinter der Theke die Überschuhe für die Küche an. »War Tessa hier?«, fragte auch sie. »Ich habe sie in den Bus einsteigen sehen, als ich raus musste.«

»Ihre Abendschicht ist etwas länger geworden.« Rolli verdrehte die Augen, machte sich einen zweiten Espresso und warf dabei einen Blick in die Küche, wo Tanja begann, mehrere Teller in eine Reihe zu stellen, um Aufschnitt und Käseecken darauf zu verteilen. Sieben bis acht Portionen kleines und dreimal großes Frühstück gingen immer. Die schlurfenden Geräusche von Tanjas Schuhen gingen Rolli auf die Nerven. Hatte ihr denn nie jemand beigebracht, beim Gehen die Füße anzuheben?

»Morgen.«

Rolli drehte sich um und sah Grigoleit hereinkommen, einen der Stammgäste. Der Mann war Mitte sechzig, hager und trug Sommer wie Winter einen ausgeblichenen Trenchcoat. Sein alter Karo-Hut und die Kassenbrille hatten ihm bei den übrigen Stammgästen den Spitznamen »Honecker« eingetragen, was auch zu seiner früheren Zugehörigkeit zur Stasi passte, aus der er keinen Hehl machte.

»Morgen«, erwiderte Rolli. »Frühstück?«

Anton Grigoleit nickte. »Wie immer. »'N kleines, mit 'ner extra Portion Marmelade. Orange, wenns geht.«

»Klar«, sagte Rolli. »Haben wir doch speziell für dich auf Lager.« Er nickte Tanja zu, die die Bestellung mitbekommen hatte, und kehrte zu seinem Vater an den Tisch zurück.

»Schon die Zeitung gelesen?«, fragte Grigoleit.

»Bin dabei«, gab Josef Findeisen zurück.

»Dann schaut mal gleich in den Lokalteil. Letzte Seite, und dann noch mal ausführlich im Innenteil.« Er schüttelte den Kopf. »Die spinnen mal wieder im Stadtrat. Ich glaub, jetzt drehen die ganz durch.«

»Was denn?« Josef Findeisen hatte die Zeitung herumgedreht, fand aber nichts, was seinen Gast so aufgebracht haben könnte.

»Na, die Straßenplanung!« Grigoleit schlug sich mit der flachen

Hand vor die Stirn. »Die wollen eine neue Südtangente bauen, eine Verbindung von der B2 bei Sankt Afra zur B17 hinüber! Vierspurig!«

»Na und?« mischte Rolli sich ein. »Das würde eine Menge Verkehr um die Stadt herum lenken, und das bei minimalem Aufwand. Denkt doch mal an die Friedberger Straße. Die wäre dann nicht mehr ewig verstopft.«

»Die Friedberger ist für alle Zeiten vermurkst. Die kriegen sie nie hin. Man hat ja schon die Osttangente gebaut, und es hat nichts genutzt. Und wenn sie es wieder mal versuchen, um welchen Preis?« Grigoleit schüttelte den Kopf. »Sieh doch nur mal auf den Stadtplan. Die Umgehung müsste durch die Flussauen am Lech und durch den Wald gehen, dann durch die Heide. Die machen drei Landschaftsschutzgebiete gleichzeitig damit kaputt.« Sein Frühstück stand inzwischen vor ihm, aber Grigoleit beachtete es nicht. »Ganz zu schweigen davon, dass das zum Teil unser wichtigstes Trinkwassergewinnungsgebiet ist.«

Wenn Grigoleit sich aufregte, klang sein sächsischer Akzent durch. Er kam aus Leipzig, wohnte aber schon über fünfzehn Jahre hier in Augsburg. »Da muss man doch was unternehmen.«

»Was willst du schon machen?« Josef Findeisen schüttelte den Kopf. »Wenn die das im Stadtrat beschließen, die Politiker in Friedberg überzeugen können und dann noch die Landesregierung zustimmt und finanziert, dann sind wir außen vor, ist doch klar.«

»Nichts ist klar«, gab Grigoleit zurück. »Vergiss nicht, dass in Augsburg die Politik schon öfter durch Bürgerinitiativen korrigiert wurde. Denk an die Stadtbücherei – die würde heute noch in einem miefigen Loch stecken und aus den Nähten platzen, wenn sich da niemand engagiert hätte. Man muss Unterschriften sammeln oder, noch besser, auf die Straße gehen, am besten regelmäßig zu einer festen Uhrzeit, jeden Montag vielleicht, damit immer mehr Leute hinzukommen. Wenn wir dann genug Volk zusammenbringen …«

Rolli unterbrach ihn. »Wie in Leipzig damals? Vergiss nicht, dass du da auf der anderen Seite gestanden hast.«

Grigoleit brummte etwas, das Rolli nicht verstand, und wandte sich seinem Frühstück zu. Er aß hastig und verbissen, sagte aber kein Wort mehr, bis er sich noch einen Kaffee bestellte. Tanja brachte ihm welchen mit schlurfendem Gang und stellte auch Rolli und seinem Vater noch einen hin.

Rolli kam nicht mehr dazu, seinen zu trinken, denn das Telefon auf der kleinen Nebentheke läutete. Er nahm schwungvoll ab und meldete sich mit »Nordpol Delivery Service. Was kann ich für Sie tun?«

Eine hektische Frauenstimme redete auf ihn ein. Es war nicht leicht, sie zu unterbrechen, aber schließlich schaffte er es. »Wird gemacht, Frau Seitz, keine Sorge, das schaffen wir. In zwanzig Minuten ist jemand bei Ihnen.« Er legte auf. »Puh! Wie soll ich das denn jetzt hinkriegen?«

»Was denn?« Josef Findeisen sah von seiner Zeitung auf. Er war schon beim Sportteil angelangt.

»Ein Fahrauftrag nach Stuttgart. Dringend.«

»Na und? Wer hat denn Bereitschaft?«

»Bastian, aber nur bis zehn, dann muss er zur Vorlesung. Dann ist Dominik auf dem Plan, aber der hat ja nur ein Fahrrad, damit kann er nicht bis halb zwölf in Stuttgart sein. Vielleicht mach ich das rasch selbst.«

»Mit deinem Wagen schaffst du das nicht«, meinte sein Vater, »und Giovanni wird dir sein edles Stück nicht leihen. Er weint ja schon, wenn er einen Fingerabdruck am Lenkrad findet. Du könntest ja den Griechen im Studentenheim anrufen, vielleicht fährt der.«

»Oder ich«, sagte Grigoleit. »Ich bin heute ausnahmsweise mal mit dem Wagen da, weil ich mir den Schauplatz des Verbrechens nachher anschauen wollte. Ich meine die Gegend, wo die neue Straße durch soll.«

»Honecker, du bist meine Rettung!«, nahm Rolli das Angebot an, bevor Grigoleit es sich vielleicht noch anders überlegte. »Du musst zuerst zum Krematorium am Westfriedhof.«

»Wieso das?«

»Die haben den Versand einer Urne verschlampt, und um halb zwölf ist die Beisetzung in Stuttgart.«

Grigoleit grinste. »Das krieg ich doch hin. Da siehste mal, wenn wir alten Herren von der Stasi nicht wären …«

* * *

Vorsichtig bahnte sich im Morgengrauen ein Mann seinen Weg durch das Dickicht. Der Boden war morastig, niedrige, oft gebrochene Äste waren von schweren Kletterpflanzen überwuchert. Hier und da gab es einzelne Tümpel, teils Reste vom letzten Hochwasser, teils nach oben gedrücktes Grundwasser. Ein alter, fast verlandeter Flussarm zwang den Mann für einige Meter auf höheres Gelände, wo niedrige Ulmen von uralten, mitunter durch Sturm und Blitzschlag geborstenen Eschen überragt wurden. Das Unterholz war hier nicht ganz so dicht, und er konnte ein wenig schneller gehen. Er streifte Reste klebriger Ranken von seiner groben Cordhose ab und schlurfte im trockenen Laub, um den schweren Schlamm von seinen Gummistiefeln zu wischen. Kurz hinter dem Altwasser suchte er erneut einen Weg in die dichte Weichholzaue, denn sein Ziel lag im breiten Schilfgürtel, der die Flussbiegung säumte. Er blieb mit seiner Umhängetasche im Gesträuch hängen und riss ungeduldig daran, achtete aber darauf, dass ihm die schwere Armeepistole, die er in der Tasche bei sich trug, dabei nicht herausfiel.

Vor seinen Augen tat sich nun ein grandioser Anblick auf: Zwischen seinem Standort und dem Lechufer lag eine weite Schilf- und Röhrichtfläche mit zahlreichen gelben Schwertlilien am Rand. Dort standen drei Graureiher in der Sonne, nahezu bewegungslos. Die Luft war vom Sirren und Brummen der Insekten und dem vereinzelten »Più-più« eines Flussregenpfeifers erfüllt.

Er wedelte einen Mückenschwarm zur Seite, ein sinnloses Unterfangen. Er wollte sich auch nicht durch zu heftige Bewegungen verraten und damit die Vögel verscheuchen. Libellen tanzten auf dem Wasser, und er setzte seinen Feldstecher vor die Augen, um sie besser beobachten zu können. Die Biester sind verflixt schnell, dachte er, als sie immer wieder aus seinem Blickfeld verschwanden.

»Verdammt!« Er fuhr herum, als er in einiger Entfernung hinter sich ein Motorengeräusch vernahm. Die Reiher erhoben sich mit majestätischem Flügelschlag in die Luft.

Der Mann folgte dem Motorengeräusch. Da musste wieder jemand zu den alten Lagerhallen am Rand des Gewerbegebiets unterwegs sein, die seit dem großen Hochwasser vor zehn Jahren vor sich hin rotteten. Statt die Gebäude einzureißen, hatte man sie einfach umzäunt und ihrem Schicksal überlassen – wahrscheinlich fürchtete man eine teure Bodensanierung, falls man da Altlasten entdeckte.

Er musste ein Brennnesselgestrüpp durchqueren, wenn er den Zaun erreichen wollte. Zum Glück trug er die Gummistiefel, die bis knapp unter die Knie der Cordhose reichten, da kam nichts durch. Schließlich erreichte er den Zaun, der von dichten Rankengewächsen überwuchert war. Er drückte unter protestierendem Gezeter der winzigen Teichrohrsänger, die hier lebten, mit beiden Händen das Lianengewirr aus Clematis und wildem Hopfen auseinander und hatte den Zaun vor sich, der an mehreren Stellen unter seiner Last bis fast auf den Boden heruntergedrückt war.

Von hier aus hatte er einen Blick auf das weitläufige Grundstück mit dem ehemaligen Fabrikgebäude und den verrotteten Hallen. Diese Stelle war ein idealer Beobachtungsposten. Der Mann nahm den Feldstecher und suchte das Gelände ab. Schließlich entdeckte er den Lieferwagen – es musste derselbe sein, den er schon ein paar Mal in der Nacht beobachtet hatte. Jetzt erkannte er, dass das Fahrzeug dunkelblau war, vermutlich ein älterer Ford Transit. Er hatte den Wagen bisher für schwarz gehalten, weil er ihn nie bei vollem Tageslicht beobachtet hatte. Die Inschrift auf der Fahrertür konnte er trotz Fernglas nicht lesen. Der Wagen stand vor einem verrosteten Rolltor, das jetzt zur Hälfte hochgeschoben war. Kein Mensch war zu sehen.

Er arbeitete sich dicht am Zaun entlang unter den Ranken hindurch. Vielleicht konnte er herausfinden, wie der Wagen auf das Gelände kam. Offiziell gab es keine Zufahrt zu diesem Bereich mehr, alles hatte sich die Natur zurückerobert. Im Osten, von woher der Wagen immer gekommen war, gab es als Begrenzung einen schnell fließenden Bach, einen so genannten Feldgießer, den man künstlich angelegt hatte, um bei Hochwasser die Fluten aus dem Lech in umliegende alte Flussarme und die Auffangflächen im Auwald zu lenken. Die Bäume hier, Erlen, Eschen und Silberweiden, hielten eine normale Frühjahrsflut aus, sie konnten bis zu einem halben Jahr im Wasser stehen, ohne dass sie faulten.

Der Zaun war an einigen Stellen schon völlig verwittert, teilweise eingestürzt. Der Mann hätte sich einfach auf das Gelände vorarbeiten können, hatte aber Angst, entdeckt zu werden, weil dort auf der rissigen Asphaltfläche der Pflanzenbewuchs weniger dicht war und zumeist nur aus niedrigen Birken, Nesseln, Gräsern und giftig verfärbtem Storchschnabel bestand. Er hielt sich an die Zaunlinie und hoffte, so die Stelle zu entdecken, an der der Wagen in diesen Bereich gekommen war. Eine Brücke gab es am Bach nämlich nicht mehr, die hatte das Hochwasser damals mitgerissen. Die anderen Grundstücke des angrenzenden Gewerbegebiets, das sich nach Norden hin ausdehnte, waren fest umzäunt, so dass der Wagen nicht von dort gekommen sein konnte.

Drüben bewegte sich jetzt etwas. Er sah durch sein Fernglas einen Mann einsteigen, konnte sein Gesicht aber nicht sehen. Der Motor wurde angelassen. Der Mann mit dem Feldstecher wollte schnell verschwinden, war aber plötzlich von einem Schwarm widerlicher Schmeißfliegen umgeben, die ihn heftig umschwirrten. In der Luft lag ein fauliger und zugleich süßlicher Gestank, der ihn an das Schinkenbrot erinnerte, das er vor einiger Zeit in seiner Hütte vergessen hatte. Er wollte den Fliegen entkommen, blieb dann aber abrupt stehen.

Vor ihm lag etwas Totes. In der Größe wie ein Mensch, aber nicht mehr zu erkennen. Verwesender, von schwarzblauen Brummern besetzter Fleischbrei, überall weiß durchsetzt von wimmelnden Maden, ein zusammengedrückter Brustkorb, kein Kopf, keine Gliedmaßen.

Er drehte sich um und erbrach. In der Ferne hörte er den Wagen davonfahren.

Verdammt!, dachte er. Was sollte er jetzt tun? Wenn er die Polizei informierte, gäbe das eine Katastrophe. Er stellte sich vor, wie Männer in weißen Schutzanzügen durch das Gelände stapften, Gestrüpp niederrissen, um bessere Sicht zu haben, seltene Gräser und Kräuter umknickten, Absperrbänder großzügig verteilten und mit ihren Sprechfunkgeräten Lärm machten, der bis zur Hauptstraße zu hören war. Wenn es um eine Leiche ging, interessierten die sich nicht im Geringsten dafür, was Naturschutz bedeutete. Dabei nisteten gerade jetzt noch einige Bodenbrüter. Wenn die vertrieben würden, kämen sie niemals wieder, zumal anschließend das Gelände ja kaum wiederzuerkennen sein würde. Er beschloss, den Fund zunächst für sich zu behalten und mindestens bis zum Ende der Brutzeit zu warten, vielleicht sogar bis zum Spätherbst. Wer konnte ihm denn nachweisen, dass er den Fund heute gemacht hatte und nicht erst viel später?

Eine Leiche war nun mal tot. Die lief ja nicht weg.

* * *

Es herrschte am Abend viel Betrieb im »Nordpol«. Im Nebenzimmer hatten sich seit Mittag die Überbleibsel einer Beerdigungsgesellschaft festgesetzt, fünf Männer, die sich gegenseitig mit Runden von Bier und Kognak abfüllten und dabei die Grundlagen für beginnende Erbstreitigkeiten ausloteten. Der Raum wurde häufig von Trauergesellschaften genutzt, der Nordfriedhof lag ja gleich nebenan, vom Biergarten nur durch eine Straße und einen schmalen Streifen Parkplätze getrennt. Eine sichere Einnahmequelle.

Um die Tische im Nebenraum kümmerte sich Nina, eine Aushilfe, aber Roland Findeisen hatte hinter der Theke allerhand zu tun, denn an drei Tischen saßen Gäste zum Abendessen, und am großen Achtertisch in der Nische drängten sich zwölf Leute aus dem nahen Studentenwohnheim, das letztes Jahr in einem ehemaligen Ofengebäude auf dem Gelände des stillgelegten Gaswerks entstanden war. Die baurechtlichen Streitigkeiten hatten fünf Jahre gedauert, und um ein Haar wären die Zuschüsse der bayerischen Staatsregierung verfallen.

Tessa bediente und musste immer wieder an diesen Tisch, denn Stammgast Anton Grigoleit saß zwischen den jungen Leuten und diskutierte mit ihnen. Es waren bereits mehrere Runden Bier auf seine Rechnung gegangen.

»Möchte mal wissen, woher der so viel Geld hat«, sagte Tessa Pietrasz, als sie eine neue Bestellung in die Kasse tippte. »Als Rentner kann der doch gar nicht so viel locker sitzen haben.«

»Wenn er wirklich Stasi-Offizier war, bekommt er vielleicht vom Staat eine gute Pension«, meinte Rolli und hielt einen Glaskrug nach dem anderen unter den Zapfhahn. »Außerdem gehen gewisse Gerüchte um, dass er trotz seiner kommunistischen Vergangenheit gleich nach der Wende ein Vermögen mit Grundstücksgeschäften in der Leipziger Innenstadt gemacht hat. Dort kann er sich nun nicht mehr blicken lassen. Soll damals in die Schneider-Affäre verwickelt gewesen sein, doch nachweisen konnte man ihm das nicht. Aber psst! Ich habe nichts gesagt. Man hört halt nur so einiges.«

»Dann ist das ja Geldwäsche, wenn der hier eine Runde nach der anderen schmeißt.«

»Wissen wir das?« Rolli stellte ihr die gefüllten Gläser auf das Tablett.

Tessa brachte sie an den Tisch, verteilte die Gläser und lauschte dabei dem Gespräch. Tessa hätte sich am liebsten in die Runde gesetzt und Feierabend gemacht. Aber jetzt winkte einer der anderen Gäste sie heran, sie nahm eine neue Bestellung auf und kehrte an den Tresen zurück. »Noch zwei Weißwein für Tisch zwei.«

»Hatten die den Pinot Grigio oder …«

»Den badischen.«

»Der geht wirklich gut, hätte ich nicht gedacht.« Rolli bückte sich, um die Flasche Burg Röttelner Gutedel aus dem Kühlfach zu holen. Ein Wein, den er selbst gerne trank … Rolli schenkte großzügig ein, wie immer einen halben Fingerbreit über dem Eichstrich. Er sah zu dem gut gekleideten Paar hinüber – die hatten das Seewolffilet mit grünem Spargel gehabt, eines der teuersten Gerichte auf der Karte, und saßen jetzt bei Panna Cotta mit Himbeersoße und frischen Früchten. Solche Kunden, die nicht auf den Geldbeutel achten mussten und gute Küche schätzten, könnte er hier mehr gebrauchen. Sein gastronomisches Konzept, eine gewöhnliche Nachbarschaftskneipe mit guter Küche zu kombinieren, ging auf – mit wechselnden Musikrichtungen vom CD-Player schuf er separate »Zeitfenster« für unterschiedliche Gäste zu jeweils verschiedenen Tageszeiten, so dass immer gut zu tun war. Nachbarschaftsgäste, Studenten, Beerdigungskunden, Rentner und gehobenes Publikum schlossen einander nicht aus. Sein Vater hatte dieses Konzept als hirnverbrannt bezeichnet, aber es schien aufzugehen, und mittlerweile freute Findeisen senior sich über die steigenden Einnahmen.

Rolli kannte den Mann, der mit einer hübschen Halbasiatin drüben am kleinen Tisch beim Fenster saß, wo Tessa jetzt den Wein servierte. Es war Sigbert Sonnberger, der verschiedene Restaurants in der Stadt mit so exotischer Tiefkühlkost wie Krokodil- oder Straußensteaks belieferte. Er war auch mit dem »Nordpol« im Geschäft, aber Giovanni Rosetti, Rollis Koch, weigerte sich, derlei exotische Spielereien auf die Karte zu setzen. Nur wenn zweimal im Jahr Fischwoche war, kamen aus Sonnbergers Angebot Tilapia und Bangus vom südchinesischen Meer auf den Tisch.

Sonnberger schien seiner gut aussehenden, extravagant gekleideten Begleiterin nur die halbe Aufmerksamkeit zu schenken. Er saß weit zurückgelehnt, kippelte den Stuhl sogar leicht, als er ihr jetzt beiläufig zuprostete und an seinem Wein nippte. Hin und wieder schielte er zu den Studenten hinüber, als ob er ihren Gesprächen lauschte.

Tessa stützte sich auf den Tresen. »Ich bin kaputt«, sagte sie zu Rolli. »Tisch vier zahlt gleich, dann wirds zum Glück etwas ruhiger.«

»Du kannst danach eine Pause machen«, schlug Rolli vor. »Ich gehe nur rasch nach oben, um nach meinem alten Herrn zu sehen, dann helfe ich Nina, die letzten Beerdigungsgäste nach draußen zu komplimentieren. Nina hat mitbekommen, dass der fleißigste Schluckspecht von denen noch mit dem Auto fahren will. Dem muss ich noch die Autoschlüssel abnehmen. Oder willst du das übernehmen? Du bist bei sowas erfolgreicher als ich.«

»Klar, mach ich.«

»Dann könntest du auch anschließend einfach früher Feierabend machen. Ich schaff den Rest schon.«

Tessa zuckte mit den Schultern und sah zu Sonnberger und seiner Begleiterin hinüber. »Ich warte, bis die beiden gezahlt haben.«

Rolli grinste. »Klar. Das Trinkgeld nimmst du dir noch mit. Ich kann aber auch selbst kassieren und dir das Geld zur Seite legen.«

Sie schüttelte den Kopf. »Bei mir sitzt denen das Kleingeld lockerer als bei dir.«

»Natürlich. Bei deinem Aussehen und deinem Charme.«

»Blödsinn! Ich habe die beiden den ganzen Abend bedient. Wenn du dann an den Tisch kommst und kassierst, fällt das Trinkgeld deutlich geringer aus, schätze ich.«

»Auch wieder wahr. Ich geh dann mal.«

Rolli hastete nach oben in die Wohnung seines Vaters. Es brannte nur das Notlicht, das die ganze Nacht an blieb. Josef Findeisen hatte sich schon ins Bett gehievt und schnarchte leise. Der Fernseher lief noch, die Fernbedienung lag auf der Sitzfläche des Rollstuhls. Rolli schaltete ab, zog seinem Vater die Decke ein Stück höher und kehrte in die Gaststube zurück.

Tessa hatte sich inzwischen um die betrunkenen Trauergäste gekümmert. »Ich habe die Leute überredet, sich zusammen ein Taxi zu bestellen«, sagte sie. »Ist schon unterwegs.« Sie hielt Rolli einen Autoschlüssel hin. »Der wird morgen von einem Herrn Wagenseil abgeholt«, sagte sie.

»Schöner Name! Wie passend!« Rolli nahm den Schlüssel, schrieb den Namen auf einen Notizzettel und hängte beides zusammen an einen Haken am Schlüsselbrett hinter der Theke. »Mach Feierabend, Mädel! Du siehst fertig aus.«

»Sind noch die Nachwirkungen von gestern Abend.«

»Es wird nicht immer so spät, versprochen«, erwiderte Rolli. Er nickte in Richtung Sonnberger und Begleiterin. »Die wollen jetzt auch zahlen.«

Tessa ging zu den beiden an den Tisch, fragte, ob sie noch einen Wunsch hätten. Tatsächlich verlangte Sonnberger die Rechnung und zahlte mit Karte.

»Fünf Euro Trinkgeld«, raunte Tessa Rolli zu, als sie wieder an der Theke war. »Und ein Glas Wein für jeden in der Küche, weil das Essen so gut war.«

»Da wird Giovanni sich freuen. Der ärgert sich immer, weil er die meiste Arbeit hat, und du kassierst fürs Hineintragen das Trinkgeld.«

»Hast recht«, sagte Tessa. »Wir sollten mal über eine gemeinsame Trinkgeldkasse nachdenken. Aber heut fahre ich erst mal mit dem Taxi nach Hause. Ich bin viel zu müde, um noch den Bus zu nehmen und beim Umsteigen eine Viertelstunde zu warten.«

»Bring mir morgen die Taxiquittung mit«, sagte Rolli. »Und sag Personalfahrt, wenn du anrufst.« Er hatte mit einer Taxifirma eine Absprache – wenn ein Gast um einen Wagen bat, rief Rolli immer dieselbe Nummer an, dafür bekamen er selbst und seine Angestellten Personalrabatt, und sein Vater, der ja der eigentliche Inhaber war, bekam die wöchentliche Fahrt zum Orthopäden ohne den Aufpreis für den Rollstuhltransporter.

Als Tessa sich kurz darauf verabschiedete, sah Rolli seinen Gelegenheitslieferanten Sonnberger neben dem Tisch der Studenten stehen. Der Mann redete auf die Leute ein, und schließlich gab er Anton Grigoleit und Peter Gärtner, einem Jurastudenten, seine Visitenkarte. Dann drehte er sich um, grüßte zu Rolli herüber und führte seine hübsche Begleiterin hinaus, wobei sein Schritt leicht wiegend war, als hätte er eine Tangomelodie im Kopf. Sonnberger hatte sicher ein Glas zu viel getrunken, um noch fahren zu dürfen, aber Rolli hätte nie gewagt, dem Mann den Autoschlüssel abzunehmen. Sonnberger hätte wahrscheinlich schon bei der leisesten Andeutung einen Aufstand gemacht.

Die Gäste an den anderen kleinen Tischen hatten schon gezahlt. Mehrere der Studenten waren bereits gegangen, Grigoleit dozierte vor fünf Leuten über Bürgerinitiativen und Mitbestimmung in der Politik, und er war richtig in Fahrt. Das hätte er mal fünfundzwanzig Jahre früher versuchen sollen, dachte Rolli. Er schenkte eine Runde Bier ein, trug sie an den Tisch und setzte sich auf einen freien Platz, genau gegenüber von Jana Weber, die im letzten Semester Design studierte und sich bereits einen Namen als Fotografin gemacht hatte. Sie sah sehr gut aus, hatte schulterlanges blondes Haar, ein schmales Gesicht, tiefbraune Augen und ein Lächeln, das Rolli immer Herzklopfen bereitete. So wie sie ihn ansah, mit diesem Strahlen, überlegte Rolli, ob er nicht Chancen bei ihr hätte. Er hatte seit über zwei Jahren nicht mehr mit einer Frau geschlafen, da der Gastbetrieb, der Kurierdienst und sein Vater ihn komplett in Anspruch nahmen. Seit Längerem hatte er das drängende Gefühl, in dieser Hinsicht einiges nachholen zu müssen. Vielleicht gelang es ihm, mit Jana allein ins Gespräch zu kommen und ein paar versteckte Andeutungen zu machen. Sie wäre gerade der richtige Abschluss für diesen Abend. Wegen Tessa machte er sich kein schlechtes Gewissen – sie hatte ihn schließlich oft genug abblitzen lassen, und sie musste ja auch nichts davon erfahren.

Seine Stimme war belegt, als er fragte: »Was wollte denn der Sonnberger von euch?«

»Ach«, sagte Grigoleit, »der hat die ganze Zeit lange Ohren gemacht, als wir über den geplanten Straßenbau und die Naturschutzflächen geredet haben. Dann meinte er, er würde gern bei einer Initiative mitmachen und auch finanziell einiges beisteuern, sofern die Sache Hand und Fuß hat. Ich frage mich, was der für ein Interesse hat. Der ist doch Unternehmer, und solche Leute tun nichts, wovon sie sich nicht einen Gewinn versprechen.«

»Das kann ich dir sagen«, erwiderte Rolli. »Der hat früher seinen Betrieb da in einem Gewerbegebiet gehabt, und seit der Hochwasserkatastrophe vor ein paar Jahren hat er seine Firma nach Augsburg-Nord verlegt. Ich glaube, er hat nur noch ein paar alte Lagerhallen da. Er wartet noch heute auf die Entschädigung, hat er mal gesagt.«

»Ach so. Dann kann man's verstehen.«

»Was plant ihr überhaupt?«, wollte Rolli wissen.

»Hm«, machte Grigoleit, »zuerst dachten wir nur an eine Demo in der Innenstadt und eine Unterschriftensammlung, aber das bringt nicht viel. Wir müssen schon eine richtig große Bürgerinitiative aufziehen und einen Bürgerentscheid anstreben, der dann rechtsverbindlich ist. Das kostet eine Menge Geld – und Arbeit. Ich kenn mich da aus. Aber wenn wir Sonnberger dabei haben, kann der vielleicht auch noch weitere Geschäftsleute an Land ziehen.«

»Kapitalisten«, sagte Rolli. »Tja. Die braucht man halt, um eine Revolution zu finanzieren.« Es machte ihm Spaß, Grigoleit aufzuziehen, denn es war immer spannend, auszuloten, wie weit man gehen konnte.

»Ich mache morgen früh ein paar Fotos«, meldete sich Jana zu Wort. Ihre leicht rauchige Stimme ging Rolli unter die Haut. »Eine Art Bestandsdokumentation – Tiere, Pflanzen, dazu ein paar schöne Landschaftsaufnahmen. Den Leuten soll klar werden, warum das da ein Naturschutzgebiet ist.«

»Ich habe neulich einige tolle Fotografien von dir in der Zeitung gesehen«, sagte Rolli. »Echt phantastisch. Deine Aufnahmestrecke über die Dörfer im Donaumoos war erstklassig. Du wirst mal die neue Isolde Ohlbaum, echt.« Er deutete in die Runde. »Ich könnte diese Bilder hier an den Wänden für eine Weile abhängen und dir Platz für eine kleine Ausstellung anbieten.«

»Ha, ha, ha, Rolli versucht wieder mal zu baggern!«, kam es von Pappa, einem griechischen Architekturstudenten mit wallendem Vollbart. Seinen ganzen Namen, Eleftherios Papakonstantinou, konnte sich niemand merken, und so stand er selbst im Dienstplan des Kurierdienstes nur als »Pappa«. »Tja, Tessa kann nun mal nicht jeden Abend Überstunden machen …«

»Unsinn!« Rolli trank verlegen einen langen Schluck Bier. Ausgerechnet jetzt, wo Jana dabei war, musste Pappa eine so blöde Bemerkung loslassen. »Es geht hier um rein sachliche Themen. Und Jana ist gut, das hast du selbst neulich gesagt, als sie diese Portraitserie in der Tageszeitung hatte.«

»Gesichter Augsburgs«, sagte Jana. »Kein einziger Augsburger war dabei. An die kommt man ja nicht ran. Ich jedenfalls habe noch keinen echten Augsburger kennengelernt, obwohl ich jetzt schon drei Jahre hier wohne.«

»Du kennst doch mich«, sagte Rolli. »Zeigst du mir morgen die Ergebnisse von deinem Ausflug? Ich bin sicher, du hast ganz schnell genug Material zusammen für so eine Ausstellung. Ist ja nicht nur Reklame für dich, sondern auch für unseren Laden hier.«

»Mann, das wäre echt was. Danke, darüber müssen wir noch reden. Aber ganz so gut, wie du mich hinstellen willst, bin ich noch nicht.«

Grigoleit räusperte sich. »In der Innenstadt müssten die Aufnahmen auch zu sehen sein. Vielleicht im Rathaus oder in der Toskanischen Säulenhalle. Neue Stadtbücherei wäre auch nicht schlecht. Die Zeitung muss berichten, wir brauchen eine breite Öffentlichkeit, damit wir genügend Unterschriften zusammenbekommen.«

Peter Gärtner, der Jurastudent, erhob sich und klopfte auf den Tisch. »Ich muss los, Leute. Morgen muss ich früh raus.« Er sah Rolli an. »Kann ich morgen Abend zahlen? Hab nicht mehr genug dabei.«

»Klar.«

Die anderen entschlossen sich, ebenfalls zu gehen. Grigoleit hatte den größten Teil der Rechnung, alle anderen zahlten nur zwei oder drei Biere. Als Jana Weber ihre Geldbörse aus der Umhängetasche hervorholte, sagte Rolli: »Bleib ruhig noch. Wir könnten über die Ausstellung sprechen.«

»Die Fotos sind doch noch gar nicht gemacht.«

»Ja und?«, meinte Rolli. »Es ist doch gut, wenn schon mal alles besprochen ist. Außerdem habe ich noch keine Lust, jetzt schon Feierabend zu machen. Ich leg noch ein bisschen Musik auf und geb dir ein Bier aus. Oder einen Wein vielleicht? Ich habe da einen guten Badischen.« Er nickte zu dem Tisch hinüber, an dem Sigbert Sonnberger mit seiner exotischen Begleiterin gesessen hatte. »Die da hatten den auch, und er scheint ihnen geschmeckt zu haben.«

»Dann lass mal probieren. Was hast du denn Schönes an Musik? Bitte nicht diese blöden Oldies, die du am Wochenende immer auflegst.«

»Oldies!«, entrüstete er sich. »Keine Beleidigungen bitte! Das ist Neue Deutsche Welle! Hatte ich zwar erst als Rausschmeißer gedacht, aber ich kann ja nichts dafür, wenn die Leute von der Musik immer noch begeistert sind. Ich spiele halt nicht den *Ich-will-Spaß*-Schrott, sondern nur die Sachen, die gut sind und die ich selber mag.«

»Aber lieber nicht jetzt. Passt nicht zum Wein.« Sie sah zu ihm herüber, als er am Tresen den Rest einer Gutedel-Flasche auf zwei Schoppengläser verteilte.

Ihr Blick schräg über das Bierglas, das sie gerade leerte, verursachte ihm eine Gänsehaut. »Was möchtest du denn hören?«, fragte er.

Jana. Hier allein mit ihm. Sie hatte auf einmal ihre Kamera in der Hand, visierte ihn durch das Teleobjektiv an. »Was aufregend Ruhiges«, sagte sie. »Blues, Jazz, was in der Richtung. Beweg dich ganz langsam, ich arbeite mit Restlicht. Ja, schau zu mir her. Gut so! Ein bisschen über mich hinweg. Ja, sei verblüfft, das steht dir gut! Jetzt die CD einlegen. Langsam, wie in Zeitlupe. Trägst du etwa Kontaktlinsen? Nein, das war bloß ein Reflex – mach bitte mal die Küchentür zu, von da kommt zu viel kaltes Blau.«

Er legte Cassandra Wilson ein, seine momentane Lieblings-CD, die er nicht an Gäste verschleuderte.

»I'm drunk as Scooter Brown,« summte er mit, als er mit den Gläsern zu ihr an den Tisch tänzelte.

Zoom!

Er stellte die Gläser etwas unsicher ab, setzte sich, hob die Augenbrauen. »Und nun?«

»Ein Wahnsinnsbild«, sagte sie. »Bleib so. Beweg dich nicht!« Ihre Kamera gab nostalgische Klickgeräusche von sich, die sie immer eingeschaltet ließ.

Zoom! Die Küchentür wurde aufgeschoben. Giovanni Rosetti, der Koch, schaute in die halbdunkle Gaststube. »Ich geh dann mal, Chef. Komm erst um zehn morgen, weil ich vorher auf dem Stadtmarkt bin. Bis dann.«

»Bis dann, Giovanni.« Zoom! Roland Findeisen starrte in das Teleobjektiv, das gerade mal einen Meter vor seinem Gesicht schwebte.

»Weißt du«, sagte Jana, als Rolli ihr gegenüber saß, »diesen Typen, den ihr Honecker nennt, den hasse ich. Der hat früher unschuldige Menschen eingesperrt, und jetzt geht er mit seiner Stasi-Vergangenheit hausieren.«

»Na ja«, versuchte Rolli sie zu beschwichtigen, »vielleicht waren ja nicht alle, die früher bei der Stasi gearbeitet haben, gleich schlimm.«

»Dummes Zeug«, erwiderte sie. »Meine Familie hat früher in Leipzig gelebt, mein Vater wurde wegen einer Kleinigkeit in Bautzen inhaftiert, und er hat es nie verwunden. Nach der Wende ist er ziemlich bald gestorben. Vor vier Jahren habe ich mich auf die Suche nach der Geschichte unserer Familie gemacht und mir die Stasi-Akten angesehen, die es über meinen Vater gab. Ich wollte wissen, weshalb er im Knast war. Und weißt du was? Es ging um nichts weiter als eine blödsinnige Verleumdung. Geplante Republikflucht, so ein Quatsch. Mein Vater hätte seine Heimat nie verlassen. Und weißt du, wer den Haftbefehl unterschrieben hat? Ein Leutnant namens Anton Grigoleit.«

»Tatsächlich?« Rolli war verwirrt. Der nette, stets gutgelaunte Grigoleit, den sie als Gast immer gerne sahen, sollte sich so übel verhalten haben? »Meinst du wirklich, dass er es war? Der Name ist vielleicht gar nicht so selten da drüben.«

»Aber nicht in Verbindung mit dem Leutnants-Rang.« Jana machte eine abwinkende Handbewegung. »Aber ich wollte jetzt gar nicht über so etwas reden. Tut mir leid.«

»Schon okay.« Rolli starrte sie lange an. Sein Blick hatte auf einmal etwas Verträumtes. »Jana«, sagte er schließlich mit belegter Stimme, »komm, lass uns ins Bett gehen.«

Die Kamera klickte.

Jana erhob sich ruhig, baute das Objektiv von der Kamera ab, verstaute es sorgfältig in der Zubehörbox. Rolli folgte ihr mit dem Blick. Sie war unfassbar schön! Seine Hände gehorchten ihm nicht, und fast hätte er sein Glas umgestoßen.

»Eine vernünftige Idee«, sagte sie. »Am besten, ich lasse die Büchertasche heute Nacht hier und nehme nur meine Fotosachen mit. Ich komme ja morgen Nachmittag wieder herein. Bis dann!« Und schon war sie weg.

Sei verblüfft, das steht dir gut!, ging ihm wie ein Echo durch den Kopf, als er die Tür hinter ihr abschloss.

2

In den Minuten vor Sonnenaufgang war die Landschaft in ein eigenartiges Zwielicht getaucht. Nebelschwaden bewegten sich dicht über dem Boden, lagen wie feine Watte über Teichen und Pfützen, umzogen die Weiden und Erlen wie milder Rauch. Stellenweise ragten die Spitzen des Schilfs aus dem Dunst wie kleine Schwerter, einzelne Bäume hoben sich schattenhaft empor wie erstarrte Gestalten. Über allem lag ein Zwitschern, Trillern und Pfeifen, ein Klappern und Schnattern unzähliger Vögel, die das Eindringen eines Menschen in diese verwunschene Welt kommentierten.

Jana hatte ihr Fahrrad in der Nähe der Straße am Zaun einer Holzhütte zurückgelassen. Irgendwer hatte sich da, fern von allen Ansiedlungen, ein kleines Schrebergartenparadies geschaffen. Sie war so weit wie möglich einen Fahrweg in Richtung Flussufer gegangen und von da, wo die Traktorspuren in ein Feld abbogen, dem Trampelpfad in das sumpfige Gelände gefolgt.

Am Wegrand tauchte ein angerostetes Schild mit dem Umriss eines Greifvogels auf, grün umrandet, das Zeichen für ein Vogelschutzgebiet. Sie ging nur wenige Meter weiter und fand eine Stelle, die fest genug war, um das Stativ aufzubauen. Von hier aus hatte sie eine gute Sicht auf einen alten Flussarm und eine weite Schilffläche. Sie zog die Standbeine ihres Stativs auseinander, platzierte es sicher, steckte die Kamera auf und schaute in den Sucher, justierte das Objektiv. Die Landschaft wirkte durch den Sucher noch fremdartiger und geheimnisvoller. Die Welt lag in pastellartigen Abstufungen von

Grau- und Blautönen vor ihr. Der Auslöser der Kamera zerlegte alles in eine Folge von Einzelbildern: Japanische Aquarelle. Dann, als die Sonne über den Horizont sprang, veränderte sich der Anblick jäh – von einer Sekunde zur anderen tauchten Töne von Rot und Gold auf, legten sich wie eine Patina auf die Nebelschwaden, das Licht wurde zu einem Funkeln und Gleißen, das Himmelsblau vertiefte sich, und Jana kam mit dem Ändern der Kameraeinstellungen kaum nach.

»Was macha Sie do?«

Jana fuhr herum und sah einen Mann, Mitte sechzig vielleicht, in einer abgeschabten Lederjacke und Cordhosen, das runde Gesicht unter der Schirmmütze von zahlreichen Äderchen durchzogen, was von häufigen Aufenthalten im Freien zeugte. Vor seiner Brust hing ein abgegriffener Feldstecher. Sie hatte ihn nicht herannahen gehört. Er sah sie herausfordernd an, und sie kam sich sofort wie ein Eindringling vor. Vielleicht war das der Bauer, über dessen Feldweg sie hergekommen war?

»Nur Fotos«, sagte sie. »Verzeihung, wenn ich auf Ihr Grundstück …«

»Schutzgebiet«, korrigierte er und streckte ihr eine derbe Hand entgegen. »Schimpfle. Ich bin hier der Vogelwart. Sie haben Ihr Fahrrad vor meiner Hütte abgestellt.«

»Habe ich Sie geweckt? Ich wusste nicht, dass da jemand wohnt.«

»Ach, woher! Ich werde immer in der Früh so um Viere wach, wenn die ersten Vogelstimmen zu hören sind. Und Sie? Für welche Zeitung arbeiten Sie?«

»Für keine, jedenfalls nicht fest. Gestatten, Jana Weber, Studentin und freie Fotografin. Ich dokumentiere nur die Schönheit der Landschaft. Vielleicht kauft die Tageszeitung ein paar Aufnahmen, vielleicht auch nicht. Ich will in erster Linie eine Ausstellung zusammenstellen, um die Leute darauf aufmerksam zu machen, was hier zerstört werden soll, und um Unterschriften gegen den geplanten Bau der Straße zu sammeln. Sie haben sicher schon davon gehört.«

Der Mann nickte. »Eine Schande. Schon wenn die ersten Leute zum Vermessen kommen, wird hier alles zertrampelt. Ich werde alles tun, was ich kann, um das zu verhindern.« Er deutete auf ihre Kamera. »Sind Sie wirklich nicht von der Zeitung? Gehören Sie zu einer Bürgerinitiative?«

Jana schüttelte den Kopf. »Es gibt noch keine Initiative. Aber wahrscheinlich bald. Fragen Sie mal in einigen Tagen in der Gaststätte *Zum Nordpol* an.«

»*Nordpol* – Ist ja ziemlich weit von hier. Aber da werde ich mitmachen. Sowas ist mir schon wichtig!« Er zog eine Visitenkarte aus seiner Brusttasche.

»Paul Schimpfle. Vogelwart«, las Jana. »Sind Sie bei der Behörde?«

Er schüttelte den Kopf. »Da drüben im Gewerbegebiet war ich mal Pächter eines Getränkemarkts. Als hier vor über zehn Jahren durch die große Überschwemmung alles abgesoffen ist, hat sich für mich kein Neuanfang mehr gelohnt. Es hat sich anschließend auch eine große Kette mit mehreren Filialen in der Stadt niedergelassen. Ich bin in Rente gegangen und habe mich hier auf einem kleinen gepachteten Grundstück zur Ruhe gesetzt. Ich warte immer noch auf meine Entschädigung von der Versicherung. Inzwischen gebe ich hier auf Fauna und Flora acht.«

»Dann sind Sie vielleicht älter, als man Sie schätzt.«

»Bestimmt sogar. Vierundsiebzig und noch ohne Wehwehchen. Macht die Bewegung an der frischen Luft.«

Jana lächelte ihn an. »Ich muss jetzt weiter, sonst ist die schöne Morgenstimmung weg.«

»Ich könnte Sie führen. Das Gelände ist hier trügerisch. Es gibt etliche Sumpflöcher. Ich möchte auch nicht, dass Sie in ein Dickicht reinstolpern, in dem geschützte Vögel nisten.«

Jana empfand dieses Angebot als aufdringlich, zeigte das aber nicht, um nicht ihrerseits unhöflich zu sein. Sie erlebte es aber recht oft, dass ihr ein Mann seine Hilfe anbot und dann ganz andere Absichten hatte als vorher angekündigt. Und jemand, der offenbar seit Jahren allein lebte, war ihr in dieser Hinsicht erst recht suspekt. »Danke, aber ich gehe lieber allein, um die Atmosphäre besser in mich aufzunehmen. Ich verspreche Ihnen, ich gehe nicht vom Weg ab.« Jana begann, ihre Kamera vom Stativ abzumontieren.

»Hm.« Er strich sich mit Daumen und Zeigefinger über die Nase. »Hundert Meter weiter gabelt sich der Pfad. Die Stelle ist fast überwuchert von rotem Springkraut, etwa eins fünfzig hoch, können Sie gar nicht verfehlen. Gehen Sie da links. Der rechte Pfad führt nur an einen Zaun, und da ist alles voll Fliegen, weil jemand illegal Abfall entsorgt hat. Ich bin noch nicht dazu gekommen, den Müll mit Erde abzudecken. Links kommen Sie ein wenig näher an das Altwasser, und wenn Sie Glück haben, bekommen Sie ein paar Graureiher vor die Linse.«

»Danke. Dann geh ich mal los.« Was sollte dieser Tipp? War er wirklich so hilfsbereit, wie er sich gab, oder wollte er verhindern, dass sie etwas ganz Bestimmtes entdeckte? Jana hatte ihr Stativ in der Bereitschaftstasche verstaut, die Kamera behielt sie in der Hand.

»Klopfen Sie mal bei mir an, wenn Sie Ihr Fahrrad abholen«, sagte er. »Dann weiß ich, dass Sie nicht versumpft sind.« Er kicherte, um auf sein Wortspiel aufmerksam zu machen. »Ich bereite einen Kaffee vor.« Er wandte sich zum Gehen.

»Kann ich dann bestimmt gut gebrauchen«, antwortete sie freundlich. Sie sah ihm einen Moment nach, folgte dann dem Pfad zum Altwasser. Seine Aufdringlichkeit war ihr unheimlich gewesen, und jetzt war sie froh, dass er ihr nicht zu folgen schien.

Paul Schimpfle war außer Sicht, als sie die Weggabelung erreichte. Einige der Pflanzen waren in voller Blüte, andere trugen bereits kleine birnenförmige Samenkapseln. Sie berührte einige davon und drückte sie zusammen, aber sie waren noch zu frisch. Sie liebte es, wenn die Kapseln im Hochsommer zwischen den Fingern platzten und der Samen hervorsprang. Gegen den Rat des Rentners wandte sie sich nach rechts. Er hatte sie neugierig gemacht. Wahrscheinlich hatte er etwas entsorgt und wollte nicht, dass sein Bild als Naturschützer angekratzt wurde. Sie sah sich um, ob er ihr folgte. Wenn da eine wilde Müllkippe war, gehörte gerade das dokumentiert.

Nach ein paar Schritten hielt sie inne. Sie hatte ein Geräusch gehört, das anders klang als das Rascheln von Vögeln oder Mäusen. Sie starrte ins Dickicht, aber da war nichts.

Das Gelände stieg kaum merklich an. Sie fotografierte einen überwucherten Maschendrahtzaun, in den der Rost bereits Löcher gefressen hatte, und entdeckte in rund hundertfünfzig Metern Entfernung im Gewerbegebiet entlang der Schnellzugstrecke ein paar zerfallene Gebäude, Lagerhallen mit einem angrenzenden Bürotrakt, dessen Fensterscheiben fast alle zersprungen oder vom Staub verdunkelt waren. Das war der ältere Teil des Industriegeländes. Gerade als sie davon ein paar Aufnahmen mit dem Teleobjektiv machte, blitzte drüben etwas auf. Durch den Sucher sah sie, dass dort ein Lieferwagen vor einem rostigen Rolltor stand. Offenbar hatte gerade jemand die Tür zugeschlagen, und das Glas hatte das Sonnenlicht gespiegelt.

Sie wunderte sich über den Wagen so früh am Morgen auf dem Gelände eines verlassen aussehenden Betriebs, dachte aber nicht weiter darüber nach, denn die nähere Umgebung nahm ihre Aufmerksamkeit in Anspruch. Sie entdeckte einen Stand Brennnesseln in voller Blüte, die Blätter waren riesig, und sie machte ein paar Nahaufnahmen mit dem Weitwinkel. Wenige Meter weiter hatte jemand ein Gestrüpp aus wildem Hopfen und weiß blühender Clematis auseinander gezerrt. Ihr fiel auf, dass es um sie herum plötzlich ganz still war. Kein Vogelgezwitscher, kein Sirren von Insekten, keine Geräusche im Gras. Selbst der Wind schien still, und Jana hatte das Gefühl, beobachtet zu werden.

Ach was, dachte sie. Meine Sinne spielen mir einen Streich. Sie wandte sich dem Rankengewirr zu. Als sie hindurchblickte, waren plötzlich zahlreiche Schmeißfliegen um sie herum, die aufdringlich brummten.

Und dann sah sie am Boden etwas Weißgraues. Es durchlief sie kalt, als sie die Rippen eines Brustkorbs erkannte. Ein unangenehmer Schauer lief ihr über Rücken und Arme, doch sie war zu sehr Fotografin, um entsetzt davonzulaufen. Fliegen schwärmten auf, und als einige sich auf ihrer Haut niederließen, kam in ihr heftiger Ekel auf. Sie wollte nur rasch drei oder vier Bilder machen und dann so schnell wie möglich hier verschwinden. Fliegen, dachte sie. Vor Kurzem hatte sie im Fernsehen einen drittklassigen Horrorfilm gesehen, *Beelzebuth, der Herr der Fliegen*, darin war der Teufel in einem Kloster in Form einer dicken Schmeißfliege umgegangen. Sie hatte den Mist nicht ausgemacht, sondern war auf dem Sofa eingeschlafen, und die Geschichte hatte sich in ihrem Unterbewusstsein eingenistet und verursachte ihr jetzt Ekel und Herzklopfen.

Gerade als sie die Kamera hob, den Finger schon am Auslöser, hörte sie hinter sich ein Geräusch, das Knacken eines Zweiges, das Rascheln von Gras und Blättern. Also war da doch jemand! Hatte sie nicht eben aus dem Augenwinkel eine schattenhafte Bewegung gesehen?

Jana kam nicht mehr dazu, sich umzudrehen. Es ging einfach zu schnell: Eine Schlinge wurde über ihren Kopf geworfen und zog sich um ihren Hals zusammen. Jemand zerrte daran, der offenbar kleiner war als sie, was in diesem Moment sein Vorteil war. Sie ließ die Kamera fallen, griff mit beiden Händen nach dem festen Draht, der in ihre Kehle schnitt wie ein scharfes Messer. Der Angreifer wich ihr geschickt aus. Der Draht verbiss sich tief in ihr Fleisch.

Sie konnte nicht schreien. Ihr ganzer Körper war plötzlich ein einziger Schmerz. Ihre Augen schienen ihr aus dem Gesicht zu platzen.

Verzweifelt versuchte Jana, die Hände zu greifen, die die Schlinge führten, sie mit aller Kraft auseinander zu ziehen, ertastete grobe männliche Haut, behaarte Finger, einen klobigen Ring, sie krallte ihre Fingernägel in das Fleisch, aber erfolglos. Kalter Schweiß lief ihr von der Stirn über das Gesicht.

»Hilfe!«, wollte sie schreien, doch ihre Stimme war nicht einmal laut genug für ein Krächzen. Ihr wurde grün und schwarz vor den Augen, der Schmerz durchfuhr sie wie ein greller Blitz. Sie trat mit einem Fuß nach hinten aus, traf etwas, hörte ein Zischen, das sich nach »Miststück« anhörte, dann wurde die Schlinge mit einem Ruck nach rückwärts gerissen, sie taumelte, warf ihre Hände ziellos Halt suchend in die Luft. Der Kampf war heftig und kurz und, wie sie zu ihrem Entsetzen erkannte, aussichtslos.

Als sie das Knacken eines Knorpels in ihrer Kehle hörte, wusste sie, das alles vorbei war. Den Schmerz spürte sie schon nicht mehr.

* * *

Roland Findeisen war am Morgen beunruhigt gewesen, ohne dass er sagen konnte, weshalb. Vielleicht hatte er erwartet, dass Jana Weber nach ihrer Foto-Exkursion im »Nordpol« auftauchte, um ihre Tasche mit den Büchern zu holen, aber er musste sich sagen, dass sie wahrscheinlich gleich zur Uni gefahren war, wenn sie schon mal im Augsburger Süden war. Die ganze Stadt mit dem Fahrrad zu durchqueren, war für ein paar Bücher ein ziemlich hoher Aufwand.

Er dachte nicht mehr an sie, als er jetzt mit Giovanni Rosetti zusammen an einem der Gästetische saß und die Speisekarte durchging, die der Koch zum größten Teil jede Woche neu zusammenstellte. Die Waren dafür kaufte er frisch auf dem Stadtmarkt oder im Großhandel.

»Diese Woche gibt es besonders guten Blumenkohl«, sagte Giovanni. »Ich könnte ihn mit leichtem Käse überbacken als Angebot für die Vegetarier, außerdem eingelegt als sauren Salat oder als Beilage für Fisch. Und dann Bohnen, ganz frisch. Mann, so schöne hat es lange nicht mehr gegeben. Sagen wir, Lammkeule mit Buschbohnen als teures Gericht?«

»Lamm hätte ich wirklich gern mal«, erwiderte Rolli. »Vielleicht kannst du zusätzlich auch eine Kasserolle anbieten, Lammfleisch mit viel Knoblauch in Tomatenpüree, überbacken, was meinst du?«

»Nicht überbacken. Nimmt zu viel Geschmack weg. Aber mach ich, Chef, allerdings lieber mit frischem Thymian und nur ganz sparsam Knoblauch. Ich muss fünf große Lammkeulen kaufen, machen wir fünfzehn Portionen draus, ja?«

Rolli war skeptisch. »Reichen nicht zehn Portionen, also weniger Lammkeulen? Ich habe gestern gesehen, was das Zeug kostet. Da müssen wir mindestens sechzehn Euro für jede Portion verlangen. Mehr als zehn Gäste bestellen das sicher nicht.«

»Wir können das locker für vierzehn machen«, schlug Giovanni vor. »Sagen wir dreizehnachtzig, sieht besser aus auf der Karte. Ich kaufe Lamm nicht auf dem Stadtmarkt, und im Großmarkt ist es auch zu teuer und nicht so gut, weil es gefroren ist und aus Neuseeland stammt. Ich habe neulich einen türkischen Supermarkt gefunden, der frisches Lamm hat, sogar recht preiswert. Empfehlung von Aysun.« Das war seine Küchenhilfe. »Ich fahre selbst hin und suche aus. Hmm, ich stelle mir das schon vor, so mit gutem, frischem Olivenöl ...« Er geriet ins Schwärmen.

»Vielleicht komme ich zum Einkaufen mit«, schlug Rolli vor. »Es ist immer ein Erlebnis, dich beim Aussuchen und Verhandeln zu beobachten.«

Giovanni lachte. »Du willst nur eine Runde mit meinem neuen Auto drehen. Das machen wir ein andermal. Zum Einkaufen brauchen wir deinen Lieferwagen.«

Er hatte recht – tatsächlich hätte Rolli den Wagen seines Kochs, einen roten De Tomaso Pantera aus dem Jahr 1974, gern einmal gefahren, aber mehr als den Beifahrer zu spielen, war nicht drin. Da war Giovanni Rosetti sehr eigen. Sportwagen waren sein Hobby – er kaufte sich jedes Jahr einen gebrauchten, meistens einen seltenen Oldtimer, bastelte ein wenig daran herum, brachte ihn mit historischen Ersatzteilen auf Vordermann und verkaufte ihn dann wieder, meist mit gutem Gewinn. In der Zwischenzeit hatte er ein regelrechtes »Liebesverhältnis« zu seinen Autos und verlieh ihnen sogar Vornamen – der De Tomaso hieß »Alberto« nach Giovannis vorletztem Liebhaber, einem übertrieben tuntigen Friseur, dem er offenbar immer noch nachtrauerte. Der jetzige Wagen hatte rund vierzigtausend

Euro gekostet, Giovanni würde im Laufe eines Jahres etwa zehntausend hineinstecken und dann sechzigtausend dafür verlangen – und wahrscheinlich auch bekommen. In der Oldtimer-Szene war Rollis Koch in ganz Bayern bekannt, was der Gaststätte »Zum Nordpol« bereits so manchen illustren Gast beschert hatte, wie zum Beispiel einen ehemaligen bayrischen Minister oder kürzlich sogar einen bekannten Fußballspieler aus München.

Gerade machte sich Giovanni Notizen auf seinem Entwurf der nächsten Speisekarte, da betrat ein Gast den Schankraum. Es war Sigbert Sonnberger, der gestern Abend noch mit seiner schicken Begleitung hier gespeist hatte. Er war jetzt in einen Arbeitskittel gekleidet und trug eine flache blaue Kiste vor sich her, die ordentlich schwer zu sein schien. »Habt Ihr Platz genug in der Tiefkühltruhe?«, fragte er, ein wenig außer Atem.

»Wofür?«, fragte Giovanni stirnrunzelnd.

»Fünfundzwanzig Kilo Pangasius-Filet«, sagte er. »Frisch aus Vietnam. Tiefgefroren.«

»Haben wir nicht bestellt«, brummte der Koch.

Rolli legte ihm eine Hand auf den Unterarm, um ihn zum schweigen zu bringen. Er sah Sonnberger an. »Was soll der denn kosten?«

»Gar nichts«, sagte Sonnberger. »Ist ein Geschenk.«

Nun runzelte auch Rolli die Stirn. »Wieso?«

»Werbung für mich«, erklärte Sonnberger. »Verpflichtet aber zu nichts.« Er stellte die Kiste auf einen freien Tisch. »Nur die Kiste will ich zurückhaben. Ist Mehrweg, mit happig Pfand drauf.«

»Und wie kommen wir zu der Ehre?«

Sonnberger grinste. Er hatte schon früher mit Roland Findeisen und Giovanni Rosetti ins Geschäft kommen wollen und wusste daher, dass beide sehr misstrauisch waren. »Ehrlich«, sagte er. »Ich habe davon rund zweihundert Kisten geliefert bekommen, die ich nicht bestellt habe – ein halber Lastwagen voll. Ein Irrtum der rumänischen Spedition. Ich habe mit den Lieferanten in Vietnam telefoniert, aber die wollen die Ware nicht zurück haben. Zu teuer, wegen des Kühltransports und der Verzollung, und ein anderer Abnehmer findet sich so schnell nicht. Ich kann mir aber auch nicht das ganze Kühlhaus damit zupacken, und deshalb habe ich angefangen, den Fisch zu verschenken. Das ist erstklassige Ware. Versprochen.«

»Eigentlich wollte ich Freitag Seezunge und Steinbutt auf die Karte setzen«, brummte Giovanni. »Ist gerade Saison.«

Rolli wollte etwas erwidern, aber in diesem Moment läutete das orangene Telefon. Rolli sprang auf und riss den Hörer an sich. »Nordpol Delivery Service! Was kann ich für Sie tun?«, rief er in gekonnter Routine.

Es war die betagte Frau Warnke, die neue Medikamente aus der Apotheke brauchte. Sie fühlte sich heute zu schwach, um selbst zu gehen, auch wenn der Laden nur zweihundert Meter von ihrem Zuhause entfernt lag. Rolli vermutete, dass sie wieder etwas bestellt hatte, was es nur auf Rezept gab. Er schickte deshalb Pappa, den Griechen, der »das Rezept wird nachgeliefert« so undeutlich aussprechen konnte, dass es hinterher leicht war, zu behaupten, er habe etwas ganz anderes gesagt. Widerstrebend erhob sich Pappa von seinem Platz, wo er gerade die aktuellen Börsenkurse in der Tageszeitung studiert hatte. »Griechen verstehen eh nichts davon«, sagte Rolli, natürlich im Scherz, und er wartete wohlweislich damit, bis Pappa draußen war.

»Du kannst doch auch in der Woche drauf noch Seezunge und Steinbutt anbieten«, schlug Rolli seinem Koch vor.

»Da habe ich aber schon ein sehr schönes Seewolf-Rezept in Planung«, maulte der Italiener. »Mit Artischocken-Mousse.«

Rolli zuckte mit den Schultern. »Wenn wir jetzt diese großzügige Spende annehmen, sparen wir genug Geld, so dass wir nächste Woche ein richtiges Fischfestival machen können, mit Steinbutt und Kugelfisch oder was immer du willst. Da kannst du dich richtig austoben.«

Giovanni grinste endlich. »Okay, Chef«, lenkte er ein. »Das ist ein Wort.« Er drehte sich zu Sonnberger um und reichte ihm die Hand. »Danke«, sagte er. »Du hast was bei mir gut.«

»Dann nehme ich …« Sonnberger streckte die Hand nach der Speisekarte aus.

Rolli lachte. »Das habe ich mir gedacht, dass Sie sofort zuschlagen. Giovanni hat heute Jacobsmuscheln in feiner Kräutersoße. Exzellent, kann ich Ihnen sagen.«

»Hast du etwa genascht?« Giovanni sah ihn mit gespielter Entrüstung an, und so wäre die Flachserei noch eine Weile hin und her gegangen, wenn nicht gerade das zweite Telefon, der Gaststätten-Anschluss, geläutet hätte.

Rolli nahm ab. »Nordpol Del…, äh, Gaststätte zum Nordpol!«, meldete er sich. »Um was geht's?«

»Hier ist Paul Schimpfle«, erwiderte ein Mann mit behäbiger Stimme und deutlich schwäbischem Dialekt. »Ich möchte das Fräulein Weber sprechen.«

»Fräulein sagt doch heute niemand mehr«, wunderte Rolli sich laut. »Sie meinen Jana Weber, die Fotografin?«

»Genau die. So eine Blonde mit großen Augen und fantastischer Figur.«

»Die ist nicht hier«, versicherte Rolli und ärgerte sich insgeheim über die Bemerkung. Was ging diesen Kerl Janas Aussehen an? Hatte der Typ vielleicht Absichten auf sie? »Wahrscheinlich noch in der Uni«, erklärte er reserviert. »Sie studiert ja nebenher.«

»Ja, das hat sie heut in der Früh auch gesagt. Und Fotos wollte sie machen, für eine Bürgerinitiative. Ich frag mich die ganze Zeit, warum die so ein hübsches Mädle ganz allein in die Sümpfe schicken. Ist von denen einer da?«

»Nein. Die ist noch nicht gegründet.«

Ein Moment stillen Nachdenkens schwieg sich durch den Hörer. »Aber wie erreiche ich die denn? Ich meine, dieses Fräulein. Sie hat ihr Fahrrad hier vergessen.«

»Sie hat was?«, fragte Rolli überrascht. Dass sie hier ihre Tasche zurückließ, war vorstellbar, aber wie sie ohne Transportmittel von Sankt Afra zur Uni gekommen sein wollte, konnte er sich nicht vorstellen. Es gab zwar eine Bahnstation, aber wenn sie mit dem Zug gefahren war, hätte sie wieder nach Sankt Afra zurück, an einer Hauptstraße entlang marschieren und das Industriegebiet durchqueren müssen, nur um ihr Fahrrad abzuholen, das sie ja zumindest bis zur Bahnstation hätte mitnehmen können. »Können Sie mir das genauer erklären?«

Der Anrufer berichtete, dass Jana Weber am frühen Morgen ihr Rad an den Zaun vor seiner Hütte gelehnt hatte und dann »ins Gelände« gegangen war. Kurz hatte er sich mit ihr unterhalten, hatte ihr ein paar Hinweise gegeben und sie dann allein losziehen lassen. »Das mache ich normalerweise nicht«, sagte er, »denn der Auwald ist schon gefährlich, besonders wo es hier so sumpfig ist, aber sie wollte unbedingt in Ruhe fotografieren, und ich habe sie natürlich gelassen. Als sie dann drei Stunden später immer noch nicht da war, habe ich den Hund an die Leine genommen und herumgesucht. Normalerweise darf Mehdorn ja nicht mit ins Naturschutzgebiet …«

»Wer?«

»Mehdorn«, sagte Schimpfle. »Nach dem früheren Bahnchef. Er ist mir damals zugelaufen, der Hund, und mir ist kein Name eingefallen. Hasso oder sowas finde ich ja deppert. Als ich dann die Zeitung durchgeblättert hab, ist was über den Bespitzelungs-Skandal bei der Bahn dringestanden, und ich hab mir gedacht: Ja so ein Hundskrüppel! Ja, und da hatte ich den Namen. Schnüffeln kann mein Hund ja, das liegt in seiner Natur. Und es passt ja auch zur Schnellzugstrecke, die hier vorbeigeht.« Er kicherte, als hätte er einen Witz gemacht. »Also, ich habe mit Mehdorn das Gelände durchsucht und habe Obacht geben müssen, dass er mir keine brütenden Vögel aufstöbert. Aber gefunden hab ich nichts! Gar nichts. Das Mädle ist wie vom Erdboden verschluckt. Äh, ich meine, hoffentlich nicht wirklich. Dabei wollte sie noch bei mir anklopfen. Ich hatte extra einen Kaffee gemacht.«

»Vielleicht hat sie länger gebraucht«, wandte Rolli ein, »und sie hat einen Kommilitonen angerufen, damit der sie abholt, und sie ist einfach bis zur Straße gelaufen. Ich höre mich mal um. Hier in der Gaststätte verkehren viele Studenten, und die meisten kennen sie.«

»Ja, das kann sein. Ich stell das Rad einfach hinter meine Hütte. Wenn sie kommt, sagen Sie ihr das doch bitte. Sie kann einfach aufs Grundstück, wenn ich nicht da bin. Oder sie kann mich irgendwann anrufen, ich interessiere mich ja auch für die Bürgerinitiative. Ich gebe Ihnen mal meine Nummer.«

»Habe ich schon«, erklärte Rolli. »Die ist hier im Display.« Er drückte die Speichertaste, um die Nummer zu sichern.

»Was es heute alles gibt«, sagte Schimpfle. »Also, wir sehen uns dann irgendwann. Ich gehe noch einmal eine Runde durchs Gelände.«

Nach diesem Anruf hatte Rolli ein merkwürdiges Gefühl im Bauch, das er nicht näher definieren konnte. Irgendetwas stimmte da nicht. Dieser Mann kam ihm höchst seltsam vor. Ob er vielleicht mehr wusste, als er am Telefon gesagt hatte? Wo steckte Jana nur? Seine Unruhe, die er schon vorher gespürt hatte, nahm zu. Er schenkte sich ein Bier ein.

* * *

Am Freitagmorgen lief im »Nordpol« alles hektisch. Roland Findeisen hatte schlecht geschlafen und von schönen Frauen geträumt, die mit verzerrten Gesichtern in Sümpfen versanken und später mit schwarzen Händen aus dem Schlamm nach seinen Fußknöcheln griffen. Er hatte gestern nicht viel getrunken, fühlte sich aber trotzdem völlig unausgeschlafen.

Es waren mehr Frühstücksgäste als sonst aufgetaucht, es gab jede Menge Sonderwünsche, der Kaffee lief nicht schnell genug durch die Maschine. Tanja Behnke war eine Viertelstunde zu spät gekommen, Rolli hatte die Zeitung nicht in Ruhe gelesen und war auch deshalb nicht gut gelaunt. Sein Vater mäkelte am Frühstücksei herum, weil es nicht genau halb weich, sondern fast hart gekocht war, und er ließ sich wieder einmal lang und breit über den Pflegedienst aus, weil er sich zu grob behandelt fühlte. »Schließlich zahlt meine Kasse gut«, war sein Standard-Kommentar für solche Fälle.

An Tisch drei saßen mehrere Rentner von der nahen Schrebergartenanlage und erzählten sich Schwabenwitze, allesamt so alt wie Großmutters Bart, und Rolli konnte es längst nicht mehr hören, dass der Grand Canyon von einem Schwaben geschaffen worden sei, der einen Pfennig verloren hatte, oder dass verstorbene Schwaben nur bis zur Hüfte beerdigt würden, damit sie ihr Grab selbst pflegen könnten. Das wiehernde Lachen der alten Herrschaften trug nichts zur Verbesserung seiner Laune bei.

Für halb elf war das Hinterzimmer für Beerdigungsgäste reserviert und musste spätestens um zehn eingedeckt sein. Tanja Behnke, die ja nur als Frühstücksbedienung eingestellt war, sah dies als Strafarbeit für ihr Zuspätkommen an und war entsprechend verstimmt. Man merkte es daran, wie sie mit dumpfem Geräusch und vorgetäuschter Eile beim Gehen mit den Fersen aufstampfte. Es war ihr Glück, dass sie sich wenigstens bei den Gästen um Freundlichkeit bemühte, denn Rolli hätte nicht übel Lust gehabt, heute jemanden hinauszuwerfen.

Zu allem Überfluss stand das Telefon des Kurierdienstes nicht still. Die beiden Studenten, die Bereitschaft hatten, waren ständig unterwegs, und Rolli hatte deshalb Markus Rieger kommen lassen, einen jungen Langzeitarbeitslosen, der sich kürzlich mit »Dienstleistungen aller Art« selbstständig gemacht hatte. Das Startkapital hatte er nach langem Hin und Her von der Arbeitsagentur als Darlehen bekommen. Jetzt war er Heizungsmonteur, Fliesenleger, Kammerjäger, Fußpfleger, Gärtner, Friseur, Aushilfskellner, Bote und was den Leuten, die ihn engagierten, sonst noch einfiel. Das war zurzeit nicht besonders viel, denn sein Service musste sich erst einmal herumsprechen. So war er ganz dankbar, dass er bei Rolli seine hundertneunzehn Kilo auf eine Sitzbank zwängen und bei einem Gratiskaffee darauf warten durfte, dass ein Kurierauftrag für ihn abfiel.

Ihm gegenüber vertilgte Grigoleit gerade die Reste seines Frühstücks, gönnte sich einen zweiten Kaffee und redete unentwegt auf den dicken Rieger ein, so dass man diesem ansah, dass er sich nichts sehnlicher wünschte, auf der Stelle mit einer Botenfahrt losgeschickt zu werden, und zwar möglichst weit weg.

»Und stell dir vor«, berichtete Grigoleit von seinem kürzlichen Urnen-Erlebnis, »ich bin auf die Minute pünktlich gewesen, obwohl ich kurz vor Kirchheim-Teck in einen Stau gekommen bin, und habe den Friedhof auf Anhieb gefunden, sogar den richtigen. Aber dann stellte sich heraus, dass die Asche nur in einer so genannten Transporturne war, aus Plastik, und sowas darf in Baden-Württemberg nicht in die Erde. Klar, ist ja Sondermüll. Ich hatte das Ding also in einen Nebenraum zu tragen, wo eine der Trauernden eine Begräbnisurne aussuchen musste, zum Glück standen da gerade drei prächtige Exemplare rum, ganz ohne Werbung für den lieben Gott drauf. Und jetzt, pass auf, jetzt kommt der Hammer! Beim Umfüllen der Asche klimpert's so komisch in der Vase, und ich dachte, der Tote hätte vielleicht im Krematorium seinen Schmuck nicht abgelegt, aber nee, Kronkorken waren das, Verschlüsse von original Augsburger Thorbräu, drei Stück, und nicht mal angebrannt. Und ein paar Zigarettenkippen, aber die hat man nicht gehört.«

»Honecker, das glaubt dir keiner«, brummte der dicke Rieger.

»Aber es war so! Wahrscheinlich ist denen die Urne hier beim Befüllen hingefallen, und die haben einfach zusammengekehrt, was am Boden lag. Ist ja schon ziemlich eilig gewesen, das Ganze.« Anton Grigoleit sah sich zu Rolli um. »War jedenfalls 'ne spannende Sache, dieser Urnentransport. So die Autobahn entlang zu zuckeln mit der Asche von einem Toten auf dem Beifahrersitz … angeschnallt natürlich. Ich hab noch nie so lange geschwiegen, wenn ich in Begleitung war. Im Radio gab's zünftige Country-Musik. Ich habe mich nicht getraut, unterwegs was zu essen, von wegen der Pietät, und ich weiß ja nicht, wie man sich 'ner Urne gegenüber benimmt, aber auf dem Rückweg habe ich dann richtig reingehauen. Raststätte Gruibingen, echt Spitzenküche, beste Currywurst in ganz Württemberg. Für solche Sondereinsätze bin ich immer zu haben. Kannst mich auf deine Liste setzen, Rolli! Nicht wegen des Geldes, klar. Nur Notfälle und Sachen, die mir Spaß machen.«

»Urnen zum Beispiel«, merkte Rieger an. »Mir kannst du 'n Bier bringen.«

Als Rolli gerade am Zapfhahn stand, läutete schon wieder das Kuriertelefon. Er zapfte zu Ende, brachte Rieger das Bier und nahm den Hörer ab. »Nordpol Delivery Service«, meldete er sich. »Was kann ich für Sie tun?«, und nach einer Weile: »Wird sofort gemacht. Es ist schon jemand unterwegs.« Er legte auf. »Rieger, das Bier musst du später trinken. Rechtsanwalt Klein braucht eine Akte aus seinem Büro, ganz schnell. Seine Sekretärin weiß schon Bescheid und bringt sie dir zum Wagen. Fahr auf den Parkplatz hinter dem Haus. Die Akte lieferst du im Landgericht im großen Sitzungssaal zwei ab.«

»Hast du etwa kein Flaschenbier für unterwegs?«

»Der Herr sollte erst einmal hier bleiben«, sagte einer der beiden Leute, die in diesem Moment die Gaststube betraten. »Wir haben ein paar Fragen an alle Anwesenden. Gestatten Gossner, Kriminalhauptkommissar. Das hier ist meine Kollegin Demharter, Kriminalkommissarin.« Er sah von einem der Anwesenden zum anderen. »Wer ist hier der Wirt?«

»Ich«, rief Josef Findeisen von seinem Platz. »Warten Sie. Ich bin gleich fertig mit der Zeitung, dann stehe ich Ihnen zur Verfügung.«

»Ach ja?«, sagte Gossner und ging einen Schritt auf ihn zu. »Ich bin es aber gewohnt, dass man mir meine Fragen sofort beantwortet.«

»Keine gute Gewohnheit«, sagte der alte Findeisen. »Zumal Sie ja nicht einmal was gefragt haben.« Er wandte sich wieder seiner Lektüre zu und brummte etwas Unwirsches, als der Beamte sich unaufgefordert vor ihn hinsetzte.

»Ich will Ihnen mal was sagen!«, zischte Gossner ihn an. »Solche Klugscheißer wie Sie, die habe ich gefressen! Die haben bei mir nichts zu lachen, ist das klar?«

»Klar. Ich lach' ja gar nicht«, sagte Josef Findeisen. »Ist doch auch nicht lustig, wenn Sie Behinderte grundlos anschnauzen. Ein Fall für die Zeitung, wenn Sie mich fragen. Haben sie wenigstens einen Dienstausweis?«

Der Beamte brummte etwas, zeigte seine Karte, und Josef Findeisen schrieb provozierend langsam den Namen und die Dienstnummer auf den Rand seines Lokalblättchens. Dann sah er zu der Beamtin auf, die neben dem Tisch stand. »Möchten Sie sich nicht setzen?«

»Gern.« Kriminalkommissarin Demharter nahm neben ihrem Kollegen Platz. »Danke.«

»Also. Was wollen Sie wissen?« Er sah nur die Frau an.

»Wir suchen eine Fotografin, die hier verkehren soll, eine Jana Weber.«

»Nie gehört.« Der alte Findeisen faltete seine Zeitung zusammen und deutete an seinem Gegenüber vorbei auf Rolli. »Da müssen Sie schon meinen Sohn fragen, der kennt die Leute besser als ich. Ich frühstücke hier nur und erledige den Verwaltungskram oben in meinem Büro.«

»Warum sagen Sie das nicht gleich?« Hauptkommissar Gossner drehte sich zu Rolli um. »Kommen Sie mal her.«

»Ich denke nicht daran.« Rolli schüttelte den Kopf. »Wenn Sie etwas von mir wissen wollen, müssen Sie sich schon einen anderen Ton angewöhnen. Dies ist ein Gasthaus, und das Wort Gast setzt gewisse Umgangsformen voraus, ist Ihnen das klar? Es gibt da einen schönen Essay von Thoreau. Sollten Sie mal lesen. Also, solange Sie mir nicht nachgewiesen haben, dass Sie in amtlicher Funktion hier sind, haben Sie sich wie ein normaler Gast zu verhalten, höflich und freundlich. Am besten, Sie gehen kurz vor die Tür und kommen nochmal herein. Neuer Versuch, neues Glück. Und mein Mitarbeiter muss jetzt los, den können Sie später befragen. Er muss zu einem Gerichtstermin.« Er drehte sich zu Markus Rieger um. »Fahr ruhig.«

Der Dicke hatte inzwischen sein Bier zur Hälfte getrunken, nahm den Rest in einem großen Schluck, um ihn vor dem finalen Verschalen zu retten, und stemmte sich hoch. Er sah fragend zwischen Rolli und dem Polizeibeamten hin und her. »Diese Jana kenne ich nur vom Sehen«, sagte er.

»Sehen Sie? Mein Mitarbeiter kann Ihnen ohnehin nichts dazu sagen.« Rolli baute sich vor dem Beamten auf, der aufgestanden war und zu ihm herüberkam. Er starrte in das undurchdringlich behaarte Gesicht mit dem schlecht gepflegten Bart. Die wässrigen blauen Augen mit den dunklen Rändern und den starken Tränensäcken ließen ewige Unausgeschlafenheit und ein unregelmäßiges Leben erahnen. Der schmale Mund, der wie ein Spalt zwischen wirren Barthaaren klaffte, wirkte verkniffen. Der ganze Mann war ihm unsympathisch. Sieht aus wie Rübezahl, ging es Rolli durch den Kopf. »Also, was wollen Sie denn wissen?«

»Wann war Jana Weber zuletzt hier?«

»Vor zwei Tagen. Abends.« Rolli nickte Rieger zu, der sich in der Tür noch einmal umgedreht hatte und jetzt verschwand. »Sie hat hier mit ein paar Leuten ein Bier getrunken.«

»Wie lange?«

»Keine Ahnung. Sie ging als Letzte.«

»Das wissen wir«, sagte Gossner. »Wir haben uns schon im Studentenheim erkundigt. Also, wann genau?«

»Die Uhrzeit kann ich nicht sagen. Warum wollen Sie das wissen?«

Inzwischen stand die Kommissarin neben ihnen. »Sie ist verschwunden«, sagte sie. »Es kamen zwei Vermisstenmeldungen fast gleichzeitig herein. Eine von einem ihrer Kommilitonen, mit dem sie wohl näher befreundet ist, die andere von einem Rentner, bei dem sie ihr Fahrrad zurückgelassen hat, als sie Fotos in einem Vogelschutzgebiet machen wollte.«

»Na also«, sagte Rolli. »Dann wissen Sie ja, dass sie nicht hier ist.«

»Hatten Sie ein Verhältnis mit ihr?«, fragte Gossner.

»Unsinn!«

»Sie sollen sie aber an dem Abend hartnäckig angebaggert haben, wie wir gehört haben.« Gossners Gesicht schob sich dicht vor Rollis. Er stank nach kaltem Rauch, Schweiß und Old Spice. Ein Gemisch wie im Pornokino am Plärrer, dachte Rolli. »Was sagen Sie dazu?«, hauchte ihn der Beamte an.

»Dass Sie einem dummen Gerede erlegen sind«, sagte Rolli. »Ich habe ihr ein Kompliment wegen ihrer hervorragenden Fotos gemacht, das trifft zu, und ich habe mit ihr noch über eine Ausstellung gesprochen, die sie hier zeigen wird. Es geht um Natur- und Landschaftsschutz. Sie ist eine hervorragende Fotografin, und genau das habe ich ihr in Gegenwart anderer Gäste gesagt, und ich habe ihr diese kleine Ausstellung in diesen Räumen angeboten. Wer das als anbaggern versteht, hat eine überbordende Fantasie.«

»Sie sind also sicher, dass sie nicht bis zum Morgen geblieben ist?« Gossner, der etwas kleiner war als Rolli, wippte auf den Fußballen, um dies auszugleichen und Rolli direkt in die Augen zu sehen.

»Ganz sicher«, sagte Rolli. »Am nächsten Morgen wollte sie eine Fototour in den Lechauen machen und hat daher nur ihre Foto-Bereitschaftstasche mitgenommen. Ihre Büchermappe wollte sie später holen.«

»Die müssen wir mitnehmen«, entschied Gossner.

»Nur gegen Quittung.«

Gossner funkelte ihn an. »Von mir aus. Außerdem würden wir uns gern in Ihrer Wohnung umsehen. Sie wohnen doch hier im Haus?«

Honecker, der die ganze Zeit an seinem Platz gesessen und wortlos zugehört hatte, rückte umständlich seine schwere DDR-Kassenbrille zurecht und sagte: »Moment mal! Haben Sie denn einen richtigen Durchsuchungsbefehl? Und wenn ja, mit welcher Begründung?«

Gossner sah ihn an. »Das heißt immer noch Beschluss. Durchsuchungsbeschluss. Wer sind Sie denn überhaupt? Was mischen Sie sich hier ein?«

»Anton Grigoleit, Stammgast und, wenn ich das sagen darf, Freund des Hauses. Ich mische mich nicht ein, sondern bringe nur den üblichen Weg in Erinnerung, und der lautet nun mal: Durchsuchungsbeschluss, wie Sie richtig bemerken. Nehmen Sie einem pensionierten Kollegen diese kleine Anmerkung nicht übel.«

Rolli schnappte nach Luft, als er hörte, wie Grigoleit so einfach die Stasi mit der Augsburger Kripo gleichsetzte. Ehre, wem Ehre gebührt, dachte er.

»Wir haben keinen Durchsuchungsbeschluss«, sagte Christa Demharter zu Rolli. »Wir sind auf der Suche nach einer vermissten Frau, und Sie sind so nett und helfen uns. Eine richterliche Anordnung würden wir natürlich nur dann beantragen, wenn wir sie mit einem konkreten Verdacht untermauern könnten.«

»Na schön.« Rolli griff nach seinem Schlüsselbund hinter dem Tresen. »Zweiter Stock. Tun Sie, was Sie nicht lassen können. Aber Sie werden nichts entdecken, denn Frau Weber ist nie in meinen Privaträumen gewesen. Ach, und es ist da oben ein bisschen unordentlich. Räumen Sie bloß nicht auf, sonst finde ich nichts mehr wieder.«

Demharter verstand den Scherz und grinste, aber Gossner brummte etwas, das wie »unverschämt« klang.

»Du lässt die allein in deine Wohnung?«, fragte Grigoleit, als die beiden im Flur verschwanden. »Ist das nicht ein bisschen leichtsinnig?«

»Ich habe nichts zu verbergen«, sagte Rolli achselzuckend. »So, ich muss mich jetzt um meine Gäste kümmern.« Er scherte sich nicht mehr um die beiden ungebetenen Besucher, sondern setzte die Kaffeemaschine in Gang und stellte allen Frühstücksgästen eine Tasse hin. »Geht auf meine Rechnung«, sagte er. »Die Störung tut mir leid.«

Die meisten Gäste fühlten sich keineswegs gestört, sondern erkundigten sich nach der verschwundenen Studentin oder lobten Rolli, weil er sich von den »Bullen« nichts hatte bieten lassen. Sein Vater wollte einen Kaffee in seine Wohnung hinaufgebracht haben, weil er vorhatte, eine Beschwerdemail an den Polizeipräsidenten zu schreiben. »Vielleicht«, sagte er, »könnte ich für die Polizeischule einen Fortbildungslehrgang anbieten, *Knigge für Beamte*. Das würde mir Spaß machen.« Er schob sich in Richtung Aufzug und öffnete ihn mit einem Knopfdruck. Gossner und Demharter traten heraus.

»Na, haben Sie etwa so schnell etwas Interessantes in meiner Wohnung gefunden?«, fragte Rolli.

»Natürlich. Wie ich es erwartet hatte.« Gossner hielt einen Klarsichtbeutel mit einer gebrauchten Damenbinde hoch. »Das hier war im Mülleimer Ihres Badezimmers. Wird beschlagnahmt für eine DNA-Analyse.«

Rolli war das egal. Das Fundstück konnte auf keinen Fall von Jana stammen, sie war zu seinem Leidwesen ja gar nicht in den Privaträumen gewesen. Die Binde stammte wahrscheinlich von Tessa, die neulich dieses eine Mal mehr oder weniger unfreiwillig bei ihm genächtigt hatte, oder von Frau Maric, der Putzhilfe. »Machen Sie damit, was Sie wollen«, sagte er. »Ich verlange nichtmal eine Quittung dafür. Von mir aus können Sie das Ding auch in der Pfanne anbraten und mit Zwiebeln und Djuvec-Reis verspeisen.«

***

Rund vierzig Leute drängten sich im Hinterzimmer der Gaststätte. Rolli hatte am Vormittag die sperrigen Esstische hinausgeschafft und den Raum mit Biergartenmobiliar ausgestattet. Es war kurz nach neunzehn Uhr, viele Leute aus der Nachbarschaft tranken ihr Feierabendbier, und die Versammlung bot ihnen gerade die richtige Abwechslung zu den sonst üblichen Stammtischgesprächen, die sich heute allerdings vorwiegend um das Verschwinden der Studentin aus dem nahen Wohnheim drehten.

Pappa, der Grieche, hatte die Organisation des Abends übernommen, Flugblätter verteilt und eine Mitteilung an die lokalen Zeitungen und Radiosender geschickt. Die Anwesenden redeten durcheinander – Heiner Behnke, einer der Studenten, dessen Schwester Tanja hier als Aushilfe bediente, erzählte denen, die unmittelbar um ihn herum saßen, etwas über Naturschutz und dem Widersinn des Bauens von immer mehr Umgehungsstraßen, und Grigoleit glänzte als politischer Agitator: Immer wieder hörte man das Wort »Widerstand« durch das allgemeine Gemurmel zischen. Jemand fragte, warum ausgerechnet die Gäste des »Nordpol« sich um die Sache kümmern sollten, wo doch die geplante Umgehungsstraße in einem ganz anderen Stadtteil gebaut werden sollte.

Zwei Männer kamen herein, beide auffallend hager, fast ausgezehrt, mit langen Haaren, Zauselbärten und dunkelgrünen Pullovern, die ihnen viel zu groß schienen und bis zur Mitte ihrer in grobem braunem Flanell steckenden Oberschenkel reichten. Wäre da nicht die auffallende Adlernase des größeren der beiden gewesen, hätte man sie für Zwillinge halten können. Mit einem klaren »Gott zum Gruße« setzten sie sich in die letzte Reihe.

Plötzlich wurde es still. Sigbert Sonnberger, der Betreiber der Tiefkühlfirma im nahen Industriegebiet Nord, betrat den Raum. Mit dem gelbgrünen T-Shirt einer Öko-Partei und einem leichten Sommersakko war er betont salopp gekleidet. Die meisten Gäste kannten ihn, da er oft hier im Lokal aß oder mit wechselnden Damenbekanntschaften Wein trank. Hinter ihm betrat ein schlanker, schwarzhaariger Mann im Nadelstreifenanzug den Raum, etwa Anfang dreißig. Er zog einen Pilotenkoffer hinter sich her. Den Kragen verunzierte eine übergroße rote Fliege, die ihn ein wenig affig wirken ließ.

Sonnberger stellte sich vor das Publikum und überblickte die Anwesenden, um ihre Zahl abzuschätzen. Zufrieden nickte er. Sein Begleiter stand reglos neben ihm wie ein Butler, der auf Anweisungen wartet.

»Guten Abend«, sagte Sonnberger. »Das ist ja schön, dass so viele Leute Interesse zeigen. Für diejenigen, die mich nicht kennen, stelle ich mich erst einmal vor – ich heiße Sigbert Sonnberger, meine Angestellten nennen mich heimlich Siggi.« Das leise Gelächter hatte er erwartet. »Meine Freunde auch«, setzte er hinzu. »Ich bin Inhaber der Sonnberger Tiefkühlkost GmbH und beliefere vor allem die Gastronomie. Wenn Sie in dieser Stadt irgendwo exzellentes Gnu-Gulasch, Krokodilschnitzel, afrikanische Tonfeld-Riesenschnecken oder Ähnliches bestellen, kommt es mit großer Wahrscheinlichkeit aus meinem Import. Dabei stammt übrigens nichts von geschützten

Tieren aus der Wildnis, sondern aus entsprechenden Zuchtfarmen. Ich setze mich seit Jahren für nachhaltigen Umwelt- und Naturschutz ein, und als ich gehört habe, dass einige der Gäste dieses Hauses sich für eine Initiative stark machen wollen, um die Umgehungsstraße in den südlichen Lechauen zu verhindern, habe ich spontan gesagt: Ich bin dabei.«

Höfliches Klatschen. »Der hat noch ganz andere Interessen«, sagte jemand leise, aber noch hörbar. Grigoleit.

Sonnberger hatte es mitbekommen. »Sie haben Recht«, sagte er. »Immerhin bin ich Unternehmer, und man sagt uns nach, wir handelten stets im eigenen Interesse. Ich gebe ganz ehrlich zu, das ist auch bei mir der Fall. Am Rand des Geländes, das für die Umgehungsstraße vorgesehen ist, befindet sich ein Gewerbegebiet. Unter anderem war dort meine Firma, die ja erst seit ein paar Jahren hier in der Stuttgarter Straße ist. Bei der großen Pfingstflut vor mehr als zehn Jahren habe ich so gut wie alles verloren, und der Kampf mit den Behörden um meine Entschädigung zieht sich bis heute hin, vor allem, weil ein Teil des Gebiets nachträglich zu nicht bebaubarer Naturschutzfläche umgewidmet wurde. Ich habe dort nur noch eine einsturzgefährdete Lagerhalle, die ich aber erst abreißen werde, wenn ich mein Recht durchgesetzt habe. Nun wird der zuständige Landkreis die Nutzung aber wieder ändern, und ich sehe, wenn das so ist, die Chance, nun endlich an das Geld zu kommen, das mir zusteht. Das sollte Ihnen die Gewissheit geben, dass ich mich in diesem Fall besonders engagieren werde. Sie haben mein Wort.«

»Da ist ein logischer Fehler«, sagte Grigoleit. »Wenn Sie an Ihr Geld kommen wollen, müssten Sie ja für die Nutzungsänderung, also für den Straßenbau sein.«

»Auf den ersten Blick sieht das so aus«, sagte Sonnberger. »Es geht mir in erster Linie darum, die ganze Geschichte wieder ins Gespräch zu bringen und darauf aufmerksam zu machen, dass die Geschädigten von damals noch immer keinen Cent gesehen haben. Es reicht, wenn Wirbel gemacht wird, damit die Sache endlich wieder in Gang kommt. Und natürlich bin ich gegen die neue Umgehungsstraße.«

»Ist das Grundstück, auf dem Ihr Betrieb stand, noch in Ihrem Besitz?«, wollte jemand wissen.

»Ja, aber ich kann damit nichts anfangen.«

»Dann steigt es doch im Wert, wenn die Behörden es für den Straßenbau haben wollen.«

»Sollte man meinen. Sie vergessen aber, dass bei einem Landschafts- oder Naturschutzgebiet der Wert eines Grundstücks auf niedrigstem Niveau festgeschrieben wird, da es privat nicht bebaut werden kann. So halten sich die Zahlungen für den Erwerb durch die Behörden oder eine mögliche Enteignung in minimalem Rahmen.«

Sigbert Sonnberger bekam noch etliche kritische Fragen gestellt, wusste sich aber jedes Mal geschickt selbst zu rechtfertigen, ohne dass sein Anwalt sich einschaltete.

Er warf dem Anwalt, der nervös an seiner Fliege herumzupfte, sich den Anzug glatt strich oder nach nicht vorhandenen Zigaretten suchte, hin und wieder einen Blick zu. An der rechten Hand des Mannes blitzte im Licht der Deckenbeleuchtung ein etwas zu groß wirkender Siegelring auf.

Einer der beiden zuletzt eingetroffenen Magermänner, der mit der Adlernase, erhob sich. »Ich habe auch etwas dazu zu sagen«, verkündete er. »Diese ganzen Erwägungen sind nebensächlich. Die Zerstörung der Natur ist Sünde, so einfach ist das. Machet euch die Erde untertan, spricht der Herr, und das bedeutet nicht, dass der Mensch die Natur ausbeuten und vernichten darf, sondern dass der Mensch sie zu hegen und pflegen und zu schützen hat.«

»Hör' sich einer den da an«, sagte jemand leise. »Was ist das denn für eine Sekte?«

Der Redner ließ sich dadurch nicht beirren. »Dieser Auwald hat unter besonderem Schutz der Gläubigen zu stehen, und unsere Gemeinschaft hat deshalb beschlossen, ihn zum heiligen Hain zu weihen. Jedes Eindringen betrachten wir als Tempelschändung, und so etwas würde von uns aufs Schärfste geahndet. Jeder Mann und jede Frau in unserer Gemeinschaft wird sich dort einen Baum, Sinnbild göttlicher Wesenheit und damit der Unsterblichkeit, auswählen, sich mit ihm vermählen und bis aufs Blut verteidigen. Und alle Anwesenden sind eingeladen, beim kommenden Vollmond dort zu erscheinen und es uns gleichzutun. Vorher werden wir allen die Lichtweihe spenden …«

»Genug«, sagte Sonnberger. »Uns ist natürlich jeder willkommen, der bereit ist, zum Schutz des Gebietes etwas beizutragen und den Bau dieser Straße zu verhindern, aber wir wollen hier bitte keine Missionarstätigkeit.«

»Haben wir auch nicht nötig«, sagte der andere Magermann. »Der Auftrag des Herrn wird sich von selbst erfüllen.«

»Die Kinder des Lichts gab es doch schon im Mittelalter«, flüsterte eine Frauenstimme in den letzten Reihen. »Haben die nicht Menschen geopfert? Da gab es doch ganz gruselige Mondrituale.«

»Früher«, raunte jemand zurück. »das können die sich doch heute zum Glück nicht mehr erlauben.« Es war so still, dass das Flüstern im ganzen Raum zu hören war, und die beiden Frauen verstummten abrupt, als sie die gehässigen Blicke der beiden Magermänner auf sich gerichtet fühlten.

»Fahren wir lieber in der Sache fort. Ich möchte mich«, sagte Sonnberger schließlich, »für diese Bürgerinitiative, die wir heute vermutlich gründen, einsetzen, und deshalb kandidiere ich für den Vorsitz. Das hätte den Vorteil, dass mein Büro mit sämtlichen Einrichtungen wie Telefon, Internetanschluss und Fotokopierer genutzt werden könnte. Wir hätten gleich eine Einsatzzentrale. Außerdem arbeitet für mich ein Anwalt, der dann auch für die Initiative tätig wäre – ein nicht zu unterschätzender Vorteil, denn jeder juristische Fehler, den wir im Vorfeld machen, könnte unserer gemeinsamen großen Sache zum Verhängnis werden.« Er deutete auf seinen nervösen Begleiter. »Das hier ist Herr Dr. Karl Augustin.«

Der Schwarzhaarige im Nadelstreifenanzug machte eine linkische Verbeugung.

»So sieht der auch aus«, feixte jemand in der hinteren Reihe. Alles lachte, und der junge Anwalt errötete leicht.

»Also«, fuhr Sonnberger fort, »wir sind hier, weil die Behörden planen, im Süden unserer Stadt eine Umgehungsstraße durch gleich drei geschützte Gebiete bauen zu lassen, Landschaftsflächen, die danach unwiederbringlich verloren sind, auch wenn dafür die üblichen Austauschflächen angeboten werden. Herr Dr. Augustin hat Ihnen ein paar Materialien vorbereitet, die Sie sich zu Hause ansehen können. Alles langweiliges juristisches Zeug, das brauchen Sie nicht auswendig zu lernen. Sie sollten es nur zur Hand haben, wenn Ihnen mal etwas spanisch vorkommt. Dazu nenne ich Ihnen einige Links aus dem Internet, damit Sie sich weiter kundig machen können. Diese Unterlagen wollen wir jetzt erst einmal verteilen, bevor wir weiterreden. Hilft jemand dabei?«

Pappa, der Grieche, und Grigoleit waren sofort zur Stelle. Der Anwalt nahm dicke Stapel Papier aus seinem Pilotenkoffer und reichte sie ihnen. Sonnberger nutzte die Zeit und fuhr mit seiner Ansprache fort. Dass die beiden Magermänner zugleich ein grasgrünes Blatt mit einer »Einladung zur Hain-Weihe« verteilten, ließ er ihnen durchgehen. Die meisten Leute legten es ohnehin gleich zur Seite, ohne es zu lesen.

»Während hier die Papiere verteilt werden«, sagte er, »möchte ich etwas Persönliches ankündigen, oder vielmehr ein wenig Werbung in eigener Sache. Ich habe diese Woche eine Ladung Tiefkühlfisch aus Fernost bekommen, die ich nicht bestellt habe und für die ich nicht genügend Abnehmer finde. Jeder, der sich heute als Mitglied der Bürgerinitiative einträgt, kann sich am Montag an der Rampe meines Lagers in der Stuttgarter Straße bis zu drei Kilo Fisch für zwanzig Prozent des üblichen Ladenpreises holen. Na, ist das ein Angebot? Nur für Sie, meine Herrschaften. Bringen Sie eine Tiefkühltasche mit.«

»Tiere sind Geschöpfe Gottes und Ureinwohner des Paradieses«, sagte der Mann mit der Hakennase. »Deshalb essen wir nichts, was Augen hat.«

»Und was ist mit der wundersamen Vermehrung der Fische in der Bibel?«, rief einer, offenbar ein Schriftgelehrter. »Damit hat Jesus doch eine klare Aussage getroffen. Pro Augen.«

»Außerdem«, kam es von anderer Seite, »würde es mir schwerfallen, auf Kartoffeln zu verzichten.« Das war Grigoleits Stimme.

* * *

»Also, wann war sie genau hier?«, fragte Rolli. Er war nach dem Frühstück mit Grigoleit zusammen zur Lechaue gefahren, und sie hatten die Hütte des Vogelwarts gefunden, einen besseren Schrebergartenschuppen, umgeben von ein paar üppigen Stachelbeer- und Johannisbeersträuchern und einem halbwegs gepflegten Gemüsebeet. Sie standen an der hölzernen Gartenpforte, wo Paul Schimpfle sie empfangen hatte, als er Rollis Lieferwagen nahen hörte.

»Gegen halb fünf in der Früh«, sagte Paul Schimpfle. »Sie hat das Morgenlicht für ihre Aufnahmen gebraucht. Bei Sonnenaufgang liegt hier Nebel, das ist für Naturaufnahmen besonders gut. Ich hab sie noch auf einige Sachen aufmerksam gemacht, aber sie hat sich nicht an meine Tipps gehalten. Ich kann Ihnen zeigen, wo sie gewesen ist.«

Nachdem Roland Findeisen und Anton Grigoleit ihm zugesichert hatten, dass sie nicht von der Polizei waren und keineswegs vorhatten, das Gelände komplett zu durchkämmen, war er etwas weniger feindselig als zu Anfang, aber seine Vorbehalte gegen die Polizei erschienen ihnen schon ziemlich merkwürdig. Grigoleit hatte ihm ein frisch kopiertes Flugblatt der neuen Bürgerinitiative überreicht, und das brachte ihnen immerhin das Vertrauen dieses selbsternannten Vogelwarts ein. Schimpfle bot sich an, sie beide herumzuführen, und das nahmen sie gerne an. Es begann zu nieseln, da fühlten sie sich sicherer, wenn jemand sie durch das sumpfige Gelände führte.

»Hier sollte sie links gehen«, sagte er, als der Weg sich verengte, zu beiden Seiten dicht mit hohem Springkraut bewachsen, und sich dann gabelte. »Aber sie hat unbedingt nach rechts müssen!« Er folgte dem Weg. »Ich hab sie noch gewarnt und gesagt, das lohnt sich nicht. Da ist nur eine wilde Müllkippe. Links hätte sie viel bessere Motive gefunden. Hier, bis zu diesem Brennnessel-Dickicht ist sie gekommen«, sagte er, »und dann verliert sich ihre Spur. Ich hab natürlich alles abgesucht und nichts, gar nichts gefunden, bis eben auf die wilde Müllkippe unter den Ranken da drüben. Die kannte ich ja schon.«

»Die Frau muss hier ziemlich herumgetrampelt haben«, meinte Grigoleit. »Sehen Sie sich mal die Brennnesseln an.«

»Das war sie nicht allein«, sagte Schimpfle. »Ich habe hier ja nach Spuren gesucht, und heute früh war mein Hund noch dabei.«

»Au!« Rolli hatte sich gebückt, um etwas aufzuheben, und dabei versehentlich zwischen die Nesseln gegriffen. Er rieb sich die Hand, in der er eine runde schwarze Scheibe hielt, nur wenig kleiner als ein Bierfilz.

»Nicht kratzen!«, warnte Schimpfle. »Ich gebe Ihnen gleich heißes Wasser, wenn wir wieder bei mir sind.«

Grigoleit hatte den verrotteten Maschendrahtzaun entdeckt und deutete mit dem Kinn in Richtung der zerfallenden Gebäude dahinter. »Ich würde mich gern da noch umsehen«, sagte er.

»Das ist der alte Teil des Gewerbegebiets.«

»Eben.«

»Da gibt es nichts als die paar Ruinen.« Schimpfle deutete auf die schwarze Plastikscheibe, die Rolli in seiner geröteten Hand hielt. »Das Ding können Sie bei mir in die gelbe Tonne werfen.«

Rolli schüttelte den Kopf. »Lieber nicht. Ich vermute, das ist ein Beweisstück.« Er drehte es herum, so dass die silbrige Aufschrift »NIKON« zu sehen war. »Könnte eine Abdeckung von Janas Teleobjektiv sein. Seltsam. Sie geht sonst sehr sorgfältig mit ihrer Kamera und dem Zubehör um.« Er steckte die Scheibe ein. »Können Sie mir erzählen, was sie genau gesagt hat?«, fragte er und blickte den Rentner mit einem Stirnrunzeln an. Hatte der Mann vielleicht doch mehr mit Janas Verschwinden zu tun, als er zugeben wollte?

Schimpfle nickte. »Soweit es mir noch einfällt. Kommen Sie mit, ich mache uns einen Kaffee und kümmere mich um Ihre Hand.«

»Ich komme nach«, sagte Grigoleit. »Wie gelangt man am besten zu diesen Gebäuden da? Es muss ja irgendwo eine Straße geben, aber auf dem Weg hierher habe ich keine Abzweigung gesehen.«

»Die existiert auch nicht mehr. Sie müssten zurück über die Bahnlinie, dann zweihundert Meter die Bundesstraße entlang und dann beim Lidl links abbiegen, durch die Unterführung und das Industriegebiet durchqueren. Seien Sie bloß vorsichtig, wenn Sie von hier aus auf das Grundstück wollen! Wissen Sie, erst wachsen Gräser und Birken durch das Pflaster, dann folgen Weiden und andere Weichgehölze, bis man schließlich nichts mehr sieht. Überall sind Löcher im Asphalt. Und passen Sie auf, dass Ihnen nicht irgendwo ein Dach auf den Kopf fällt. Die Gebäude müssen ziemlich baufällig sein.«

»Ich passe schon auf.« Grigoleit rückte seinen Karo-Hut zurecht, tippte mit dem Zeigefinger gegen die Nasenbrücke seiner Kassenbrille und stapfte über die niedergetretenen Brennnesseln in Richtung Zaun, ohne einen Blick auf die wilde Müllkippe unter den Ranken zu werfen. Er fluchte, als er beim Übersteigen des Zauns Rostflecken an den Mantel bekam.

Rolli folgte dem Vogelwart. Er hielt diesen Schimpfle für einen Wichtigtuer, aber wenn er sich mit dem Naturschutz gut auskannte und hier im Auenwald Bescheid wusste, dann würde er vermutlich ein unersetzliches Mitglied der Bürgerinitiative werden. Immer unter dem Vorbehalt, dass der Mann nicht irgendwelchen Dreck am Stecken hatte. Rolli selbst hatte sich noch gar nicht entschieden, dort einzutreten, aber wahrscheinlich würde er es tun müssen, damit die Leute weiterhin in seiner Gaststätte tagten – eine sichere Einnahme auf Monate hinaus, wenn nicht auf Jahre.

Als sie in Sichtweite der Hütte zwischen dem niedrigen Buschwerk hervortraten, blieb Schimpfle so abrupt stehen, dass Rolli gegen ihn lief. »Was ist denn da los?«, sagte er.

»Die haben hier nichts zu suchen«, brummte der Rentner und marschierte auf die Invasionskolonne von mindestens zehn Polizeiwagen los, die mit Blaulicht über die Wiese hoppelte wie eine riesige betrunkene Raupe. Vor dem ersten Fahrzeug, einem zivilen BMW älterer Bauart, blieb er breitbeinig stehen und stopfte die Hände in die Taschen seiner Cordhose. Die ganze Kolonne blieb stehen.

»Gehen Sie sofort da weg, Herrschaft nochmal!« Es war Hauptkommissar Gossner, der vom hinteren Sitz ausstieg. »Behindern Sie hier nicht die Polizeiarbeit!«

Hinter dem Kommissar verließen mindestens zwanzig Uniformierte ihre Wagen.

»Haben Sie eine Genehmigung?«, beharrte Schimpfle. »Ab hier steht nämlich die ganze Gegend unter Naturschutz. Hier brüten Vogelarten, die auf der Roten Liste stehen.«

»Sie stehen auch auf der Roten Liste, nämlich auf meiner!«, schrie der Hauptkommissar ihn an. »Zum Abschuss freigegeben, wenn Sie nicht sofort da verschwinden!«

»Bleib ruhig, Gregor.« Seine Teampartnerin Christa Demharter war auf der anderen Seite des Wagens ausgestiegen. »Fragen wir doch erst einmal, wer das ist.«

»Das ist der Rentner, der bei uns Vermisstenanzeige erstattet hat«, knurrte Gossner sie an. »Du warst ja mal wieder in der Kantine.«

»Sei still, sonst nehme ich jeden Monat meinen mir zustehenden Hausfrauentag«, erwiderte sie. »Den anderen Herrn kennen wir ja auch schon, und er wird so nett sein, uns zu erklären, was er hier zu suchen hat.« Sie sah Rolli herausfordernd an.

»Ich habe mich hier umgesehen, weil durch dieses Gebiet eine Straße gebaut werden soll und ich zu denen gehöre, die das verhindern wollen«, sagte Rolli. »Was dagegen?« Er ärgerte sich über sich selbst – er hatte es ja nicht nötig, vor diesen Typen Rechenschaft abzulegen.

»Klar, wenn ausgerechnet der Hauptverdächtige in einem Mordfall hier herumstrolcht, dann nur, weil Jana Weber in dieser Gegend Fotos machen wollte, bevor sie verschwunden ist! Der einzige Grund, den Sie haben könnten, ist der, Spuren zu verwischen«, herrschte Gossner ihn an. »Das ist doch wohl eindeutig! Machen Sie, dass Sie hier wegkommen, Findeisen, und lassen Sie uns unsere Arbeit tun, bevor ich Sie festnehmen lasse!«

»Ist das jetzt ein Mordfall?«, fragte Rolli erschrocken. »Ist sie … ich meine, haben Sie Jana gefunden?«

»Wir haben noch nichts gefunden außer einigen Aussagen, dass die Vermisste zuletzt hier war«, erklärte Christa Demharter ruhig. »Das mit dem Mordfall ist … nun ja, mein Kollege ist halt manchmal ziemlich weitsichtig, müssen Sie wissen.«

»Das kann schlimmer sein als kurzsichtig«, tröstete Rolli sie weise.

Einer der Beamten, die aus ihren Wagen ausgestiegen waren, wagte zu kichern.

In diesem Moment hörten sie jemanden rufen. Anton Grigoleit hinkte über die Wiese auf sie zu. »He!«, keuchte er, »Was suchen Sie hier?«

»Die Vermisste«, knurrte Gossner ihn an. »Und Sie? Sie kenne ich doch auch?«

»Kann sein«, erwiderte Grigoleit und zog seinen Karo-Hut. »Anton Grigoleit. Leutnant der Staatssicherheit a. D.« Er deutete auf die Wagenkolonne und die ausgestiegenen Beamten. »Sie brauchen mir Ihre Leute jetzt natürlich nicht einzeln vorzustellen. Sie möchten das Gelände hier durchsuchen?«

Gossner war so verblüfft, dass er keine Antwort fand.

»Das ist ein Naturschutzgebiet«, sagte Grigoleit.

»Und hier nisten geschützte Vögel«, erinnerte Paul Schimpfle. »Da können Sie nicht mit so vielen Leuten durch. Die trampeln ja alles zamm!«

»Ich gebe Ihnen mal meinen Anwalt«, sagte Anton Grigoleit und zog ein Handy hervor, ein so neues Modell, dass selbst Rolli, immerhin ein Gastwirt mit Erfahrung, es bisher nur aus Hochglanz-Anzeigen kannte. Grigoleit tippte eine Nummer ein und sprach kurz darauf mit Dr. Karl Augustin. Entweder, die Bezeichnung »mein Anwalt« bezog sich auf etwas, was Rolli entgangen war, oder es war eine von Honeckers typischen Unverfrorenheiten. Immerhin schilderte Grigoleit jetzt knapp und sachlich – sozusagen professionell – was anlag. Dann reichte er dem Hauptkommissar das Handy. »Er will Sie sprechen.«

Gossner nahm das Gerät, entfernte sich damit außer Hörweite. Man sah ihn heftig gestikulieren. Als er zurückkam, reichte er Grigoleit mit säuerlichem Gesicht das Gerät und sagte: »Ich habe auch kurz meine Dienststelle angerufen. Das Gelände können wir leider nur auf besondere Anweisung durchkämmen. Wir müssen also eine Stunde auf den Hubschrauber mit der Wärmebildkamera warten.«

Grigoleit steckte das Mobiltelefon schwungvoll ein und grinste.

»Tolles Handy hast du da, Honecker«, bemerkte Rolli.

»Ja.« Grigoleits Grinsen verwandelte sich in ein Strahlen. »Was hätten wir damit bei der Stasi alles anfangen können!«

3

Die Versammlung, die zur Gründung der Bürgerinitiative geführt hatte, war am nächsten Tag natürlich eines der wichtigsten Gesprächsthemen im »Nordpol«, zumindest für die, die über das Verschwinden der Studentin bereits hinreichend spekuliert hatten. Unter den Mittagsbesuchern war auch Siggi Sonnberger, der wie erwartet mit großer Mehrheit zum Vorsitzenden gewählt worden war. Er sprach mit ein paar älteren Stammgästen aus der Nachbarschaft, die zum Abonnementessen gekommen waren, das Rolli immer fünfzig Cent billiger als das »Essen auf Rädern« anbot, inklusive einer Tasse Kaffee. Heute gab es Krautwickel, die bei den Leuten besonders beliebt waren – Giovanni hatte sich ein traditionell schlesisches Rezept besorgt, das er den Leuten als »urschwäbisch« anbot, ohne dass bisher jemandem der Schwindel aufgefallen war.

Sonnberger suchte sich einen freien Tisch, bestellte das Essen und ein dunkles Bier dazu. »Trinkst du auch eins mit?«, fragte er Rolli, der hinter dem Tresen stand.

Roland Findeisen zapfte und brachte zwei Gläser an den Tisch. »Eigentlich trinke ich so früh noch kein Bier«, sagte er, »sonst habe ich am Abend den Laden nicht im Griff. Aber ich mache gern für Sie eine Ausnahme.«

»Bleiben wir doch beim Du«, sagte Sonnberger und hob sein Glas. »Wir sind ja jetzt in einem Verein und ziehen am selben Strang.«

Rolli schüttelte sich in Gedanken angesichts dieser Floskel, setzte sich aber und stieß mit ihm an. »Also dann, Siggi – auf den Erfolg.«

»Auf unseren Erfolg. Sag mal, warst du gestern dabei, als diese Polizeiaktion im Auenwald stattgefunden hat? Muss ja ganz schön was los gewesen sein.«

»Kann man wohl sagen. Da haben Sie … hast du was verpasst.«

»Ich habe gehört, da ist sogar ein Hubschrauber eingesetzt worden. Haben die was gefunden?«

Rolli empfand den eindringlichen Blick des Tiefkühlhändlers als unangenehm, hätte aber nicht sagen können, warum. Er setzte ein Grinsen auf. »Ja, haben sie! Erst wollten die das Gelände durchkämmen, aber Honecker hat dann diesen Anwalt angerufen, den du neulich mitgebracht hast …«

»Doktor Augustin.«

»Ja. Honecker hat ihm gesagt, was los ist, und Augustin hat dann mit den Bullen geredet. Wollte gleich eine einstweilige Verfügung in Gang setzen. Die haben sich dann geeinigt, dass ein Hubschrauber mit Wärmebildkamera eingesetzt wird, und der hat tatsächlich eine Leiche gefunden.«

»Eine … was?« antwortete Siggi Sonnberger überrascht, und auch etwas geschockt. Doch erleichtert schien er zu sein, als Rolli sagte: »Ja, einen schon fast komplett verwesten Kadaver ohne Kopf und Gliedmaßen. Wie sich dann recht schnell herausgestellt hat, war es ein Berner Sennhund. Ein Riesentrumm. Da hat sich jemand das Geld für die Abdeckerei gespart.«

Sonnberger verzog das Gesicht. »Tierkörperbeseitigungsanstalt heißt das heute. Klingt nicht schöner, aber korrekter. Könnte aber fast ein Begriff aus dem Osten sein.«

»Frag Honecker. Der weiß das genau«, erwiderte Rolli. »Guten Appetit.«

Die Mittagsbedienung hatte Sonnberger mittlerweile den Teller mit einem riesigen Krautwickel und frisch gemachtem Kartoffelbrei hingestellt. Rolli nippte an seinem Bier. Sonnberger probierte. »Hm, nicht schlecht«, sagte er. »Die haben also einen toten Hund entdeckt«, sagte er. »Und dann? Was haben sie gemacht?«

Rolli zuckte mit den Schultern. »Weiter nichts. Die Suche war ergebnislos, und dieser Gossner musste seine Leute abziehen. Das ganze Theater für nichts. Der Schimpfle hat seinem Namen alle Ehre gemacht.«

»Wer ist Schimpfle?«

»Der Rentner, der sich zum Vogelwart berufen fühlt. Er hat die Kripo-Leute lauthals beschimpft, weil sie rund um die Müllkippe, auf der das Hundegerippe lag, ziemlich viel niedergetreten haben. Gossner, dieser Kommissar mit dem wirren Bart, hat ihm mit einer Hausdurchsuchung gedroht, wenn er nicht den Mund hält.«

»Ziemlich willkürlich, dieser Beamte«, sagte Sonnberger kauend. »Hm, wirklich gut, dieser Krautwickel.« Eine Weile aß er schweigend.

Der dicke Markus Rieger, der am Stammtisch der Kuriere saß, schaute immer wieder herüber. »Was kostet denn so ein Ding?«, fragte er.

»Fünfachtzig mit Beilagen«, sagte Rolli. »Als Abonnementessen einen Euro weniger.«

Rieger kramte in seiner Geldbörse. »Reicht gerade noch für eine Portion und ein großes Bier. Wenn nicht bald ein Auftrag kommt …«

Weiter kam er nicht, denn das Kuriertelefon läutete. Rolli nahm an, lauschte in den Hörer, schaute dann zu Rieger. »Ja, gut, Herr Kasperzyk, ich schicke jemanden. Ist in fünfzehn Minuten da.« Er legte auf und kam an Riegers Tisch. »Kannst du deinen Appetit verschieben? Dein ersehnter Auftrag ist da. Bei Malapuzzo sind gleich zwei Pizzafahrer ausgefallen.«

Der Dicke verdrehte die Augen. »Mann! Jetzt Pizza fahren? Das ist ja die reinste Folter! Gerade jetzt, wo ich einen angenehmen Hunger entwickelt habe, soll ich Essen für andere Leute ausfahren? Da werde ich doppeltes Honorar verlangen müssen.«

»Nichts wirst du«, sagte Rolli. »Wir haben feste Tarife. Die Kunden verlassen sich darauf. Nimm dir eine belegte Semmel für unterwegs mit.«

»Ich hab was anderes, Chef«, kam Giovannis Stimme von der Küchentür her. »Mir ist eine von den Krautwickeln angebrannt.« Das war leicht als nett gemeinte Lüge zu durchschauen, denn so etwas passierte ihm nie. Er zwinkerte Rieger zu und meinte zu Rolli: »Ich hab die schwarze Kruste abgeschnitten, aber wir können sie nicht mehr verkaufen. Vielleicht kann er die haben.« Er machte einen Schritt auf Rieger zu und reichte ihm eine üppige Portion, halb in Alufolie eingewickelt. »Guten Appetit! Ist aber ohne Kartoffelpüree.«

»Danke.« Markus Rieger befreite die Kohlroulade von ihrer metallenen Hülle, biss hinein und verkündete: »Super!«

»Klar«, meinte der Koch. »Mein Originalrezept. Damit du vom Pizzageruch keinen Kreislaufkollaps kriegst, gebe ich dir noch eine zweite mit. Aber grüß den Malapuzzo von mir. Sag ihm, ich bin ihm noch ewig dankbar dafür, dass er mich damals rausgeworfen hat.«

Giovanni Rosetti hatte früher einen Aushilfsjob bei Franz Kasperzyks Pizzaservice gehabt, konnte dort aber seine kulinarischen Künste und Ideen nicht verwirklichen. Er war der Meinung, dass Kasperzyk viel mehr Erfolg haben würde, wenn er original italienische Rezepte verwendete, statt Pizza mit Kässpätzle und Zwiebeln als Belag oder mit Grünkohl und Mettwurststückchen anzubieten. Mit solchen Absurditäten hatte er schon vorher in Bochum eine saubere Pleite hingelegt. So etwas erschien dem Meisterkoch als eine Todsünde, und sie hatten sich heftig gestritten. Als Giovanni seinem damaligen Chef dann vorhielt, er habe seinen Spitznamen »Malapuzzo« deshalb, weil er nur »mal ab und zu« arbeite, war es aus zwischen ihnen gewesen, auch privat. Franz Kasperzyk hatte Giovanni fristlos gekündigt und ihn noch am gleichen Tag aus der gemeinsamen Wohnung geworfen, wo der Koch erst drei Wochen vorher eingezogen war. Jetzt war Giovanni froh darüber: Im »Nordpol« hatte er nahezu freie Hand, was die Küche betraf, und er hatte das Gefühl, die Hauptperson in diesem Lokal zu sein. Was ihm, wie er fand, als Koch natürlich auch zustand.

Er gab Markus Rieger den zweiten Krautwickel. Der Dicke mit dem irgendwie gutaussehenden Babygesicht verschlang das Objekt seiner Begierde in nur zwei Bissen – ein Wunder, das der Koch staunend betrachtete und als Lob auf seine Kochkunst interpretierte.

Rieger verschwand. Giovanni zog sich in die Küche zurück. Rolli räumte Sonnbergers leeren Teller ab. »Hat's denn geschmeckt?«

Der Gast nickte. »Man kann nicht besser klagen.«

»Danke.« Rolli war schon ein ganzes Stück vom Tisch entfernt, als ihm aufging, dass Sonnbergers Äußerung eine Frechheit war. Er drehte sich um, sah den Gast grinsen und dann in Lachen ausbrechen.

»War nicht so gemeint«, versicherte Sonnberger. »Ich wollte testen, ob du hinhörst. In den meisten Fällen kann man auf die Frage, ob's geschmeckt hat, antworten, was man will. Den Kellner oder den Wirt interessiert es nicht, er hört überhaupt nicht hin, und es reicht, wenn irgendein Gemurmel zu hören ist. Es ist völlig egal, was man sagt, Hauptsache, es klingt irgendwie nett. Neulich im Dreiköniginnen habe ich zur Kellnerin wirklich was Unverschämtes gesagt, und sie hat sich einfach bedankt. Ich probiere das immer mal wieder, und es ist erstaunlich, wie sehr die Leute weghören.«

»Ich werd's mir merken«, versprach Rolli, war aber noch immer ein wenig verschnupft.

»Na komm schon«, sagte Sonnberger. »Mach nicht so ein Gesicht. Weißt du was? Ich lade dich am Sonntag zum Fußballspiel ein. In meiner Loge im FCA-Stadion ist noch ein Platz frei.«

»Das ist ein Angebot«, erwiderte Rolli und bemühte sich um ein zufriedenes Gesicht. Er war zwar kein richtiger Fußballfan, aber so ein Besuch im Stadion wäre schon mal interessant, fand er. Außerdem wusste er, dass Sonnberger auch immer großzügig Stadträte und andere Lokalpolitiker in seine FCA-Loge einlud. Sie kamen stets gerne und Rolli hoffte, vielleicht dort mit einem von ihnen ins Gespräch zu kommen, um möglicherweise auf diesem Weg zu erreichen, dass ihn künftig die Steuerfahndung in Ruhe ließ.

* * *

Anton Grigoleit legte die gestrige Tageszeitung zur Seite. Er überlegte, ob er sie abbestellen sollte. Sie kam ohnehin immer einen Tag zu spät bei ihm an. Er hatte das »Neue Deutschland« ursprünglich aus alter Gewohnheit abonniert, dann aus Gewissensgründen, und nun war es die einzige Verbindung, die er noch zu seinem früheren Leben hatte. Und jetzt, wo er von einer Postmitarbeiterin im Vertrauen erfahren hatte, dass er der einzige Abonnent in Augsburg war, bedeutete die Zeitung für ihn so etwas wie die letzte Rote Fahne, die er in einer verloren gehenden Schlacht hochhielt. Aber manchmal, da hatte er wirklich seine Zweifel. Konnte es sein, dass ausgerechnet das ND auf die Ideologie des Kapitals hereinfiel? Dass das ND mit der Stasi-Vergangenheit eines Thüringer Ministers »abrechnen« wollte, war ihm völlig unverständlich. Er sah auf die Uhr. Es war schon halb neun, längst Zeit, zum Frühstück zu gehen. Er nahm es immer im »Nordpol« zu sich, das konnte er sich leisten. Der viertelstündige Spaziergang oder die kurze Fahrt mit dem Rad tat ihm gut, und da er in der Gaststätte die hiesige Tageszeitung von heute kostenlos lesen konnte, zog er in Gedanken den Kaufpreis des Blattes von den Frühstückskosten ab, was dieses enorm billig machte. Meist blieb er dort nur eine Stunde und kehrte dann nach Hause zurück, um an seinen Memoiren zu schreiben, die er unter dem Titel »Alles war ganz anders« zu veröffentlichen gedachte, trank dann gegen vier sein erstes Bierchen in einer der Gaststätten an der vorderen Ulmer Straße und landete dann wieder im »Nordpol«. Diese Kneipenrunde nannte er »das Ohr am Volk haben«. Dabei sammelte er jetzt schon Material für seinen zweiten Memoirenband, denn er war sich sicher, dass der erste ein grandioser Erfolg werden und das Publikum bald nach mehr verlangen würde. In seinen Tagträumen sah er sich schon auf der Leipziger Buchmesse vor großem Publikum triumphieren.

Bald neun Uhr – er war heute wirklich spät dran! Anton Grigoleit riss sich aus seinen Gedanken los, sprang von seinem senfgelben Sofa auf und stieß mit dem Kopf unter die Dachschräge. Mit einem Fluch und der vagen Andeutung eines Tritts schickte er Margot, seine grau getigerte Katze, ins Nachbarzimmer.

Zum wiederholten Male verwünschte er seine Dachwohnung, die im Sommer zu heiß und im Winter zu kühl war, und den Rest des Jahres zu eng. Immer wieder hatte er sich vorgenommen, hier auszuziehen, aber das hieße, rund zweitausend Bücher zu verpacken, die sämtliche geraden Wände bedeckten und außerdem Stapel am Boden und auf Stühlen bildeten. Er hatte unter der Dachschräge im Schlafraum einen Computer mit Internet-Anschluss, den ihm ein Neffe aus Berlin vor drei Jahren eingerichtet hatte – das war ein riesiges Theater gewesen, und beides, den Besuch des Neffen und den Aufwand um den Computer, wollte Grigoleit nicht noch einmal erleben. Das Wichtigste aber war, dass er hier vor unangemeldeten Besuchen sicher war – niemand aus seinem Bekanntenkreis wagte sich in dieses Haus, aus Angst, beim Eintreten oder Herauskommen beobachtet zu werden. Er selbst störte sich nicht im Geringsten an seiner Nachbarschaft, im Gegenteil. Mit den Mädels kam er bestens aus.

Er stellte seiner Katze frisches Futter hin, streichelte entschuldigend das grauhaarige Tier mit der runden roten Stirnzeichnung und setzte sich seinen Hut auf, ohne den er nie aus dem Haus ging.

Im Treppenhaus begegnete ihm Mai-Lan, eine vierzigjährige Thailänderin, die zurzeit im dritten Stock wohnte. Sie sah unausgeschlafen und missmutig aus.

Als sie ihn erkannte, hellte sich ihre Miene auf. »Anton!«, sagte sie. »Guten Morgen!« Ihr Deutsch war so klar, als wäre sie hier geboren, aber er wusste, dass sie bei Bedarf problemlos auf Kauderwelsch umstellen konnte. Ihre Kunden standen darauf. »Geht's gut?«

»Na ja, wie immer«, sagte er. »Manchmal tut der Rücken weh, aber sonst ist alles in Ordnung. Und du? Du siehst ziemlich müde aus.«

»Bis zwei Uhr nachts durchgearbeitet und dann schlecht geschlafen.« Die kleine, etwas rundliche Frau zuckte mit den Schultern. »Gestern ist ein Brief vom Ausländeramt gekommen. Wieder einmal Probleme mit meiner Aufenthaltserlaubnis. Ich muss eine Menge Papiere ausfüllen und mein Einkommen nachweisen. Zum dritten Mal in diesem Jahr.«

»Hast du das nicht erst vor zwei Monaten getan?«

Sie nickte und seufzte. »Die glauben mir nicht. Gibt immer Ärger. Papiere, Papiere, Papiere.«

»Wenn du willst, helfe ich dir beim Ausfüllen. Ich bin am Nachmittag zu Hause. Komm doch einfach um halb vier zu mir hoch. Ich mache einen Kaffee.«

»Du kannst auch mal zu mir kommen. Immer willkommen.« Sie lächelte ihn bedeutungsvoll an.

Anton Grigoleit schüttelte den Kopf. »Du weißt doch, ich arbeite lieber an meinem großen Schreibtisch. Unterm Dachfenster habe ich das beste Licht. Wann möchtest du denn kommen?«

»Um halb vier ist für mich okay. Ich habe keinen anderen Termin.«

»In Ordnung. Ich bin dann da. Und Kopf hoch. Wir werden das Problem schon meistern.«

Er hatte zu allen seinen Nachbarinnen, die allesamt aus dem Ausland stammten, ein gutes, fast freundschaftliches Verhältnis und half ihnen gern bei ihren Problemen mit diversen Behörden. Er hatte es sich aber zum Prinzip gemacht, ihre Wohnungen nicht zu betreten, sondern sie zu sich an den Schreibtisch einzuladen. Das half ihm, eine gewisse Distanz zu wahren. Er verabschiedete sich von Mai-Lan und überlegte, ob er mit dem Fahrrad oder ausnahmsweise mit dem Auto fahren sollte.

Er entschied sich für das Auto, da er heute später dran war als sonst. Außerdem wollte er nach dem Frühstück Paul Schimpfle besuchen und mit dem Vogelwart über eine Beobachtung sprechen, die er gemacht hatte, kurz bevor die Polizei das Naturschutzgebiet abgesucht hatte.

Im Treppenhaus begegnete ihm ein älterer Herr, der seinen Gruß nicht erwiderte, sondern die ganze Zeit zu Boden starrte. Wahrscheinlich einer der Klienten von Natalja, einer Ukrainerin, die ein Herz für Rentner hatte, wie sie oft scherzte. Natalja war Antons Lieblingsnachbarin, auch wenn er natürlich nicht zu ihrem Kundenkreis zählte. Sie wohnte, von Grigoleit abgesehen, von allen am längsten hier im Haus und kam manchmal auf einen Schwatz vorbei, um über ihre Sorgen zu reden.

Anton verließ das Haus und stieß unmittelbar im Eingang mit einem kleinen Mann zusammen. »Verzeihung.«

»Verzeihung. Äh, ich habe eine Bitte.«

Erst als der Mann ihn verschwörerisch zur Seite winkte, erkannte Anton den Rechtsanwalt Dr. Augustin. »Ja, womit kann ich dienen?«

»Sagen Sie niemandem, dass wir uns hier begegnet sind«, bat der Anwalt und nestelte nervös an seiner Fliege, heute einem gelben Teil mit Peter-Pan-Figuren. »Ich meine, da Sie ja selbst hier verkehren, haben Sie ja auch ein Eigeninteresse, nicht wahr? Ich werde auch verschwiegen sein.«

»Natürlich, natürlich«, erwiderte Anton Grigoleit. »Ich bin verschwiegen wie Lenins Grab.« Er vergaß dabei zu erwähnen, dass an Lenins Grab noch immer jeden Tag Tausende von Touristen vorbeidefilierten.

»Ganz unter uns«, raunte ihm der Anwalt zu. »Ich habe hier einen Termin bei einer Türkin, Evin, zweiundzwanzig. Kennen Sie die? Ist die zu empfehlen?«

»Ja, ja«, erwiderte Grigoleit. »Die ist ganz nett.« Evin hieß zwar in Wirklichkeit Gerda, war mindestens vierzig und ihre Sonnenbräune stammte aus einem Studio am Oberhauser Bahnhof, aber nett war sie tatsächlich. Sie putzte für ihn immer die Treppe mit.

»Danke«, sagte der Anwalt und verschwand im Haus. Grigoleit ging zu seinem Wagen hinüber, der auf dem riesigen Platz direkt vor dem Eingang der »Rockfabrik« stand, einer der traditionsreichsten Augsburger Diskotheken, für die sogar Hardrock- und Heavy-Metal-Fans aus München und freitags die schwäbische Gothic-Szene anreisten. Er räumte ein paar leere Bierflaschen beiseite, die irgendwelche Spaßvögel ihm wie Bremsklötze vor die Reifen gelegt hatten, und packte sie in den Kofferraum. Acht Cent Pfand warf er nicht so einfach weg, auch wenn er es nicht nötig hatte, auf Leergutjagd zu gehen.

Er drehte den Zündschlüssel herum und lehnte sich für einen Moment im Fahrersitz zurück, um die ersten Takte seiner alten Hannes-Wader-CD zu genießen, bevor er losfuhr, wobei er leise den Refrain von »Bella Ciao« mitsummte.

Schon auf der Dieselbrücke, kaum hundert Meter weiter, ärgerte er sich, dass er den Wagen genommen hatte. Auf der Kreuzung beim Bärenwirt musste es einen Unfall gegeben haben. Durch den Stau wurde einmal mehr sein ungeduldiges Wesen auf die Probe gestellt. Auf Schleichwegen über ein Fabrikgelände und einen Fahrradweg erreichte er schließlich sein Ziel.

»Frühstück, wie immer«, sagte er beim Eintreten. »Mit extra Orangenmarmelade.«

»Schon vorbereitet«, erwiderte Rolli Findeisen. »Bist spät dran. Guten Morgen.«

»Habe die Ehre«, grüßte Anton Grigoleit zurück. Mit seinem leicht sächsischen Akzent konnte das nur exotisch klingen, aber er scherte sich nicht darum. »Gibt's schon was Neues von der Studentin?«

Rolli kam an seinen Tisch. »Nichts«, sagte er. »Die Bullen glauben immer noch, ich hätte sie hier zu Gulasch verarbeitet oder sowas, nur weil ich bei ihrem letzten Besuch angeblich scharf auf sie war.«

»Na ja. Gulasch muss nun mal scharf sein.«

»Armleuchter«, konterte Rolli. »Aber ich habe einen Beweis, dass sie am nächsten Morgen noch da unten im Auenwald gewesen ist.«

»Ach. Und was?«

»Die Abdeckung ihrer Kamera.«

Anton Grigoleit war interessiert. »Bist du sicher? Die kann sie doch auch zu jeder anderen Zeit verloren haben, wenn sie überhaupt zu ihrer Kamera gehört. Ich nehme an, hin und wieder strolchen da auch andere Naturliebhaber herum. Aber zeig doch mal.« Er sah Rolli nach, wie er durch die Tür zum Treppenhaus verschwand.

Kurz darauf war er wieder da und hielt eine runde schwarze Plastikscheibe mit einem Dreimillimeterrand und der silbernen Aufschrift »NIKON« in der Hand. Er reichte sie Anton Grigoleit. »Warst du nicht sogar dabei, als ich sie gefunden habe?«

»Hm«, machte Grigoleit. »Kann sein. Hatte meine Gedanken wahrscheinlich anderswo.« Er drehte das Ding in seinen Händen. »Eventuelle Fingerabdrücke hast du schon mal verwischt oder mit eigenen überdeckt. Wie ist es denn mit dem Fundort? Hast du ihn dokumentiert, mit Fotos oder wenigstens mit einer protokollarischen Niederschrift?«

»Hä?« Rolli sah ihn verwundert an.

Manchmal waren diese Intelligenzler wirklich begriffsstutzig, dachte Grigoleit. »Na, die Lage dieses Beweismittels, seine unmittelbare Umgebung, eventuelle Tautropfen auf der Plaste-Oberfläche, Fingerabdrücke – das alles kann uns doch etwas sagen.«

»Mann, Honecker!«, staunte Rolli. »Du redest ja wie ein Bulle.«

»Tja, was meinst du denn, was ich bin?«, erwiderte Grigoleit. »Frühpensioniert, na klar, aber was man einmal gelernt hat …« Er drehte die Scheibe in der Hand. »Die Abdeckung eines Teleobjektivs. Könnte von Bedeutung sein. Also, wo genau hat sie gelegen?«

Rolli machte ein nachdenkliches Gesicht. »Ist das wichtig? Ich glaube, an der Weggabelung kurz hinter dem Zugang des Geländes, wo dieses Springkraut wuchert. Ja, genau dazwischen war es. Du bist gerade aus dem Gewerbegebiet zurückgekommen, und da, wo wir uns getroffen haben, da hat es gelegen. Das Teil muss Jana aus der Tasche gefallen sein, ohne dass sie es gemerkt hat.«

»Zeugen haben in der Regel ein schlechtes Gedächtnis«, sagte Grigoleit. »Wenn fünf Leute ein und denselben Unfall beschreiben, werden später vor Gericht in der Regel fünf unterschiedliche Begebenheiten daraus, und eine katastrophaler als die andere.«

»Was meinst du damit?«

Honecker grinste. »Ich erinnere mich jetzt, aber völlig anders. Ich kam nicht vom Gewerbegebiet zurück, sondern wollte gerade gehen, deshalb war ich abgelenkt. Außerdem war dieser Schimpfle dabei. Er wollte deine Hand verarzten, weil du in die Brennnesseln gegriffen hast.«

»Ah, jetzt erinnere ich mich auch«, gestand Rolli ein. »Natürlich, Du hast Recht.« Er schüttelte den Kopf. »Wie kann mein Gedächtnis nur solche Aussetzer haben!«

»Auch du wirst wohl langsam alt«, lachte Grigoleit. »Nein, im Ernst: Das ist ganz normal. Es kommen unzählige Tagträume oder andere Erinnerungen dazwischen, und spätestens seit dem Fernsehen und dem Internet überflutet uns ja dauernd ein Meer an Bildern. Unser Gehirn ist immer abgelenkt.« Und um noch eins draufzusetzen, fügte er hinzu: »Vor allem deines!«

Rolli lachte. »Na super, ich kann mich also nie auf mein Gehirn verlassen! Das sind ja Aussichten!«

»Ich sehe mir die Stelle trotzdem mal an«, beschloss Grigoleit. »Ich will ohnehin gleich mal da raus und mit dem Schimpfle reden.

Vielleicht hat er etwas beobachtet, von dem er glaubt, dass es unwichtig ist, und das er deshalb nicht erzählt hat. Ich weiß, wie man Erinnerungen anderer Leute aktiviert. Das hab ich gelernt. Und dann sehe ich mich noch mal auf dem Industriegelände um. Ich glaube, ich hab da was beobachtet, was mich interessiert.«

»Und das wäre?« Rolli wollte lieber nicht darüber nachdenken, wie Honecker früher das Gedächtnis anderer Leute »aktiviert« haben könnte.

»Erzähle ich später, wenn ich sicher bin, dass ich mich nicht geirrt habe. Hat wahrscheinlich nichts mit dieser Jana zu tun.« Er legte mit zackiger Bewegung die rechte Handkante senkrecht an die Stirn, ein alter Gruß aus seiner Jugend. »Bin gegen halb fünf wieder da.«

»Bis dann«, sagte Rolli. »Pass auf dich auf, Honecker.« Er sah dem agilen Rentner durch die geöffnete Eingangstür nach, wie dieser forsch durch den Kies des Biergartens schritt, und wandte sich einer älteren Dame aus der Nachbarschaft zu, die das Abo-Essen genommen hatte und noch um einen Kaffee bat. »Aber nicht so stark«, sagte sie.

Rolli nickte. Ab einem gewissen Alter bekamen seine Gäste den Kaffee sowieso von ihm koffeinfrei, ungefragt und ohne Preisaufschlag.

* * *

Teresa Pietrasz hatte noch fast zwei Stunden Zeit, bevor sie zur Arbeit musste. Sie hatte keine Lust, vorher noch nach Hause zu fahren, sondern beschloss, noch eine Tasse Kaffee am Rathausplatz zu trinken. Sie hatte sich nach einer neuen Bluse umsehen wollen und war dafür durch verschiedene Geschäfte der Innenstadt spaziert. Jetzt hatte sie einen Berg Tüten an der Hand, und war glückliche Besitzerin eines todschicken Bikinis, eines neuen Paars Highheels, eines preisreduzierten Erotik-Thrillers, einer ganz tollen handgeschöpften Oliven-Lorbeer-Ölseife und der neuesten CD von Syria, ihrer liebsten Crossover-Gruppe. Ob sie die vielleicht während der Arbeit einlegte? Sie konnte kaum erwarten, sie komplett zu hören.

Am Rathausplatz fand sie einen freien Tisch unter einem Sonnenschirm und griff zu einem Sammelsurium unterschiedlich großer Eis-, Getränke- und Speisekarten. Es steckten noch ein paar Zettel dazwischen, »Unser Frühstücks-Highlight« rutschte heraus und segelte zu Boden. Sie stopfte alle Karten wieder in den Ständer und lehnte sich zurück. Sie hatte keine Lust mehr auf was Besonderes.

Die Kellnerin kam, farblich passend zum Sonnenschirm gekleidet. »Was darf's sein?«

»Einen Kaffee bitte.«

Die Kellnerin griff in das Kartensammelsurium und sagte: »Hier haben wir unsere Kaffeekarte. Caffe latte, Cappuccino, Wiener Mélange, Caramel, Cacão ...« Sie brachte es tatsächlich fertig, das mit einem C am Anfang und einem affektierten portugiesischen A klingen zu lassen.

»Ich will nur einen ganz normalen Kaffee ohne Schnickschnack. Kein Vanille- oder Bourbon-Aroma, keine Amarena-Kirschen, keine Elchköttel oder sonstwas. Ganz einfach Kaffee.« Tessa ging das Getue plötzlich auf die Nerven. »Milch und Zucker dürfen dabei sein.«

»Wenn Sie meinen.« Die Kellnerin drehte die Nase hoch und sich um. Tessa unterdrückte das plötzliche Verlangen, aufzuspringen und der Frau eine zu knallen. Sie hatte auf einmal Lust auf einen richtigen Catfight, wie sie ihn kürzlich der Geliebten ihres Exfreundes geliefert hatte, irgendwas Schönes mit abgebrochenen Fingernägeln und Kratzwunden.

Sie hatte keine Ahnung, woher ihre plötzliche Aggression kam. Sie lehnte sich zurück, sog die Luft ein und blinzelte über den Platz, ließ den Blick an der Renaissance-Fassade des Rathauses emporschweifen bis zu den beiden Zwiebeltürmen. Ihr Adrenalinspiegel sank wieder, und sie überlegte, ob sie ihre Arbeit nicht mal sausen lassen sollte. Sie könnte Rolli anrufen und sagen, sie müsse dringend zum Frauenarzt. Männer fragten dann nie weiter nach.

Ihre Gedanken wurden unterbrochen, als sich drei recht umfangreiche Damen zwischen Tischen und Stühlen hindurchmühten und umständlich am Nachbartisch Platz nahmen. Tessa brachte ihre Einkaufstaschen in Sicherheit, bevor eine der Mammutgestalten darauf trat. Beim Hinsetzen rempelte eine der Dicken die Kellnerin an, Tessas Kaffee ging zu Boden. Plötzlich fühlte Tessa sich mit der bedauernswerten Kollegin ausgesöhnt.

Die drei Dicken ließen die Bedienung nicht erst die Scherben auflesen, sondern verlangten Sahnetorten und Cappuccinos in verschiedenen Varianten. Die Karte schienen sie auswendig zu kennen. Tessa schielte zu ihnen hinüber – sie waren alle drei zwischen siebzig und achtzig, wahrscheinlich Witwen, die ihre Männer frühzeitig genug unter die Erde gebracht hatten, um in Ruhe deren Renten verprassen zu können, dachte sie mit genießerischer Boshaftigkeit. Alle drei hatten nahezu faltenfreie Gesichter – das war kein Botox, das war kein Lifting, das war reine Verfressenheit. Tessa stellte sich vor, dass jede von diesen Tanten einen Schweinskopf ganz allein verschlingen konnte, ohne richtig satt zu werden.

Der Kaffee kam schließlich, und Tessa bestellte gleich eine zweite Portion. »Sie brauchen aber nur das Kännchen zu bringen, nicht das ganze Tablett mit neuer Tasse, Keks und Zucker. Was ich habe, reicht ja.«

»Wie Sie wollen.« Die Kellnerin war noch immer äußerst überheblich, trotz des Zwischenfalls am anderen Tisch, und Tessa beschloss, dieser Schnepfe nichts Positives mehr zu gönnen. Diese Frau war kein Profi, sondern einfach eine nicht ausgebildete Studentin, die zu faul war, zur Finanzierung ihres Studiums auf den Strich zu gehen. So. Das musste zumindest mal gedacht werden.

Ein großer Schatten fiel plötzlich auf ihren Tisch. »Darf ich Sie einladen?«, fragte eine helle, schnarrende Männerstimme.

»Wie bitte?« Sie hielt eine Hand an ihre Augenbrauen. Wenn sie aufsah, war die Sonne trotz des Schirms zu grell. Sie erkannte eine braune, noch nie gebügelte Flanellhose mit einem grünen Pullover, der bis über die unsichtbaren Knie reichte. Ihr war auf einmal kalt, trotz der Hitze auf dem Rathausplatz.

»Wir nennen das Lichtweihe«, sagte der ausgezehrte Mann und reichte ihr ein grasgrünes Faltblatt. »Wir möchten ein Stück Natur zum heiligen Hain machen und es damit vor der Zerstörung schützen. Sie sind ganz herzlich willkommen. Am Mittwoch nach Sonnenuntergang. Adresse steht hier.«

»Sozusagen Wochen-Sonnenwende«, rutschte ihr heraus.

»Vollmond«, sagte er humorlos. Sein Gesicht war hart und abweisend, sein stechender Blick wurde von einer Riesennase zweigeteilt.

Jetzt erkannte sie ihn. Es war einer der beiden Magermänner, die auf der Gründungsversammlung der Bürgerinitiative im »Nordpol« gewesen waren. Sie reichte ihm das Faltblatt zurück. »Das habe ich schon.«

Hastig nahm er das Blatt wieder an sich. »Werden Sie bei der Weihe dabei sein?« Tessa fühlte sich unwohl unter seinem durchdringenden Blick, der nicht nur ihre Augen traf.

»Ich weiß noch nicht, wahrscheinlich muss ich arbeiten«, erwiderte sie und dachte gleichzeitig: »Um Gottes Willen!« Sie würde sich auf keinen Fall bei diesen Leuten blicken lassen.

Er schien ihre Gedanken lesen zu können, was in diesem Fall auch nicht schwer war. Mit einem unverständlichen Murren wandte er sich ab und ging zum Nachbartisch, an dem die korpulenten Witwen saßen. Die ließen sich nicht lumpen und luden ihn zu einem grünen Tee ein. Sie waren äußerst interessiert, alle drei esoterisch bewandert und wollten selbstverständlich die Lichtweihe empfangen. Eine von ihnen wollte sogar im Stadtrat dafür werben, in dem sie früher einmal Mitglied war.

Tessa zahlte. Sie hatte genug. Sie raffte ihre Einkäufe zusammen und stieg vor dem Rathaus in die falsche Straßenbahn. Sie merkte es gar nicht, denn sie dachte darüber nach, ob sie nicht doch zu dieser »Weihe« gehen sollte. Nur aus Neugier, selbstverständlich. Sie wusste ja, dass die Veranstaltung im Naturschutzgebiet bei Sankt Afra stattfinden sollte, wo diese Jana Weber verschwunden war. Oder zuletzt gesehen wurde, das war wohl korrekter. Wenn sie hinging, könnte sie Rolli eventuell mit neuen Hinweisen aus der Patsche helfen. Dass ihn die Polizei verdächtigte und so massiv bedrängte, hatte er wirklich nicht verdient. Nicht Rolli!

Tessa stellte plötzlich fest, dass die Bahn mittlerweile durch einen Stadtteil von Augsburg fuhr, in dem sie nie zuvor gewesen war. »Neuer Ostfriedhof«, verkündete die Ansage. Sie stieg mit ihren Tüten aus. Was jetzt?

Taxi, entschied sie und drückte die Kurzwahl auf ihrem Handy. Dank Rollis weitsichtiger Vereinbarung bekam sie ja Personalrabatt, und die Fahrt innerhalb der Stadtgrenzen kostete sie nur fünf Euro.

* * *

Die Mittagszeit war zum Glück vorbei. Es hatte allerhand zu tun gegeben, denn die Gaststätte und der Biergarten waren heute gut besucht, auch schon am Mittag. Roland Findeisen hatte eine der Aushilfen kommen lassen, denn er konnte nicht draußen und im Lokal gleichzeitig bedienen und dann noch die Theke machen sowie zwischendurch immer wieder das Telefon für den Kurierdienst abnehmen.

Als Tessa um kurz nach vier zur Arbeit kam, etwas früher als sonst, und an den Zapfhahn ging, gönnte Rolli sich eine Pause. Er ließ sich von ihr ein Bier bringen und hörte ihr aufmerksam zu, wie sie von ihrer Begegnung mit dem Sektenmann auf dem Rathausplatz berichtete. »Der war mir echt unheimlich«, sagte sie, »wie so ein Sensemann auf alten Bildern. Mir wurde richtig kalt, als der plötzlich neben mir stand.«

»Mir kamen diese Typen auch merkwürdig vor«, erwiderte Rolli. »Aber wir müssen ja nicht auf diese Leute eingehen, wenn sie hier auftauchen. Irgendwann bleiben sie dann weg.«

»Ein bisschen neugierig darauf, was bei denen abläuft, bin ich schon«, gab Tessa zu. »Vielleicht sehe ich mir diese Lichtweihe mal an.« Sie kicherte. »Ich wüsste nur zu gern, wie man einen Baum adoptiert.«

»Ich wäre an deiner Stelle vorsichtig«, riet Rolli. »Immerhin findet die Sache nachts statt, und dann auch noch in diesem abgelegenen Sumpfgebiet, in dem gerade erst Jana verschwunden ist.«

»Das steht noch gar nicht fest«, versicherte Tessa. »Aber ich weiß auch noch nicht sicher, ob ich hingehe.« Sie nickte einem Gast zu, der mit einer Handbewegung ein Bier bestellte, und ging zur Theke an den Zapfhahn zurück.

Rolli blieb einen Moment in Gedanken versunken. Dann machte er sich über die Post von heute her, die bis jetzt neben der Kasse gelegen hatte. Es war in erster Linie Werbung. Das meiste warf er weg, den Prospekt vom russischen Supermarkt im Hochfeld legte er zur Seite. Die hatten in dieser Woche Flaschenbiere aus Polen, Estland und der Ukraine im Angebot. Vielleicht ließ Giovanni sich nach der »Fischwoche« zu einer »russischen Woche« überreden, mit exotischen Bieren aus dem ehemaligem Ostblock, diversen Wodkasorten, grusinischem Wein und unbekannten kulinarischen Spezialitäten, von Schweinsbacke über Borschtsch und Pelmeni bis Kaviar. Der »Nordpol« wäre damit sicher das erste Augsburger Lokal, das so etwas wagte. Wenn man dazu noch einen Sänger einlud, so einen zweiten Iwan Rebroff … Seine Fantasie begann schon beim ersten Bier zu galoppieren.

Rolli schob die Rechnungen zusammen, um sie später seinem Vater für die Buchführung hinaufzubringen. Das hatte Zeit. Josef Findeisen machte die Online-Buchungen immer erst nach achtzehn Uhr – dann war das Datum von heute noch auf den ausgedruckten Quittungen, aber das Geld ging erst morgen vom Konto ab.

Ein Schatten fiel auf seinen Tisch. Als er aufschaute, sah er Aysun Fidanci vor sich stehen, Giovannis Küchenhilfe. Sie machte ein verzweifeltes Gesicht, was bei der rundlichen, eigentlich immer fröhlichen Frau ziemlich komisch wirkte, denn irgendwie passte diese Miene nicht in ihre Gesichtszüge.

»Aysun!«, sagte er. »Was gibt's? Hast du nicht jetzt deine Pause?«

»Ja«, gab sie zurück, »aber Giovanni will mich nicht gehen lassen. Viel zu tun, ja, stimmt. Aber ich muss zu Hause sein. Kinder. Mann.«

Rolli nickte. »Aber wenn du erst um sieben zurückkommst, sind die Geschirrberge so hoch, dass du pausenlos die Spülmaschine bestückst und wieder leerst und wieder füllst.«

»Und es gibt viel Gemüse und Salat zu putzen«, ließ der Koch aus seinem Revier vernehmen. »Ich kann sie nicht gehen lassen, oder ich brauch eine neue Aushilfe. Mit Frau Gärtner habe ich mich zerstritten.«

Wer nicht?, dachte Rolli. »Kannst du nicht bleiben?«, fragte er die Türkin, die seit zwei Jahren hier arbeitete. Sie war perfekt, man musste ihr nie sagen, was zu tun war, und sie war daher ihr Geld wert. Abgesehen davon hatte sie schon manchen Zechpreller erwischt, weil man durch das schräg stehende Küchenfenster mehr von den Gesprächen im Biergarten mitbekam, als die Gäste ahnten.

Aysun zuckte mit den Schultern. »Was soll ich machen? Mein Mann kommt um halb sieben, will Essen stehen haben. Kinder sind allein.«

»Deine Älteste ist doch schon fünfzehn.«

»Ja, schlimm. Wohnung stinkt immer nach Zigaretten, und Hausaufgaben nicht fertig, wenn ich komme.«

Rolli musste lachen. »Aysun, wir brauchen dich heute hier. Und das wird wahrscheinlich den ganzen Sommer so gehen. Ich möchte nicht noch jemanden zusätzlich einstellen. Du kannst das Geld doch gut gebrauchen, oder? Setz dich mal.«

Zögernd ließ sie sich nieder. »Aber ich kann die Kinder nicht immer allein lassen. Eine Stunde oder zwei muss ich zu Hause sein. Aylin ist groß, hat bestimmt schon heimlich Freund, und raucht. Ayla hat große Klappe und macht immer Streit. Dreizehn ist ein schwieriges Alter, verstehst du? Und Mahir sundeliert. Dabei ist er erst zehn.«

»Sundel – was?«

»Sundeliert. Feuer. Peng, bumm. Sylvester.«

»Ach, der Kleine zündelt.« Roland grinste und gab sich Mühe, sein Nicken verständnisvoll aussehen zu lassen. »Find ich ja goldig. Hab ich mit zehn Jahren auch gern gemacht. Karbid in Omas Klo, und wenn sie drauf saß, zisch! Aber was hältst du davon, wenn du deine Kinder hierher holst? Sie können ihre Hausaufgaben hier hinten am Personaltisch machen, du hast sie halbwegs unter Aufsicht, und sie bleiben, bis dein Mann sie abholt. Sie können doch auch hier essen.«

Aysun schüttelte den Kopf. »Kinder müssen Essen von mir haben, verstehst du? Ich bin die Mutter.«

Rolli sah zum Kücheneingang hinüber, wo Giovanni sich in den Türrahmen gelehnt hatte, was seinen rundlichen Bauch zur Geltung brachte wie den einer Rubens-Jungfer. »Hätte Aysun denn zwischendurch ein bisschen Zeit, für ihre Kinder etwas zuzubereiten?«

Giovanni zuckte mit den Schultern und stieß sich vom Türrahmen ab. »Zwischendurch – na ja, vielleicht. Aber wie du das abrechnest, ich meine den Verbrauch, wenn sie hier privat kocht, musst du selbst wissen. Und ich will gefragt werden, wenn etwas aus der Kühltruhe oder aus der Tagesware entnommen wird.«

»Lässt sich regeln«, versicherte Rolli. »Also dann …«

»Moment!«, unterbrach der Italiener ihn. »Ich habe noch eine Bedingung. Aysun hat neulich etwas Fantastisches zu essen bei sich gehabt, und ich habe probiert. So kleine gebratene Bällchen, weißt du, mit Walnuss-Geschmack. Hhhm!«

»*Cerkes Tavugu*«, sagte Aysun. »Tscherkessisches Huhn. Ist viel Arbeit. Man muss Hühnerfleisch und Hacke-Walnuss zwei Stunden zusammen kneten. Und dann mit frischer Minze.«

»Wenn ich jemanden in meiner Küche arbeiten lasse, dann will ich dieses Rezept haben!«

Rolli verzichtete darauf, ihn zu erinnern, dass die Küche zwar Giovannis Reich, aber immer noch Eigentum seines Vaters Josef Findeisen war. Er sah Aysun an.

»Okay«, sagte sie. »Geht zu machen.«

»Na dann – lauf heim, hol deine Kinder, leg deinem Mann einen Zettel hin und komm zurück«, meinte Rolli.

Sie griff in ihre Kitteltasche. »Es gibt Handy«, sagte sie. »Alles ganz einfach.« Sie setzte sich und tippte eine Nummer in ihr Mobiltelefon, sah ihn dabei an. »Danke, Chef. Ich muss dann noch was erzählen. Gleich. Hab ein Gespräch gehört, als ich am Tisch beim Fenster war und Gemüse geputzt hab. Dieser Fischmann, Tiefkühlkost, du weißt schon. Hat im Biergarten mit Anwalt geredet. Du musst super gut aufpassen. Ah! *Canım mı?*« Sie presste ihr Handy fester ans Ohr. »Hör zu, ich muss noch eine Weile arbeiten.«

Den Rest verstand Rolli nicht. Er war gespannt auf das Gespräch, das seine Küchenhilfe mitgehört hatte. »Du musst gut aufpassen.« Das interessierte ihn plötzlich sehr.

* * *

Anton Grigoleit stand vor dem Zaun der kleinen Hütte, in der Paul Schimpfle hauste. »Hallo!«, rief er. »Jemand zu Hause?«

Als keine Antwort kam, versuchte er es noch einmal. »Herr Schimpfle, sind Sie da?«

Vielleicht sollte er doch mal auf die Klingel drücken, überlegte er. Er öffnete das Gartentor und ging zum seitlich liegenden Eingang. Erst jetzt sah er das polizeiliche Siegel an der Tür. Was hatte denn das zu bedeuten?

Er griff in die Innentasche seines Trenchcoats nach dem Handy, aber ihm fiel ein, dass er es zu Hause am Ladegerät hängen hatte. Er fluchte leise. Er würde Rolli also erst am späten Nachmittag von dieser Entdeckung berichten. Er hoffte, dass dem Vogelwart nichts Schlimmes zugestoßen war. Vermutlich brachte die Polizei ihn mit dem Verschwinden der Studentin in Verbindung, dachte Grigoleit, aber damit befanden sie sich gewiss im Irrtum. Obwohl … Es konnte ja ein Unfall gewesen sein. Angenommen, das Mädchen war irgendwo in den Morast gesunken, und der Kerl hatte mit dem Stiefel noch ein bisschen nachgetreten, um sich ihre teure Kamera unter den Nagel zu reißen. Anton Grigoleit hatte keine Ahnung, wie gut diese Wärmebildkameras waren, die man bei der hiesigen Polizei benutzte. Wenn die Leiche nun zwei, drei Meter tief im Sumpf lag, reichte das Auge der Kamera nicht so weit, oder? Dass sie noch leben könnte, hielt er für nicht sehr wahrscheinlich. Allerdings war es unvorstellbar, dass Schimpfle die Frau erschlagen hatte und die Leiche dann in seiner Hütte aufbewahrte. Oder hatte er sie auf das brachliegende Industriegelände geschleift? Aber dann wäre sie entdeckt worden. Wie lange gab so ein lebloser Körper eigentlich noch Wärme ab? Dass man die Hundeleiche auf dem Abfallhaufen entdeckt hatte, glich für Grigoleit einem Wunder.

Nachdenklich betrachtete er das Siegel an der Tür. Hübsche Kleberchen hatten die hier, ganz aus Kunststoff, echt haltbar. Er durfte gar nicht an die Rollen Klebeband aus braunem Papier denken, die seine Sekretärin damals in ihrer Mittagspause mit dem Dienstsiegel bestempelt hatte. Ihm fiel eine Begebenheit ein, die lange zurücklag, anno zweiundachtzig in Königs Wusterhausen, wo er drei Monate Dienst gemacht hatte. Das war der Winter, in dem die Braunkohle knapp gewesen war und rund um Berlin wochenlang nicht geheizt werden konnte. Da waren die Rentner in ihren Wohnungen gleich dutzendweise erfroren, und um diejenigen, die die Stasi in der Kartei gehabt hatte, musste sich Grigoleit mit seinen Leuten kümmern. Damit niemand ein Beweismittel aus der jeweiligen Wohnung entwendete, musste sie versiegelt werden. Acht Kilometer von diesem scheußlichen Klebeband hatte allein Grigoleits Abteilung verbraucht, und alle hatten sie tagelang gewellte Fingerkuppen gehabt, was zu schmerzhaften Erfrierungen führte.

Vielleicht ist dieser Schimpfle gar kein Verdächtiger, sondern ebenfalls tot, schoss es ihm durch den Kopf. Ah, das konnte sein – der Mörder der Studentin hatte einen möglichen Zeugen beseitigt, die Polizei oder sonst wer hatte ihn gefunden, und die Hütte war für eine spätere Durchsuchung versiegelt worden. So musste es sein.

Während er sich von der Hütte abwandte, seinen Feldstecher aus dem Auto holte und in das Naturschutzgebiet spazierte, bildeten sich in seinem Kopf allerlei abstruse Tagträume um einen unbekannten Mörder, der zuerst Jana Weber, dann Paul Schimpfle um die Ecke gebracht hatte. Er musste jetzt also aufpassen, dass er nicht das nächste Opfer würde. Wachsam wanderte sein Blick von einer Seite zur anderen, rastlos tastend wie das Fühlerpaar des gigantischen Insekts aus Kafkas »Verwandlung«.

Die Stelle, an der Rolli die Objektiv-Abdeckung der Kamera gefunden hatte, ergab keine Hinweise. Das niedergetretene Springkraut hatte zu verdorren begonnen, und zwischen den trockenen Stängeln drängten neue Schösslinge empor. Er ging ganz langsam den Weg entlang, den sie wahrscheinlich genommen hatte, und gelangte an die wilde Müllkippe, die inzwischen für die Laboruntersuchung fast komplett von der Polizei abgetragen worden war. Den Spaß gönnte er den Beamten. Aber auch hier fand sich natürlich nichts.

Anton Grigoleit wandte sich dem Zaun zu. Jemand hatte mit

einer Heckenschere die Ranken von Clematis und wildem Hopfen bis knapp über dem Boden zusammengestutzt. Wenn Schimpfle das gesehen hätte, hätte er es verhindert – ein weiterer Beweis dafür, dass dem Rentner etwas zugestoßen sein musste. Mit wenigen Schritten war Grigoleit auf der Brachfläche des ehemaligen Industriegeländes.

Er hatte bei seinem letzten Besuch einen verdächtigen Lieferwagen gesehen, der im Schatten der abbruchreifen Werkshalle stand. Das Fahrzeug war ihm bekannt vorgekommen, aber er war nicht nahe genug herangekommen, um den Firmennamen an der Fahrertür lesen zu können. Grigoleit fragte sich, was jemand in diesem alten, einsturzgefährdeten Gemäuer zu suchen hatte.

Es war nicht damit zu rechnen, dass der Wagen jetzt immer noch oder wieder dort stand, aber zur Vorsicht nutzte Anton Grigoleit die Deckung des überall durch den brüchigen Asphalt gewucherten Buschwerks. Ein Glück für ihn, denn gerade als er sich dem Gebäude auf kaum hundert Meter genähert hatte, sah er den Lieferwagen auf das Gelände holpern und direkt neben einer baufälligen ehemaligen Lagerhalle anhalten.

Er kam ihm jetzt wirklich bekannt vor. Er war überzeugt, ihn erst gestern gesehen zu haben, und er wusste auch schon, wo. Anton Grigoleit kniete sich hinter ein Gebüsch und hob rasch den Feldstecher vor die Augen.

Ja. Genau. Jetzt erkannte er das Fahrzeug sicher. Der Firmenname ließ keinen Zweifel mehr zu. Zwei Männer stiegen aus, die er hier nie vermutet hätte, beide in dunkelblauen Overalls. Was hatten die denn hier zu suchen? Grigoleit senkte den Feldstecher und erstarrte, als einer zu ihm herüberblickte und den Blick sekundenlang direkt auf das Gebüsch heftete. Grigoleit fluchte leise, als ihm aufging, dass er einen groben Fehler gemacht hatte, der ihm selbst vor vielen Jahren als Anfänger nicht passiert wäre: Er hatte nicht auf den Stand der Sonne geachtet und damit ein Aufblinken des Okulars riskiert. Er wagte kaum zu atmen und glaubte sich schon entdeckt, als der Mann sich schließlich abwandte und auf die andere Seite des Lieferwagens ging.

Das war noch mal gut gegangen! Anton Grigoleit atmete auf. Er sah, dass der Lieferwagen sich leicht schaukelnd bewegte, und schloss daraus, dass dort etwas abgeladen wurde. Genaueres konnte er nicht erkennen.

Er sah sich um und entdeckte eine Birke ganz in der Nähe, die er für stabil genug hielt, um ihn zu tragen. Sie war dicht an den Mauerrest eines bereits abgebrochenen Gebäudes gelehnt. Wenn er da hinaufkäme, hätte er eine bessere Position und könnte vielleicht sehen, was auf der anderen Seite des Wagens passierte.

Er richtete sich auf, zog seinen Trenchcoat, der ihm beim Klettern hinderlich sein würde, aus und faltete ihn sorgfältig zusammen. Er legte ihn auf den Boden und platzierte seinen Hut darauf. Er sah hinüber zu dem Lieferwagen. Die beiden Männer schoben, vom Wagen verdeckt, ein rostfleckiges Rolltor hoch. Höchste Zeit, dass er seine Chance nutzte. Er sprintete los. Der Feldstecher vor seiner Brust baumelte hin und her und behinderte ihn, so dass er ihn schließlich mit beiden Händen festhielt.

Man sollte beim Rennen immer die Hände frei haben, hörte er in seinem Innern die Stimme seines früheren Ausbilders, als er stolperte und stürzte. Er brachte gerade noch die Hände nach vorn, versuchte sich abzubremsen und schürfte mit den Handgelenken über das rissige Pflaster. Sein Gesicht landete schmerzhaft auf seinem Feldstecher.

Einen Augenblick blieb er benommen liegen. Dann hob er den

Kopf und betrachtete seine brennenden Hände. Blut quoll in rasch anwachsenden Tropfen aus zahllosen winzigen Öffnungen, und auf beiden Handballen kam rohes Fleisch zum Vorschein. Wie in einem unfallmedizinischen Bilderbuch, dachte er. Ich hätte die Kamera mitnehmen sollen.

Er rappelte sich auf, stellte fest, dass er unbemerkt geblieben war, und war mit zwei weiten Sprüngen an dem Mauerrest mit der Birke. Seine Nase triefte, und er wischte sie sich unfein mit dem Hemdsärmel ab. Blut!

Er würde sich später darum kümmern müssen. Jetzt musste er erst einmal den Baum besteigen, bevor da drüben alles vorbei war.

Aber wie? Mit den Händen konnte er sich nicht festhalten. Er ging auf die andere Seite der Mauer, fand ein paar lose Ziegelsteine und stapelte sie rasch entlang des Mauerwerks auf. Schließlich setzte er einen Fuß auf die gestapelten Steine, schob ein paar Äste beiseite und schwang sein anderes Bein über das Mauerstück.

Doch kaum saß er rittlings oben, da spürte er, wie er beim Kragen gepackt und nach hinten gerissen wurde. Es dauerte nur den Bruchteil einer Sekunde, und alles wirbelte um ihn herum. Er verlor die Orientierung. Dann spürte er einen dumpfen Schlag auf den Hinterkopf, und die Welt wurde – nein, nicht finster. Sie war einfach weg.

4

Es war ein ganz gewöhnlicher Morgen im »Nordpol«, das heißt, es lief mal wieder nichts so, wie es laufen sollte. Josef Findeisen hatte seinen schlechten Tag, man konnte ihm nichts recht machen, und er hatte die Mitarbeiterin des mobilen Pflegedienstes, die ihn regelmäßig versorgte, einfach hinausgeworfen. Rolli schlug sich eine halbe Stunde am Telefon mit der Disponentin herum, damit diese für heute eine andere Pflegekraft herschickte und das Ganze nicht als Vertragskündigung behandelte.

Mittlerweile waren Frühstücksgäste im Lokal, aber Tanja Behnke, die Morgenbedienung, war nicht erschienen, und nachdem Rolli fast zwei Stunden allein bedient hatte, rief Tanja an und erklärte, sie habe sich auf dem Weg zur Arbeit den Fuß verstaucht und sei noch in der Ambulanz des Zentralklinikums, wo sie auch noch mindestens zwei weitere Stunden warten müsse, bis sie an der Reihe wäre.

Rolli rechnete damit, dass sie rund zwei bis drei Wochen ausfallen würde, und versprach ihr, sofort mit der Berufsgenossenschaft zu telefonieren, damit das Versicherungsrechtliche geregelt war. Die Berufsgenossenschaft wollte »möglichst noch heute«, wie ihm die Mitarbeiterin am Telefon verkündete, den ausgefüllten Unfallbogen zugestellt haben.

Ein Bus hielt auf dem Parkplatz nebenan, und Rolli dachte, da pilgerten mal wieder irgendwelche Fans zum Grab von Sebastian Röthelein – ein vor rund zwanzig Jahren verstorbener Volksschauspieler, der hier auf dem Nordfriedhof seine Posthumität verbrachte. Jedoch kam ein verschwitzter Busfahrer ins Lokal und fragte, ob hier wohl zweiundvierzig Leute frühstücken konnten – er hatte sich verfahren, weil sein Navigationsgerät verrückt gespielt hatte, und jetzt moserten seine Fahrgäste ständig herum, weil sie längst ausgehungert waren und ihr Ziel, Murnau am Staffelsee, noch in weiter Ferne lag.

»Immer nur rein damit«, sagte Rolli. »Am besten in den Biergarten. Es gibt allerdings eine kleine Wartezeit, da ich eine Bedienung kommen lassen muss.«

»Haben Sie wenigstens schon mal für alle Kaffee?«, fragte der Fahrer.

Rolli überlegte, und in diesem Moment kam Pappa, der Grieche, herein. Er hatte die Frage mitbekommen, und da er draußen den Bus gesehen hatte, richtig kombiniert. »Kannst du so machen«, sagte er zu Rolli, »du stellst Tassen und ein paar gefüllte Kannen zur Selbstbedienung raus, und die Leute schmeißen jeweils fünfzig Cent dafür in eine kleine Kasse, ganz auf Vertrauensbasis. Hast du eine leere Zigarrenkiste? Ist doch ideal.«

»Na gut. Pappa, kannst du auch Bestellungen aufnehmen? Ich würde dich dann für ein Stündchen als Aushilfe nehmen.«

»Klar. Servieren kann ich auch«, sagte der bärtige Student. »Hab ich schon mal gemacht, im Mykonos in Schwabmünchen.«

»Also dann – perfekt!«, meinte Rolli. Während der Busfahrer hinauseilte, erklärte Rolli dem Studenten die Nummerierung der Biergartentische und gab ihm eine Schürze von Aysun.

Die Fahrgäste des Busses fielen in diesem Moment in den Biergarten ein wie ein Heuschreckenschwarm. Zweiundvierzig Leute auf einen Schlag, das bedeutete einen zusätzlichen Umsatz, mit dem er heute, an einem Mittwoch, nicht gerechnet hatte. Pappa stürmte nach draußen.

»Haben wir überhaupt genug da für rund vierzig Frühstücke?«, fragte er durch die Zwischentür zur Küche hinein.

»Ich kann die Jagdwurst von letzter Woche auftauen«, meinte Giovanni. »Und Rübensirup haben wir auch noch.«

Rolli schnaubte. »Käse? Marmelade? Butter?«

»Klar, Chef!« Giovanni grinste ihn an. »Ich war doch letzte Woche im Fegro, und wenn wir nicht genug haben, schickst du halt jemanden vom Kurierdienst mit meiner Kundenkarte los. Hier verhungert keiner. Du musst sowieso Brötchen kommen lassen.«

»Sagst du schon wieder Brötchen? Weggle heißt das in Schwaben.«

Giovanni grinste. »Weggle klingt wie das Wäscheversandhaus, wo ich immer die tollsten ...«

»Wollen wir jetzt nicht hören«, unterbrach Rolli ihn. »Draußen sitzen über vierzig Termiten, die an den Tischen nagen, also müssen wir ein wenig Dampf machen.«

Aysun kam zur Zwischentür herein. »Wo ist meine Schürze?«

»Habe ich Pappa gegeben. Nur geliehen. Der muss draußen servieren. Nimm eine andere.«

Die türkische Küchenhilfe runzelte die Stirn. »Pappa? Du meinst, einem Griechen? Meine Schürze? Das ist ja ...«

»Mach mir jetzt bitte keine Zypernkrise hier!« Rolli war im Moment nicht besonders geduldig. »Pappa braucht die Schürze, und damit basta. Ich hab sie schließlich bezahlt.«

Im gleichen Moment tippte der Student ihm mit dem Zeigefinger auf die Schulter. »Chef, da ist die Hölle los. Die sind begeistert von dem Kaffee auf Vertrauensbasis. Sieben Leute wollen Frühstück, dreißig würden gern schon ein frühes Mittagessen haben. Geht das?«

Giovanni strahlte. »Mittagessen! Chef, wir haben doch den Tiefkühlfisch, den wir loswerden müssen! Daraus machen wir ein Sonderangebot, vier achtzig mit Kartoffelsalat. Schweinsbraten ist auch noch genug da, Leberkäs für die Geizigen, und die Vegetarier kriegen Kässpätzle mit Zwiebeln und Speck.«

Rolli lachte. »Das sind dann wohl eher die gehobenen Vegetarier. Im Notfall machen wir auch noch schwäbische Tomatensuppe.«

»Hab ich nicht im Programm. Was ist denn das Besondere daran? Vielleicht besorgst du mir das Rezept mal.«

»Ach, das ist ganz einfach. Man nimmt einen roten Teller und gießt heißes Wasser hinein.«

Giovanni brauchte einen Moment, bis er begriff, dass es sich um einen Witz handeln sollte. Er schüttelte den Kopf. »Ist ja gemein, sowas.«

Rolli kehrte an die Theke zurück. Unter den Busfahrgästen waren auch ein paar Herren, die gerne schon ein Bier trinken wollten. Pappa hatte bereits entsprechende Bestellungen aufgenommen, und so lag ein Zettel neben der Zapfanlage, auf dem neben fünfzehn Bieren auch härtere Sachen vermerkt waren.

»Kannst du mal herkommen, Pappa?« Rolli winkte ihn zu sich heran. »Du hast hier was aufgeschrieben, mit dem ich nichts anfangen kann.«

»Kristallweizen heißt das.«

»Ja, ist mir schon klar. Aber das kenn ich nicht.«

»Ja, aber …« Der griechische Student wirkte verwirrt. »Die Leute haben das bestellt, ganz selbstverständlich, wie bei uns Ouzo. Ich dachte, das ist eine schwäbische Spezialität.«

»Aber nicht hier«, versicherte Rolli. »Es gibt zweierlei Schwaben, das echte Schwaben hier, und das andere irgendwo in Württemberg. Sag denen, die Kristallweizen wünschen, sie sollen in die nächste Tram zum Hauptbahnhof steigen, da gibt es dann durchgehende Züge nach Ulm, und ab dort können sie's mal versuchen.«

Pappa sah ihn irritiert an.

»Dann biete ihnen halt ein Kristall-Helles an«, sagte Rolli. »Ein ganz normales, so wie jedes, das wir haben. Sie werden's schon schlucken.« Er zwinkerte ihm mit einem Auge zu.

»Du bist wie Honecker«, meinte Pappa. »Immer eine Ausrede auf den Lippen.« Er grinste.

Rolli verdrehte die Augen zur Decke, und dann fiel ihm ein, dass Anton Grigoleit alias Honecker gestern hatte kommen wollen, aber nicht aufgetaucht war.

Gestern nicht, und heute nicht zum Frühstück. Normalerweise rief er an, wenn er morgens nicht kam, was in den letzten zwei Jahren höchstens dreimal passiert war. Rolli hob ihm dann die Zeitung auf.

Er erinnerte sich, dass der ehemalige Stasi-Offizier sich auf eigene Faust aufgemacht hatte, um nach Jana Weber zu suchen und irgendetwas Merkwürdiges zu überprüfen, das ihm, wie er meinte, am Rande des Naturschutzgebiets bei Sankt Afra aufgefallen war.

Honecker kam gestern nicht, Honecker kam heute nicht, wiederholte Rolli in Gedanken. Das war wirklich ungewöhnlich, und es verursachte ihm ein ungutes Gefühl in der Magengegend.

»Habet Sie no' mehr davon?« Einer der Gäste aus dem Biergarten stand plötzlich vor ihm. Er wedelte mit einem grünen Faltblatt, einer »Einladung zur Lichtweihe«.

»Wie? Was wollen Sie denn damit? Die Veranstaltung ist doch ganz in der Nähe von Augsburg. Bleiben Sie denn so lange hier?«

Der Schwabe schüttelte den Kopf. »Noi, des net«, gestand er. »Ich will bloß daheim verzählen, wie schräg die Leut' hier drauf sind.«

»Ach so«, sagte Rolli. »Das ist natürlich legitim. Ich sehe mal nach.«

Ihm fiel ein, dass er hinter der Theke noch so etwas gesehen hatte. Er nahm das Blatt, aber als er es dem Gast reichen wollte, sah er, dass mit Kugelschreiber darauf geschrieben war: »Bitte für mich liegen lassen. Tessa.« In diesem Moment läutete das Telefon. Rolli sah den Gast an und schüttelte den Kopf, bevor er sich meldete.

»Hier ist Paul Schimpfle«, hörte er. »Der Vogelwart, Sie kennen mich ja noch, oder? Ich brauche dringend einen Anwalt.«

»Warum schauen Sie dann nicht einfach in ein Telefonbuch?«, fragte Rolli und spürte Verärgerung in sich aufkommen. Er war doch kein Auskunftsbüro!

»Habe ich schon, aber ich weiß nicht, wen ich nehmen soll. Ich habe eigentlich nur einen Anruf frei, und den habe ich schon vertan, weil ich meinen früheren Anwalt nehmen wollte, der mich vor Jahren geschäftlich beraten hat. Aber seine Kanzlei ist scheint's schon lange geschlossen.« Die Stimme klang nervös. »Bitte, ich brauche Hilfe.«

»Was ist denn los?«

»Verhaftet hamm's mich!«

»Wieso denn das?«

»Die gehen davon aus, dass die Studentin tot ist, und ich soll sie umgebracht haben«, sagte Schimpfle. »Hören Sie, der Aufsichtsbeamte hier gibt mir gerade ein Zeichen, dass ich mich kurz fassen soll. Hinter mir stehen noch fünf andere Gefangene mit einem Telefonerlaubnisschein.«

»Warum hat man denn ausgerechnet Sie eingebunkert?«

»Ich soll sie erschossen haben, nur weil ich eine Pistole besitze, aber da ist nichts dran! Ich bin unschuldig. Ich habe nie aus dem Ding geschossen und weiß nicht einmal, ob es funktionieren würde. Bitte, ich muss aufhören! Ich bin in Untersuchungshaft in der JVA Karmelitengasse. Schicken Sie mir …«

»Das reicht«, hörte Rolli im Hintergrund eine barsche Stimme. »Ihr Bekannter hat schon kapiert, dass Sie dick in der Scheiße stecken. Über Ihren Haftgrund dürfen Sie nur mit einem Anwalt sprechen, das habe ich doch wohl deutlich gesagt! Auflegen und wegtreten!« In der Leitung knackte es.

Rolli legte auf und zapfte weiter an einem Bier, das er bereits angefangen hatte. Pappa legte ihm gerade einen neuen Bestellzettel hin.

Dass man Schimpfle verhaftet hatte, war eine Überraschung, aber wenn er es sich recht überlegte, auch naheliegend. Dass er darauf nicht selbst gekommen war! Schimpfle lebte zurückgezogen, hatte sich selbst zum Beschützer der Natur ernannt und würde wahrscheinlich alles tun, nur damit seinen Vögeln und seltenen Pflanzen nichts passierte. Er kannte sich im Gelände am Flussufer aus und hatte wahrscheinlich die Möglichkeit, eine Leiche verschwinden zu lassen. Zudem war dieser Schimpfle ein ziemlich verschrobener Kerl, der sehr zurückgezogen lebte. Aber war er deshalb gleich ein Mörder? Rolli hatte keine Ahnung, weshalb sich die Polizei gerade auf ihn eingeschossen hatte – es musste schon einen Grund geben, denn sonst unterschrieb ja kein Richter einen Haftbefehl. Und wieso hatte er überhaupt eine Pistole?

Rolli schwankte. Wenn Schimpfle der Mörder Jana Webers war, wollte er ihm auf keinen Fall helfen. Andererseits musste jemand, der noch nicht verurteilt war, als unschuldig gelten, sofern er kein Geständnis abgelegt hatte. Und das hatte Schimpfle sicher nicht getan, sonst hätte er nicht so verzweifelt geklungen. Außerdem, dachte er, ob überhaupt ein Mord passiert ist, ist noch lange nicht erwiesen. Jana Weber ist verschwunden, das ist das Einzige, was feststeht. Vielleicht ist sie in den Lech gefallen, und ihre Leiche wird irgendwann in einem Wehr gefunden. Oder sie hat Schulden und hat sich einfach abgesetzt. Ob die Polizei solche und andere Möglichkeiten überhaupt in Betracht gezogen hatte? Wahrscheinlich nicht. Dieser Gossner verbiss sich in seine Mordtheorie, und nur dafür suchte er Beweise.

Ein Anwalt musste her. Aber wen sollte man da nehmen? Als Rolli einen Blick ins Telefonbuch warf, war er von der Auswahl fast erschlagen. Über die großen Anzeigen sah er hinweg, diese Anwälte waren bestimmt zu teuer. Wer könnte dem Rentner helfen? Es gab Fachanwälte für Steuerrecht, Baurecht, Familienrecht, Bankenrecht und vieles mehr – alles kreuz und quer durcheinander, nicht nach Fachgebieten geordnet wie bei den Ärzten.

Rolli fiel ein, dass er ja einen Anwalt kannte, diesen Schönling, der mit Sonnberger neulich zur Gründung der Bürgerinitiative gekommen war. Wie hieß der noch gleich? Augustin, ja, richtig. Dr. Karl Augustin, der Mann mit der Fliege. Ein ganz junger Anwalt, der konnte doch nicht so teuer sein. Der Name war nicht im Telefonbuch zu finden, also war er vermutlich irgendwo angestellt. Rolli beschloss, einfach Sonnberger zu fragen, obwohl ihm dessen Anwalt, der ihm wie ein Hündchen zu folgen schien, nicht ganz geheuer war. Irgendetwas stimmte mit dem Typen nicht, aber er hätte diese Ahnung nicht begründen können. Ihm fiel ein, dass Aysun, seine türkische Küchenhilfe, ihm etwas über ein Gespräch zwischen den beiden erzählen wollte, das sie belauscht hatte. Irgendwie war sie bis jetzt noch nicht dazu gekommen – als sie zuletzt ihre Kinder mitgebracht hatte, die am Personaltisch eigentlich ihre Hausaufgaben machen sollten, hatte das im reinsten Chaos geendet. Und in der Küche gab es in den letzten Tagen mehr zu tun. Wenn Aysun nach einer oder zwei Überstunden frei hatte, dann hatte sie es richtig eilig, nach Hause zu kommen. Er würde sie heute noch fragen, nahm er sich vor.

Doch jetzt brauchte erst einmal Paul Schimpfle seine Hilfe. Gerade als er zum Telefon greifen wollte, kam Pappa mit verzweifelter Miene auf ihn zu. »Die wollen aufbrechen und alle gleichzeitig zahlen.«

»Ich helfe dir«, entschied Rolli, denn der griechische Student war sichtlich überfordert. Kassieren war immer eine komplizierte Sache, besonders, wenn viel getrunken wurde. Da wusste so mancher nicht, wie viele Runden er spendiert hatte, und ob der Schnaps jetzt zu seiner oder zur Runde eines anderen zu rechnen war. Und ein paar ganz Schlaue meinten immer, dass wechselseitige Runden sich gegenseitig aufhöben und dass sie dann gar nicht zu zahlen bräuchten.

Erst nach einer dreiviertel Stunde fiel Rolli ein, dass er ja bei Sonnberger anrufen wollte, doch genau in diesem Moment kam der Mann in den Biergarten.

»Hallo«, grüßte Sonnberger. »Bekomme ich noch etwas?« Er sah auf seinen edlen Chronometer. »Es ist drei Uhr durch, schon fast zu spät zum Mittagessen, aber ich bin aufgehalten worden.«

»Giovanni macht Ihnen als Stammgast aber bestimmt noch etwas, Herr Sonnberger.«

»Siggi«, beharrte der Gast.

»Ach ja, tut mir leid, ich bin vergesslich.« Rolli fasste sich in einer übertriebenen Geste an die Stirn. »Gibt ein Freibier zur Entschuldigung.«

»Gern. Kann ich jetzt gebrauchen«, erwiderte Sonnberger. »Habe gerade vier Stunden im Amtsgericht zugebracht, um die Bürgerinitiative als Verein eintragen zu lassen. *Verein zur Verhinderung von Straßenbaumaßnahmen in Naturschutzgebieten*, so heißen wir jetzt. Dr. Augustin hat die Satzung in tagelanger Arbeit ausgetüftelt, aber die Justizbeamtin hatte fast an jedem Paragrafen etwas auszusetzen. Jetzt müssen wir eine neue Mitgliederversammlung machen und diese geänderte Satzung genehmigen lassen. Dieser Papierkram zieht alles gewaltig in die Länge.«

»Hoffentlich nicht so lange, bis die ganze Sache überflüssig geworden ist«, bemerkte Rolli. »Übrigens, diesen Doktor Augustin würde ich gern mal erreichen. Ein Bekannter von mir braucht Hilfe.«

»Hm«, machte Sonnberger. »Er ist zwar Anwalt, aber er arbeitet ausschließlich für mich als Justiziar.«

»Ohne Ausnahme? Bei meinem Bekannten handelt es sich um Paul Schimpfle.«

»Müsste ich den kennen?«, fragte Sonnberger.

»Das ist der Rentner, der sich um das Naturschutzgebiet kümmert, durch das die Straße gebaut werden soll«, erklärte Rolli. »Der kennt sich da bestens aus. Jetzt unterstellt ihm die Polizei offenbar, er habe Jana Weber beseitigt, aber das traue ich ihm eigentlich nicht zu. Er hat hier angerufen und mich um Hilfe gebeten – einen weiteren Anruf darf er offensichtlich nicht machen. Deswegen dachte ich, ich frage mal Dr. Augustin.«

»Hm«, machte Sonnberger. »Karl ist eigentlich Fachanwalt für internationales Handelsrecht. Ich habe oft sehr komplizierte Verträge mit den Vietnamesen und den Japanern, weil ich, wie du weißt, von dort meinen Tiefkühlfisch beziehe. Aber ich kann Karl mal fragen, ob er bereit ist, sich ausnahmsweise um diesen – wie heißt er noch? Schimpfle? – zu kümmern.«

»Es ist eilig«, erinnerte Rolli ihn. »Der Mann ist im Knast und will da raus.«

»Das wollen viele. Aber da weiß ich jemanden, der schneller und sicherer hilft.« Sonnberger nahm ein Etui aus seiner Jackentasche, holte eine Visitenkarte hervor und kritzelte etwas auf die Rückseite. »Das ist die Nummer eines Strafverteidigers. Übernimmt gern brisante Fälle, die ihn in die Presse bringen. Wenn er diese Sache ablehnt, beruf dich einfach auf mich.« Er winkte an Rolli vorbei, und Giovanni kam an den Tisch.

»Ich möchte unbedingt noch etwas essen«, sagte Sonnberger. »Was ist denn noch da?«

»Tiefkühlfisch«, erwiderte der Italiener mit einem Grinsen. »Aber für dich hätte ich auch ein Ossobuco Milanese, das ich gerade für morgen vorbereite. Wie wär's?«

»Nur her damit!« lachte Sonnberger. Rolli ging ans Telefon und wählte die Nummer, die er von ihm bekommen hatte. Erstaunt war er schon etwas, dass Sonnberger die Telefonnummer eines Strafverteidigers auswendig wusste.

* * *

Tessa hatte heute schon um elf Uhr gehen wollen, und schließlich hatte Rolli sich breitschlagen lassen, ihr die eine Stunde frei zu geben, als sie ihm erzählte, was sie vorhatte. Sie hatte mit dem Faltblatt gewedelt, das ihr die beiden »Magermänner« als Einladung zu einer Hainweihe gegeben hatten. »Das ist heute«, sagte sie. »Bei Vollmond, um Mitternacht – ich will mir den Zauber mal ansehen. Vielleicht erfahre ich ja etwas über den Verbleib von Jana.«

»Ist das nicht zu gefährlich?«, meinte Rolli. »Wenn die das Mädel nun entführt haben, um heute ein Menschenopfer …«

»Blödsinn!«, hatte Tessa ihn unterbrochen. »Menschenopfer! Was siehst du dir denn für Filme an? Das sind einfach Spinner, die vielleicht nackt um einen Hinkelstein hüpfen, aber ich will mich da mal umhören. Vielleicht hat diese Jana sich ganz einfach von denen bekehren lassen und füttert jetzt die Hühner auf ihrem Öko-Hof.«

»Auch eine Möglichkeit. Also – Ohren auf, Augen zu«, hatte Rolli gemeint. »Okay, dann berichte mir davon, ja? Ich habe leider keine Zeit, dahin mitzukommen. Meine beste Fachkraft will unbedingt frei haben. Kommst du wenigstens anschließend noch vorbei?«

»Wenn du meinst. Aber dann wird's mindestens halb eins.«

»Da bin ich sicher noch hier«, hatte Rolli erwidert. »Du weißt, vor zwei gehe ich nie rauf in meine Wohnung.«

»Gut. Ich schicke dir 'ne SMS, wenn ich mich auf den Rückweg mache.«

* * *

Nun parkte Teresa Pietrasz ihren Wagen an dem kleinen Bahnhof und ging die restlichen paar hundert Meter zu Fuß. Das Licht des Vollmonds, das durch eine dünne Schicht von Höhenwolken schimmerte, genügte, um den Weg zu erkennen, und schuf die Illusion, als sei die ganze Landschaft von hinten wie durch einen riesigen Pergamentschirm erleuchtet. Tessa war froh, dass sie ihre bequemen Sportschuhe und nicht die Pumps trug, denn sonst wäre sie gleich zu Anfang im niedergetretenen Gras stecken geblieben. Es mussten schon etliche Leute vor ihr hier gegangen sein.

Die Wiesen zu beiden Seiten des Weges wirkten dunkelgrau wie die Schlammflächen im Wattenmeer, die sie in ihrem verregneten Urlaub letztes Jahr an der Nordsee erlebt hatte. Der Weg führte auf eine Gruppe schwarzer Büsche zu und machte einen Knick, als Tessa zwischen ihnen hindurchkam. Auf der anderen Seite blieb sie abrupt stehen.

Auf dem linken Rand des Weges waren einfache Wassergläser am Boden aufgestellt, in denen jeweils eine Kerze brannte. Rund hundert

Stück davon zeichneten eine geschwungene Lichtspur bis zum Waldrand. Dort stand im Licht unzähliger Kerzen eine alte, fast verrottete Eiche, deren bizarr gekrümmte Äste über den niederen Auenwald hinausragten und sich in den Himmel reckten wie die dürren Arme eines Verzweifelten, von unten angeleuchtet mit flackerndem Licht. Tessa hatte so einen Baum schon einmal in einer Zeichnung gesehen – sie erinnerte sich an das Titelbild eines Schundromans, und an den Ästen hatten Gehenkte vor sich hin gerottet, von Krähen umflattert.

Sie erschrak, als plötzlich eine Gestalt vor ihr aus dem Boden schoss. Im Licht einer Kerzenlaterne, die diese Erscheinung in der Hand hielt, wurde ein schmales, von Sommersprossen übersätes Frauengesicht über einem dünnen, faltigen Hals von unten beleuchtet, so dass die Augen tief in ihren Höhlen verborgen schienen. Ein Lächeln wurde zu einem grotesken Grinsen.

»Willkommen, meine Schwester«, krächzte die Frau. »Wir freuen uns, dass du den Weg zu uns gefunden hast. Folge nur dem Licht und setze dich im Kreis nieder. Der Mond hat seinen Zenit in wenigen Minuten erreicht, und die Zeremonie kann beginnen.« Die Frau reichte ihr eine kleine gläserne Laterne, in der sich eine Kerze befand, und zündete diese an.

Tessa folgte weiter den am Boden stehenden Kerzen, bis sie das Lichtermeer am Fuß der Eiche erreicht hatte. Hier saßen etwa dreißig Menschen im Gras, wohl überwiegend Frauen, hatten ihre Laternen vor sich abgestellt und blickten zwischen den vertrockneten Ästen des toten Baumes zum silbern schimmernden Nachthimmel empor.

Tessa fand einen Platz und setzte sich hin, aber so, dass sie sich auf alle Fälle einen Fluchtweg offenhielt. Man konnte ja nie wissen, was hier geplant war. Sie hielt genügend Abstand zu ihren Nachbarinnen, um nicht bei irgendwelchen Ritualen plötzlich umarmt oder schwesterlich geküsst zu werden. Ihre Kerzenlaterne stellte sie einen halben Meter vor sich auf, damit ihr Gesicht nicht unmittelbar beleuchtet wurde. Es konnte ja sein, dass Sie ein Stammgast erkannte oder gar jemand von der Uni, und das wäre ihr äußerst peinlich. Sie vergewisserte sich, dass sie ihr Handy abgeschaltet hatte, denn wenn es plötzlich klingelte, würden sich alle zu ihr umdrehen. Das war ihr schon mal im Theater passiert – und es hatte ihr vollkommen gereicht. Eine Weile geschah schon mal gar nichts, und die Leute starrten stumm vor sich hin, als wären sie nur Marionetten, die ein unbekannter Spieler vom Draht gelassen hatte. Zwei weibliche Gestalten gingen zusammen herum und reichten kleine Becher mit irgendeinem Trank. Tessa beschloss, nichts davon zu nehmen. Vielleicht befanden sich ja Rausch- oder Betäubungsmittel darin, und man würde die Anwesenden damit in Trance versetzen wollen. In ihrer Fantasie sah Tessa sich schon von einer Horde Magermänner vergewaltigt, die sich wie Riesenspinnen über sie hermachten. Mit einem Schaudern vertrieb sie diese Gedanken aus ihrem Kopf.

Plötzlich erklang ein rhythmisches Läuten von kleinen Glöckchen, dann kam das Rasseln mehrerer Tamburine hinzu, nach ein paar Takten fiel eine Trommel ein. Es klang irgendwie indianisch-tibetisch-esoterikseminaristisch. Drei oder vier tiefe Männerstimmen warfen hin und wieder ein volltönendes »Ahumm! Ahumm!« dazwischen. Der Mond, peinlich berührt, versuchte, sein Gesicht in den Ästen der toten Eiche zu verstecken.

Tessa nahm eine Bewegung auf der anderen Seite des Baumes wahr, und als sie sich bemühte, genauer hinzusehen, kamen dort sieben Gestalten in einer Reihe zwischen den Büschen hervorgetanzt. Vier davon trugen Gewänder, die sich aus unzähligen bunten Schals zusammenzusetzen schienen, im rhythmischen Reigen bis zum Boden zappelnd, die übrigen drei hatten dunkle Streifen um sich herum wehen, die wie eine Krone auf ihren schmalen Köpfen zusammengebunden schienen, und als Tessa im Licht der Kerzen genau hinsah, erkannte sie Ranken von Efeu und Clematis. Hin und wieder schlüpfte ein dürrer, nackter Arm durch die Schlingpflanzenkostüme. Tessa stellte sich vor, dass die Magermänner, die sie darunter vermutete, nicht viel oder gar nichts anhatten. Sie blickte sich um auf der Suche nach einem geeigneten Fluchtweg, falls das Ganze hier zu einer Orgie ausartete. Konnte man ja nie wissen.

Hatte sie da nicht im Gebüsch schräg hinter sich eine Bewegung bemerkt?

Tessa starrte eindringlich auf die Stelle, aber da regte sich nichts. Vielleicht war es nur ein Vogel gewesen, oder der flackernde Schatten eines Zweiges. Oder hatten sich dort Menschen versteckt? Ihr fiel ein, dass sie gar nicht wusste, wie groß diese Sekte war. Was wäre, wenn hier eine Horde durchgeknallter Fanatiker ein Massaker veranstaltete, wie damals im Dschungel von Venezuela oder wie auf diesem Bauernhof in Texas? Blödsinn, sagte sie sich, so etwas passiert vielleicht im fernen Amerika, aber doch nicht in Augsburg.

Die sieben pflanzlich Vermummten in der Mitte der Szenerie begaben sich jetzt in den Kreis um die Eiche, warfen ihre nackten Arme in die Höhe, schrien im Chor so etwas wie »Ha!«, verneigten sich in Richtung des Publikums, und eine der Laubrankengestalten trat nach vorn.

»Das heilige Mondgestirn tritt in seinen Zenit!«, rief der Mann. »Die Kraft strömt auf uns herab! Nehmt sie mit weit geöffneten Herzen auf, meine Brüder, meine Schwestern, und lasset uns diesen Hain zum Eigentum des Herrn weihen!«

»Zuvor aber«, rief einer der anderen Männer, »haben wir drei neue Schwestern hier, die Aufnahme in unsere Gemeinschaft begehren! Wir haben sie in intensiven Gesprächen geprüft und für würdig erachtet. Heißt sie willkommen im Ritual der Verschmelzung!«

Verschmelzung! Hilfe! Also doch eine Orgie?, dachte sich Tessa und spannte ihre Muskeln an, um jederzeit aufspringen und davonrennen zu können. Zugleich beobachtete sie fasziniert, was vor ihr geschah.

Aus dem schwarzen Gebüsch jenseits der Eiche waren drei üppige Frauengestalten gekommen, in weiße Tücher gehüllt, jeweils mit einem Kranz aus Kerzen gekrönt wie schwedische Mittsommernachtsjungfern. Sie schwankten in den Kreis, als wären sie stark alkoholisiert, und im bleichen Licht von Mond und Kerzenschein erkannte Tessa die drei dicken Tortentanten vom Rathausplatz. Die hatten sich ja schnell integriert!

Die sieben Vortänzer scharten sich um die drei, ergriffen sie bei den Händen, zogen sie in einer kleinen Menschenkette um den Baum herum, leise ein unbekanntes, wehmütiges Lied summend. Die improvisierte Melodie wurde von den am Boden sitzenden Teilnehmern aufgenommen und gewann an Lautstärke. Verhaltener Trommelschlag nahm den langsamen Rhythmus auf. Die drei neuen Schwestern wurden an den Stamm der Eiche geführt, umarmten den Baum, berührten sich mit den Händen, während die sieben »Vermummten« einen Schreittanz mit ihren knochigen Stelzenbeinen um sie herum ausführten und dabei Gebete murmelten, die so unverständlich klangen wie eine Mischung aus frühalbanischen und baskischen Zaubersprüchen.

Tessa war abgelenkt, als sie erneut hinter sich eine Bewegung wahrnahm. Es war nur etwas Winziges, und als sie sich umdrehte, war nichts mehr zu sehen. Oder doch? War da nicht ein buntes Schimmern? Ihre Augen, vom Kerzenschein geblendet, gewöhnten sich nur langsam an die Dunkelheit. Da, jetzt sah sie in einem Busch etwas Silbriges mit dunklen Flecken, zwei schmale Dreiecke mit den Spitzen zueinander, wie beim Oberteil eines knappen Bikinis. Vielleicht hatte hier bei Tag jemand ein Sonnenbad genommen und das Teil da vergessen? Sie nahm sich vor, nachzusehen, wenn sie ging.

* * *

Unruhig schaute Rolli auf die Uhr. Es ging schon auf halb eins zu. Wenn Tessa um diese Zeit hier sein wollte, müsste sie längst unterwegs sein. Man fuhr von Sankt Afra bis hier auch in der Nacht mindestens eine halbe Stunde, das hieß, sie hätte etwa gegen zwölf eine Nachricht schicken müssen. »Wo steckst du?«, tippte er in sein Handy und schickte die Nachricht ab.

Keine Antwort. Er checkte sein Handy. Es war eingeschaltet, der Netzempfang bestens, der Akku fast voll.

Rolli ließ sein angetrunkenes Glas Bier stehen und machte sich einen Kaffee. Es konnte sein, dass Tessa eine Panne mit ihrem Wagen hatte und dass sie gleich anrief und fragte, ob er ihr zu Hilfe kam. Dann musste er fahrtauglich sein. Bis jetzt war er das auch noch.

Er fragte die letzten beiden Gäste, ob sie noch etwas trinken wollten, aber sie hatten sich bereits entschieden, zu gehen. Sie zahlten, und Rolli schloss hinter ihnen die Tür. Dann wählte er Tessas Nummer, doch es meldete sich nur ihre Mailbox.

Vielleicht war die Batterie ihres Handys leer, und sie lag mit ihrem Wagen irgendwo im Straßengraben, verzweifelt auf Hilfe hoffend. Was konnte da alles passieren! Nachts trieben sich Angetrunkene und eher zwielichtiges Volk herum. In seiner Fantasie malte er sich die schlimmsten Sachen aus.

Er löschte die Außenbeleuchtung, ließ nur das Nachtlicht über dem Tresen brennen und ging nach oben, um nach seinem Vater zu sehen. Josef Findeisen lag in seinem Bett. Rolli schaltete den Fernseher aus und drehte seinen Vater in eine andere Position. Das musste zweimal pro Nacht gemacht werden, damit der Gelähmte keine Druckgeschwüre bekam. Rolli ließ auch hier eine Notbeleuchtung brennen und saß eine Minute später in seinem Wagen.

Er überlegte, welchen Weg Tessa genommen haben könnte. Um diese Uhrzeit sicher den kürzesten. Rolli fuhr langsam, um zu beiden Seiten der Straße nach einem Pannenfahrzeug Ausschau zu halten.

Es dauerte mehr als die geschätzte halbe Stunde, als er schließlich den kleinen Bahnhof erreichte. Ein Zug setzte sich gerade in Richtung München in Bewegung. Mehrere Fahrzeuge verließen den Parkplatz, aber Tessas Wagen war nicht darunter. Rolli parkte neben einem Lieferwagen und stellte zu seiner Verwunderung fest, dass es der von Sigbert Sonnberger war. Er ging daran vorbei, auf die Unterführung zu, durch die er zum Auenwald gelangen würde. Zwei Männer kamen ihm entgegen, und im Schein einer Parkplatzlaterne erkannte Rolli Sonnberger und Dr. Augustin. Der Anwalt trug an diesem Abend eine besonders auffällige Fliege – fast doppelt so groß wie sonst, silberfarben mit schwarzen Erdbeeren darauf. Der letzte Schrei, dachte Rolli. Das Ding muss ich mir mal ausleihen, wenn der neue Vampirfilm im Kino anläuft.

»Nanu«, sagte er, »so spät noch unterwegs? Habt ihr vielleicht gesehen, ob da hinten auf der Wiese noch Leute sind?«

»Du meinst, bei diesem Mondschein-Hokuspokus? Da wird gerade zusammengepackt«, erwiderte Sonnberger. »Wenn du dir das anschauen wolltest, kommst du zu spät. Und wenn du mich fragst, es hätte sich auch nicht gelohnt. Ich dachte, ich seh' mir das mal an, aber das war reine Zeitverschwendung.«

Rolli schüttelte den Kopf. »Meine Thekenbedienung wollte sich den Zauber auch anschauen, und ich komme sie abholen. Habt ihr sie gesehen?«

Beide schüttelten den Kopf. »Bei der Beleuchtung ist niemand zu erkennen«, sagte Augustin.

Rolli beschloss, selbst nachzusehen, und wünschte ihnen eine gute Nacht. Als er den Parkplatz hinter sich hatte, wurde die Szenerie vom Licht des Mondes beleuchtet, der gerade hinter einer Wolke hervor kam. Auf einer ziemlich niedergetretenen Wiese waren mehrere Leute dabei, Gläser einzusammeln, Wachsreste daraus in einen Eimer zu kippen und die Gläser dann in einem Handwagen ordentlich zu stapeln. Die Leute arbeiteten schnell und effizient. Alles schien hier gut organisiert, und ohne dass ein Wort gesprochen worden war, zogen die Leute ab. Niemand schien von ihm Notiz zu nehmen.

Die sind ja bestens gemanagt, dachte Rolli. Wie eine kleine Armee. Und nicht zum ersten Mal fragte er sich, was es mit dieser merkwürdigen religiösen Gruppe auf sich hatte. Ob sie Tessa überwältigt und verschleppt hatten? Er wagte es nicht, jemanden von ihnen anzusprechen, denn alle schienen in einer Art von Trance zu sein. Eine Horde sich mechanisch bewegender Roboter.

Rolli kehrte zu seinem Wagen zurück. Der Parkplatz war inzwischen fast leer. Tessas Auto konnte er nirgends entdecken.

* * *

Unterdessen hatte Tessa, die nichts von Rollis Besorgnis ahnte, sich wieder der Zeremonie zugewandt, die ihr zunehmend grotesk erschien, und sie überlegte, ob sie nicht einfach gehen sollte. Hier kam sie nicht, wie erhofft, mit Leuten ins Gespräch, und der faule Zauber, der hier ablief, brachte ihr keine neuen Erkenntnisse. Sie gähnte und erhob sich. Ihre Knie fühlten sich steif an. Als sie in das Gebüsch hinüberblickte, wo sie das kleine Bikini-Oberteil gesehen hatte, war es verschwunden. Was konnte das gewesen sein? Vielleicht ein großer Nachtfalter?

»Gehen Sie?«

Tessa schrak zusammen, als sie die Stimme dicht an ihrem Ohr hörte. Sie fuhr herum und blickte in das Gesicht einer jungen Frau. »Ja«, sagte sie. »Ich muss los.«

»Wenn Sie nichts dagegen haben, komme ich bis zum Bahnhof mit«, sagte die Frau. »Die Kerzen am Weg sind alle erloschen, und mir war es zu dunkel, sonst wäre ich längst hier weg. Ich hoffe, es gibt noch einen Zug nach Augsburg hinein.«

Tessa nickte. »Kommen Sie. Ich heiße Teresa Pietrasz. Wohin wollen Sie in Augsburg?«

»Ulmer Straße. Ich bin Iva Lysiak.«

»Iva? Sind Sie auch Polin?« Sie stellte diese Frage auf Polnisch.

»Kroatin.«

Sie nahmen beide die kleine Kerzenlaterne, die sie vor sich stehen hatten. Tessa war froh, nicht allein gehen zu müssen. Sie war zwar keine ängstliche Natur, aber der Weg durch die Dunkelheit war ihr unheimlich. Immerhin war hier vermutlich eine Frau verschwunden, und sie hatte keine Lust, die nächste zu sein. So schwatzte sie mit übertriebener Fröhlichkeit mit ihrer Begleiterin, und es war fantastisch, dass sie beide in ihrer Muttersprache reden konnten und sich trotzdem verstanden, zumindest überwiegend.

»Wohnst du in der Ulmer Straße?«, wollte Tessa wissen.

»Eigentlich in Dinkelscherben«, sagte Iva, »aber wenn ich arbeite, bleibe ich die ganze Woche in Augsburg.«

»Was machst du?«

»Ich arbeite in einer kleinen psychiatrischen Klinik auf einem früheren Kasernengelände. Und damit du nicht denkst, ich bin nicht ganz richtig im Kopf, sage ich dir, dass ich nur hier war, um mal zu schauen, was wir demnächst als Kundschaft hereinbekommen.«

Tessa musste bei der Vorstellung kichern. In diesem Moment passierten sie die kleine Hütte mit dem Gärtchen davor.

»Wer mag da wohl wohnen?« wunderte Iva sich. »So weit außerhalb der Stadt?«

»Wahrscheinlich der Vogelwart«, vermutete Tessa. »In der Bürgerinitiative gibt es einen seltsamen Kauz, der erzählt hat, dass er hier draußen lebt. Ein älterer Mann, der ein wenig menschenscheu ist, sich zugleich aber als Verantwortlicher für diese Gegend hier aufspielt. Rolli, mein Chef, kann dir mehr über ihn erzählen, der kennt ihn besser als ich.«

»Vogelwart, sagst du?« Iva erzählte, dass sie mal jemanden in der Psychiatrie gehabt hatten, noch vor ihrer Zeit, und es hieß, er sei vielleicht heimlich in die Oberschwester verschossen, da er immer noch zwei- bis dreimal im Jahr auftauchte und Blumen für die Station brachte. Es hieß, er wäre zu Unrecht im Gefängnis gewesen, und im der kleinen Klinik habe man ihm zum ersten Mal wirklich geglaubt. »Jedenfalls nennen wir den Typ mit Spitznamen *Vogelwart*«, sagte sie. »Richtig heißt er Paul, soviel ich weiß.«

»Interessant …«, meinte Tessa. »Weißt du was, Iva? Ich nehme dich im Wagen mit. Ich wohne nicht weit von dir. Wir könnten noch einen Wein zusammen trinken. Ich weiß, wo wir noch was bekommen.«

* * *

Rolli fuhr einen anderen Weg zurück, den Tessa auch genommen haben konnte, und achtete wieder auf Fahrzeuge am Straßenrand.

Es war schon fast zwei, als Rolli, zum Umfallen müde, den »Nordpol« wieder erreichte. Er wollte jetzt nur noch ins Bett. Doch er sah gleich, dass außer der Nachtbeleuchtung in der Gaststube noch eine zweite Lampe brannte. Er hörte Tessas Lachen.

Als er die Gaststube betrat, saß die Gesuchte an einem der Ecktische, ihr gegenüber eine Unbekannte, und zusammen hatten sie bereits eine Flasche Wein geleert. »Komm, wir machen noch eine neue auf!«, rief Tessa ihm entgegen. »Du trinkst doch noch einen mit, oder?«

Rolli schüttelte den Kopf. Der ganze Ausflug war für die Katz gewesen. Jeder anderen Person hätte er eine Szene gemacht, aber Tessa doch nicht. Und als diese ihn erneut aufforderte, doch Platz zu nehmen, und ihn mit ihren schönen Augen ansah, ließ er sich auf die Bank neben sie fallen. Er nahm einen Schluck aus dem Weinglas, das sie ihm hinhielt.

* * *

Am nächsten Nachmittag war Rolli mit dem üblichen Papierkram beschäftigt. Er saß an einem Tisch in der Gaststube, hatte das Bier griffbereit neben sich stehen und nippte gelegentlich daran. Seine

Gedanken schweiften von der Arbeit ab, er dachte daran, was Tessa ihm letzte Nacht, als sie mit ihrer neuen Bekannten aufgetaucht war, erzählt hatte. Im Nachhinein bedauerte er, dass er nicht zu dieser »Lichtweihe« gefahren war – die ganze Sache musste saukomisch gewesen sein, denn Tessa und ihre Freundin Iva hatten ihren Bericht immer wieder durch heftiges Gekicher unterbrochen.

Das Kuriertelefon läutete. Rolli sprang auf und hoffte, dass es nichts Eiliges war, denn die drei Studenten, die heute Nachmittag Dienst hatten, waren unterwegs, und der erste würde in frühestens einer Stunde zurückkommen. Er meldete sich und vernahm eine rauchige Frauenstimme. Es war ein kleines Paket aus dem nahen Gersthofen abzuholen und in die Riedinger Straße zu bringen.

»Giovanni!«, rief er in die Küche, »kann ich kurz deinen Wagen benutzen?«

»Nie und nimmer!«, tönte es zurück. »Wenn du den Wagen auf der Fahrerseite auch nur anfasst, kündige ich fristlos! Nimm doch einfach den Lieferwagen. Der steht im Hof. Ich brauche ihn heute nicht mehr.«

»Okay«, sagte Rolli in den Hörer. »Geben Sie mir Namen und Adressen. Ich erledige das persönlich.« Er ließ es wie einen besonderen Kundenservice klingen, in Wirklichkeit blieb ihm gar nichts anderes übrig. Und so kam er während der Arbeitszeit wenigstens mal an die frische Luft. Als er sah, dass die Lieferadresse zufällig das Haus war, in dem Anton Grigoleit wohnte, beschloss er, bei seinem Stammgast vorbeizuschauen, denn Honecker war nun schon den dritten Tag in Folge nicht aufgetaucht, und das war noch nie passiert, so lange Rolli sich erinnern konnte.

Den Lieferanten zu finden, war leicht. Im weitläufigen Industriegelände hinter einem schwedischen Möbelhaus fanden sich mehrere Hinweisschilder zur Firma »Gegufa«, was sich, als er die schmale Firmeneinfahrt passierte, als Abkürzung für »Gersthofener Gummiwarenfabrik« herausstellte. Er hatte immer geglaubt, dort würden Ballonhüllen hergestellt, weil sein Vater ihm das mal so erklärt hatte, als er elf gewesen war, aber dem Paket nach zu urteilen, das man ihm aus der Pförtnerloge reichte, mussten diese Exemplare ziemlich klein sein. Kein Wunder, dass das Haus, zu dem er diese Ballonhüllen zu bringen hatte, sich als eine der bekanntesten Prostituierten-Adressen in Augsburg entpuppte. Und hier wohnt Honecker?, dachte er. In der Tat – auf dem obersten Klingelschild stand: »Anton Grigoleit, Hauswart.«

Auf den anderen Schildern fanden sich nur Vornamen, allesamt weiblich, und Rolli läutete bei »Mai-Lan«.

Der Türsummer ertönte, er ging zwei Etagen hoch, und an einer der Wohnungstüren, die mit zwei roten Herzchen geschmückt war, öffnete ihm eine Asiatin unschätzbaren Alters und lächelte ihm entgegen. »Haben Sie einen Termin?«, fragte sie.

»Nein, aber eine Lieferung«, sagte Rolli und bemühte sich, für das Laminat zu seinen Füßen Bewunderung aufzubringen.

»Ah, wie großartig!«, rief sie in gestelztem, aber fast korrektem Deutsch. »Sie sind mein rettender Engel! Kommen Sie herein, ich gebe Rabatt!«

»Nein, danke«, erwiderte Rolli nervös. »Unterschreiben Sie nur diesen Lieferschein bitte.« Er hielt ihr den Zettel hin, und sie setzte ein ornamentales Gekringel darauf, das niemand lesen konnte. Sie reichte das Papier zurück, und erst jetzt fiel Rollis Blick darauf. Auf dem Lieferschein stand: »1000 Kondome für den professionellen Bedarf«.

»Also, ich geh dann jetzt«, sagte er. »Schönen Tag noch.«

»Moment, ich bringe Sie zur Haustür hinunter«, erwiderte sie. »Ist so im Mietvertrag. Außerdem – niemand kommt raus ohne Schlüssel.«

»Ich möchte gar nicht nach unten«, sagte Rolli. »Ich will zum Hausmeister, Herrn Grigoleit.«

»Ah, Sie kennen Anton? Ist nicht Hausmeister, wohnt aber hier. Ist aber gar nicht da.« Ihr Gesicht strahlte. »Ist im Klinikum.«

Rolli war plötzlich besorgt. »Ist er krank? Herzinfarkt? Schlaganfall? Wieso ist er im Klinikum? Da wollte er nie hin. Er hat immer gesagt, wenn mir was passiert, bringt mich nicht ins Klinikum.«

Die kleine, etwas rundliche Asiatin machte ein bedrücktes Gesicht. »Unfall«, sagte sie. »Ist von Mauer gefallen, weil sich ein Ast vom Baum in seinen Nacken – so! Plötzlich, und wusch!« Sie demonstrierte mit der linken Hand, wie es vermutlich passiert war. »Hat mir der Doktor gesagt.«

»Welche Station?«, fragte Rolli. »Welches Zimmer?«

»Kann ich zeigen. Darf ich mitkommen? Ich bringe ihm die Zeitung.«

»Und Ihre Kundschaft?« Rolli schlug sich mit der flachen Hand vor den Mund, weil ihm aufging, dass seine Frage wohl ziemlich indezent war.

»Nächster Termin in drei Stunden«, sagte sie ungerührt. »Dann bin ich wieder hier. Moment noch.« Sie verschwand in ihrer Studiowohnung, und Rolli hörte, wie sie das Paket mit einem Handkantenschlag öffnete. Als sie zurückkam, hatte sie einen Blumenstrauß in der Hand und trug eine Jutetasche mit zwei oder drei Zeitungen. »Wir können gehen«, sagte sie. »Kennen Sie ihn lange?«

»Na ja«, gab Rolli zurück, »genau weiß ich das nicht. Er ist Stammgast im *Nordpol*. Ich bin da der Wirt.«

»Ah, Rolli, ja? Anton sagt immer: *Guter Wirt. Könnte auch guter Kommunist sein.*«

»Bin ich aber nicht«, versicherte Rolli und sah zu, wie seine Begleitung ihren Schlüssel in ein Kästchen neben der Haustür schob. Als »Alarm aus« aufleuchtete, öffnete sich die Tür.

Auf der Fahrt zum Krankenhaus schaute er immer wieder zu ihr hinüber. Sie sah bei Tageslicht älter aus als im Hausflur, vielleicht war sie schon um die Fünfzig, bei manchen Asiatinnen konnte man das wirklich nicht sagen. Unterwegs schob sie eine Hand in die Tasche mit den Zeitungen und zog sie mit einem kleinen silbrigen Briefchen wieder hervor – ein eingeschweißtes Kondom, stelle Rolli fest.

»Hier«, sagte Mai-Lan. »Bringt Glück, wenn man es immer in der Geldbörse hat.«

»Na, ich weiß nicht.« Rolli steuerte den Wagen auf den großen Klinikparkplatz. »Mit kleinen Kupfermünzen habe ich es auch schon versucht, aber das hat nie geklappt.«

Wenig später fuhren sie mit dem Aufzug nach oben. Das Zimmer war nicht schwer zu finden, zumal Mai-Lan sich auskannte, aber als sie gerade an die Tür klopften, las Rolli den Hinweis »Nicht eintreten! Besucher bitte unbedingt im Stationszimmer melden!« Das Schild jagte ihm einen Schrecken ein. Er sah seine Begleiterin an, deren Gesicht ebenfalls Betroffenheit zeigte. »Das kann nur eins bedeuten«, sagte er. »Der Arzt hat eine Todesnachricht. Stand es denn so schlimm um ihn? Hat er eigentlich Angehörige?«

»Manchmal kommt ein Sohn oder Neffe aus Berlin«, erklärte Mai-Lan. »Aber er ist immer froh, wenn der wieder weg ist.«

Rolli wollte sie schon korrigieren, weil sie in der Gegenwart gesprochen hatte, aber er ließ es bleiben – noch hatten sie ja die Nachricht von Anton Grigoleits Tod nicht offiziell. Er klopfte an die Glasscheibe der Aufsichtskanzel, hinter der sich der Eingang zum Stationszimmer befand. Ein junger Assistenzarzt kam heraus. »Es ist gerade Dienstbesprechung«, sagte er. »Ich habe gleich Zeit für Sie.«

»Wir wollten eigentlich zu Herrn Grigoleit«, erklärte Rolli. »Aber da war dieses Schild an der Tür. Wie ist er gestorben? Und wann? Haben Sie Telefonnummern von Angehörigen?«

Der junge Arzt schüttelte den Kopf. »Aber bitte! Kein Grund zur Beunruhigung. Wir haben einen Befall von multiresistenten Staphylococcus-Aureus-Bakterien, ganz typische Krankenhaus-Infektion. Sie haben sicher schon von MRSA gelesen.«

»Und gehört.« Rolli war erschrocken. »Ist das nicht tödlich? Ich meine, in der Zeitung stand, die Patienten sterben daran. Da kommt man hier herein mit Herzinfarkt oder Schlaganfall, wird davon gerettet und stirbt an was ganz anderem. Wie geht es dem Patienten?«

»Besser als mir«, versicherte der Arzt. »Und MRSA ist nur tödlich, wenn man ein geschwächtes Immunsystem hat. Mit Schnupfen sollten Sie da also nicht rein. Wenn Sie zu ihm gehen, öffnen Sie den Wandschrank außen links von der Tür. Da finden Sie genügend Einmalkittel, Kopfbedeckungen und Mundschutzlappen. Ziehen Sie einfach alles an, was grün ist, und dazu die Gummihandschuhe. Dann unterschreiben Sie einen der Zettel, auf denen sie bestätigen, dass Sie über die Gefahren aufgeklärt wurden und sich zu Stillschweigen über diese kleine Krankenhausseuche verpflichten, und schon dürfen Sie zu unserem Trauma.«

»Zu Ihrem – was?«

»Dem Patienten mit der Gehirnerschütterung«, verbesserte sich der Arzt. »Verzeihen Sie, Namen vergisst man so schnell. Wir merken uns die Patienten leichter anhand ihrer Krankheiten. Das ist nun mal so.«

»Spätestens, seit es Arztromane gibt«, meinte Rolli ironisch und wandte sich ab. Mai-Lan folgte ihm zur Tür des Zimmers, in dem Grigoleit lag. Er öffnete den Wandschrank und fand alles, was der Arzt versprochen hatte. Mai-Lan machte große Augen und ließ sich begeistert von ihm helfen, die Einmalkleidung anzulegen. Rolli klopfte an und ließ seiner Begleiterin den Vortritt.

Honecker wirkte ganz munter. Er saß im Bett und hatte eine ausgebreitete Zeitung vor sich liegen. »Hallo«, grüßte er, »das ist ja eine Überraschung!«

»Wir haben dich vermisst«, sagte Rolli. »Der ganze *Nordpol* lässt dich grüßen. Was ist denn passiert?«

Anton Grigoleit zuckte mit den Schultern. »Zuerst habe ich mich das selbst gefragt. Ich bin einfach hier aufgewacht und hatte einen Verband um den Kopf. Ich konnte mich an nichts erinnern, aber ein Gedächtnisverlust ist typisch für eine Gehirnerschütterung. Der Stationsarzt sagt, ich sei vom Baum gefallen. Aber so war es nicht. Ich erinnere mich inzwischen, dass ich auf eine Mauer klettern wollte, und da hat sich was in meinem Kragen verhakt, wahrscheinlich ein Ast von der Birke daneben. Der hat sich dann wohl gelöst und ist nach oben geschnackt. Und zack, ging ich zu Boden. Vermute ich mal. Und die ganze Zeit überlege ich, was ich auf der Mauer zu tun hatte. Ich glaube, ich habe etwas beobachtet, was ich aus der Nähe sehen wollte, aber es fällt mir absolut nicht ein.«

»Das Gedächtnis kommt mit der Zeit wieder«, beruhigte ihn Rolli.

»Ich will's hoffen. Ich hab ja nur eins«, sagte Grigoleit. »Gefunden hat mich übrigens dieser dicke Mann mit der Manchesterhose. Wie heißt er noch? Er wohnt da in der Nähe.«

»Paul Schimpfle.«

»Ja, stimmt. Ich dachte, er würde mich hier mal besuchen, damit ich mich bei ihm bedanken kann, aber leider lässt er sich nicht blicken.«

»Hm«, machte Rolli. »Das kann er gar nicht. Die Polizei hat ihn eingebuchtet.«

»Wieso denn das?«

»Genau weiß ich das auch nicht«, versicherte Rolli. »Die Polizei glaubt, dass er etwas mit dem Verschwinden von Jana Weber zu tun hat. Er hat mich aus dem Knast angerufen, völlig verzweifelt, und ich habe ihm einen Anwalt besorgt. Der arme Kerl hat nicht einmal das Geld, den Mann zu bezahlen. Er bekommt keine große Rente. Die fünfzig Euro für die Erstberatung habe ich ihm vorgestreckt.«

»Ich zahle den Rest«, sagte Grigoleit großzügig. »Meine Pension und ein Stapel Bundesschatzbriefe geben das schon her. Immerhin hat er mir das Leben gerettet. Ich habe die ganze Nacht auf dem Asphalt gelegen und war unterkühlt.« Er blickte an Roland Findeisen vorbei. »He, Mai-Lan, was machst du denn da?«

Roland drehte sich um. Die Thailänderin stand an dem kleinen Wagen mit den Abfallbeuteln, in die man die Einmalkleidung werfen sollte, und wühlte darin herum. Jetzt sah sie zu ihnen her. »Ich nehme das alles mit«, sagte sie. »Wenn ich es fest zusammendrücke, passt alles in meine Einkaufstasche.« Sie hielt eine grellgelbe Supermarkttüte hoch.

»Kommt nicht in Frage«, sagte Honecker. »Wozu soll das gut sein? Das ist doch alles potenziell infiziert.«

»Genau. Mit Potenz infiziert. Meine Klienten stehen manchmal auf Doktorspiele. Du kannst mir alles aufheben, was die Leute hier reinwerfen. Kommt doch sowieso in den Müll, oder?«

»Das ist voller Bakterien«, warf Rolli ein.

»Egal. Ich lasse alles drei Tage in der Tiefkühltruhe, dann gehen die Bakterien tot.« Mai-Lan ließ sich nicht beirren. »Anton, machst du mir das?«

»Eher klaue ich für dich einen Karton mit frischem Material«, entgegnete Honecker. »Bestimmt kann man das auch irgendwo kaufen. Aber da du gerade vom Einfrieren in deiner Tiefkühltruhe sprichst, fällt mir etwas ein.« Er deutete auf seine Zeitung, die er notdürftig zusammengeschoben hatte. »Hast du mir aus meinem Briefkasten das Neue Deutschland von heute mitgebracht?«

»Nein«, sagte sie. »Vergessen. Jedenfalls die von heute. Es ging alles so schnell. Ich komme bestimmt morgen wieder.«

»Schade«, sagte Anton Grigoleit und suchte in seinen Zeitungsseiten herum. »Ich meine, dass du es vergessen hast. Da ist nämlich eine spannende Geschichte. Hier.« Er las vor. »Westdeutsche Firma handelt mit Leichenteilen aus der Ukraine. Ist das nicht pervers?«

»Meinen die das ernst?«, wunderte sich Rolli. »Hört sich ein wenig nach Sensation nach Art der Bildzeitung an.«

Über den Vergleich seiner Lieblingszeitung mit dem Sensationsblättchen regte sich Grigoleit auf. »Das ist hier ein ernsthaft recherchierter Bericht«, sagte er. »Stellt euch vor, man hat herausgefunden, dass Agenten in der Ukraine Leichen kaufen, die verbrannt werden sollen. Die Angehörigen erfahren das gar nicht, sie bekommen eine gut gefüllte Urne mit irgendwelcher Asche.« Er grinste. »Wenn auch ohne echt Augsburger Kronkorken drin. Die Toten werden zerlegt, und die Einzelteile werden in Trockeneis konserviert. Knochen, Herzbeutel, Hauptschlagadern und so ein Zeugs. Und das Ganze wird dann nach Frankfurt am Main versandt und dort mit einem Spezialverfahren immunisiert und standardisiert, so dass es als Implantat verwendet werden kann.«

»Du meinst, Plastinat?«

»Sag sowas nicht«, entgegnete Grigoleit. »Der Begriff ist geschützt und gehört diesem Heidelberger Professor, für den ich mal bei einer Ausstellung den Nachtwächter gespielt habe, und was diese Frankfurter Firma macht, ist ein ganz anderes Verfahren. Trotzdem ist das Ergebnis in Deutschland für medizinische Zwecke nicht zugelassen, aber in den USA. Dafür darf man die Umwandlung menschlichen Materials in Dauerimplantate in den USA nicht durchführen, was aber in Deutschland gesetzlich nicht geregelt ist. Also wurde eine binationale Firma gegründet. Leichenteile aus der Ukraine werden in Kisten mit Trockeneis transportiert, in Deutschland verarbeitet und in Amerika und anderen Ländern den Patienten eingepflanzt. Und die ukrainischen Toten ahnen nichts davon. Spannend, was?«

»Ja«, sagte Mai-Lan. »Darf ich morgen deine Zeitung lesen, bevor ich sie dir bringe?«

»Sicher«, sagte Grigoleit. »Lesen bildet. Hier, schaut mal. Da wird ein Artikel aus der russischen *Iswestija* zitiert.« Er drehte die Zeitung, die er auf seiner Bettdecke liegen hatte, herum, so dass Mai-Lan und Rolli lesen konnten: Es wurde ein Gerichtsmediziner aus der ukrainischen Hauptstadt interviewt, der behauptete, es seien offizielle deutsche Vertreter zu ihm gekommen, die Leichenteile zur Rettung von Menschenleben kaufen wollten. Die Bundesrepublik besitze, so der Gerichtsmediziner, eine bessere Technik zur Verarbeitung menschlichen Körpermaterials, und zum Teil werde die Lieferung entnommener Teile aus ukrainischen Leichen mit der Lieferung hochwertiger Bio-Implantate bezahlt, mit denen ukrainisches Menschenleben gerettet werden könne. Es sei ein Vertrag zwischen amtlichen Stellen zustande gekommen, so dass diese Sache ganz offiziell vonstatten ginge. Knorpel, Sehnen, Gelenke, Herzbeutel und Hirnhaut seien die häufigsten Implantate, die verarbeitet würden. »Und nun stellt sich heraus«, sagte Grigoleit, »dass keine amtliche deutsche Stelle damit befasst oder darüber informiert ist. Die ukrainischen Behörden sind auf Betrüger hereingefallen. Erst hat man vermutet, dass die russische Mafia dahintersteckt, dann behauptete eine ukrainische Zeitung, es sei der offizielle russische Geheimdienst, der auf diese Weise die Ukraine in Misskredit bringen wolle. In Deutschland verlangt ein grüner Politiker den Rücktritt der Gesundheitsministerin. Ich frage mich, was hat die damit zu tun? Ich dachte, heute steht etwas davon in der Zeitung.«

»Ich habe nichts gelesen«, versicherte Rolli. »Auch in den Nachrichten im Radio gab es nichts darüber.«

»Eben«, bekräftigte Anton Grigoleit. »Die deutschen Medien berichten überhaupt nichts, nur in dieser Zeitung steht jeden Tag etwas Neues darüber. Das macht die Sache so spannend.«

»Ich bringe dir die Zeitung morgen«, versprach Mai-Lan. »Ganz bestimmt.«

Rolli ging die Geschichte im Kopf herum, als er mit Mai-Lan das Klinikum verließ. Er bekam nur ganz nebenbei mit, dass sie einen ganzen Karton von diesem wunderbaren medizinischen Vermummungsmaterial stibitzte und ganz offen von der Station wegtrug. Sie winkte sogar noch einem der Oberärzte zu, der ihr verwundert nachschaute.

»Stammkunde«, sagte sie im Aufzug.

5

Am Spätnachmittag stand Paul Schimpfle in der Tür der Gaststätte »Zum Nordpol«. Er war etwas außer Atem, als ob er eine weite Strecke gelaufen wäre. »Jetzt brauch' ich dringend ein Bier«, sagte er.

»Wird gemacht!« Roland Findeisen hatte gute Laune, weil er von der Steuerfahndung einen Bescheid über die »Einstellung des Untersuchungsverfahrens« bekommen hatte, natürlich mit dem allgemeinen Hinweis, er habe sich als Staatsbürger künftig so zu verhalten, dass keinerlei Verdacht auf ihn fallen könne, da er sonst selbst für die Folgen einer irrtümlich eingeleiteten Ermittlung aufzukommen habe. Man hatte also nichts gefunden, was gegen ihn sprach. Die mitgenommenen Papiere hatten sogar vollständig beigelegen und das Fahrtenbuch war mit dem roten Stempel »dienstlich kopiert« versehen.

»Machst du dem Herrn ein Bier?«, rief Rolli Tessa zu, die erst vor fünf Minuten ihren Dienst angetreten hatte und noch dabei war, den Tresen auf Hochglanz zu polieren. »Geht auf meine Rechnung. Mir auch eins, und eins für dich, wenn du magst. Geht ebenfalls aufs Haus. Wir setzen uns nach draußen.«

»Danke, aber ich schaffe doch nicht einmal meine vier Freigetränke«, antwortete Tessa.

Rolli setzte sich mit Schimpfle an den Personaltisch in einem schattigen Winkel des Biergartens. »Nun erzähl mal.« Er duzte den Rentner einfach, weil dieser, wie er wusste, auch Mitglied der Bürgerinitiative war. Er erinnerte sich an Sonnbergers Floskel »Wir ziehen alle an einem Strang.«

»Es war furchtbar«, sagte Paul Schimpfle. »Danke, dass du mir den Anwalt besorgt hast. Ich hätte es keine Minute länger im Knast ausgehalten. Ich musste nach dem Haftprüfungstermin im Justizgebäude nicht einmal in meine Zelle zurück, sondern konnte gleich vorn zur Gögginger Straße rausmarschieren und in die Straßenbahn steigen.« Er hüstelte und gestand, dass er schwarz gefahren war, denn seine spärliche Habe befand sich ja noch in der Kleiderkammer der JVA im Domviertel, auch seine Geldbörse. Er musste morgen früh mit dem richterlichen Beschluss dort hingehen, seinen Entlassungsschein abholen und den Inhalt seiner Hosentaschen entgegennehmen.

»Ich fahre dich jetzt gleich da hin«, sagte Rolli. »Heute ist hier wohl nicht viel zu tun, weil die Leute alle noch in den Freibädern oder am Kuhsee sind.«

»Aber wahrscheinlich ist in der Kleiderkammer niemand mehr«, vermutete Schimpfle. »Ich muss auch sowieso morgen in die Stadt, um Mehdorn aus dem Knast zu befreien.«

»Mehdorn?«, fragte Tessa, die in diesem Moment das Bier an den Tisch brachte. »Im Knast? Ist zwar auch gut, aber besser, er säße endlich im Zug nach Nirgendwo.« Sie setzte sich.

»Nicht der frühere Bahnwärter«, erklärte Rolli. »Der richtet sowieso keinen Schaden mehr an. Der Mehdorn, den Paul meint, ist sein Hund. Aber wieso Knast?«

»Na ja, er war im Tierheim, während ich im wirklichen Knast war«, antwortete Paul Schimpfle.

»Knast?« Tessa setzte sich zu ihnen. »Sie waren im Gefängnis? Was haben Sie denn verbrochen?«

»Nichts«, sagte Schimpfle. »Deswegen bin ich ja wieder draußen.« Er hob sein Bierglas, nahm genüsslich einen tiefen Schluck und wischte sich danach mit dem Handrücken Schaum von Oberlippe und Nasenspitze. »Die haben mich wegen dieser verschwundenen Studentin in Verdacht gehabt. Die sind also in aller Herrgottsfrüh gekommen und haben einen Radau gemacht, dass ich dachte, da draußen ist eine Horde Einbrecher. Mehdorn hat natürlich getobt. Ich bin also aufgesprungen und hab meine alte Armeepistole gezückt.«

»Was? Sie haben eine Knarre?«, warf Tessa erschrocken ein.

»Nichts Besonderes, eine Walther P38. Die habe ich oft bei mir, um bei Leuten ein bisschen Eindruck zu machen, die im Naturschutzgebiet zelten, saufen oder Zigarettenkippen wegwerfen. Das Ding hat wahrscheinlich noch nie funktioniert, es ist eine alte Ordonnanzwaffe für einfache Soldaten. Als mein Vater sie damals bei den Gebirgsjägern bekommen hat, hatte er ja tags darauf seinen Unfall in der Partnachklamm, und die Waffe war dann bei den Sachen, die man ihm ausgehändigt hat, als er ein Jahr später aus dem General-Patton-Lazarett in Garmisch entlassen wurde. Die Amis haben dabei gar nicht mehr in den Lagerkarton hineingeschaut, die waren ja voller Panik vor den Seuchen, die damals umgingen.«

»Und die Knarre hast du ausgerechnet den Bullen unter die Nase gehalten?« Rolli schüttelte den Kopf.

»War natürlich ein Fehler, mit gezogener Waffe die Tür aufzureißen, klar, denn die haben sofort losgeballert. Ist zum Glück nur ein Gummigeschoss gewesen, aber damit haben die meinen Mehdorn voll auf die Stirn getroffen. Ich dachte schon, mein Hund wäre hinüber, er wollte mich doch nur verteidigen! Zum Glück war er nur bewusstlos. Mich haben sie gleich vor die Wand gestoßen, ich musste so stehen bleiben, und dann haben sie Mehdorn in einen Streifenwagen gepackt und zum Tierheim gefahren. Derweil haben ein paar andere meine Hütte auf den Kopf gestellt. Matratzen umgedreht, Schubladen ausgeleert, im Müllkübel gewühlt, das ganze Programm eben. Am Ende hatten sie das Fahrrad von der Studentin, das hinter meiner Hütte abgestellt war, und eine alte Regenjacke, die ich mal am Flussufer gefunden und aufgehoben habe, falls jemand danach fragt. Die wird jetzt untersucht, ob sie vielleicht von dieser Jana Weber stammt. Ja, und dann zog einer die Munition aus dem Schrank. Die gehörte zu meiner Armeepistole, aber ich habe sie nie benutzt. Ich wusste gar nicht mehr, dass ich die überhaupt noch hatte, aber für die Bullen war's natürlich ein gefundenes Fressen. Handschellen und sofortiger Abtransport hieß das. Die haben mich nicht einmal über meine Rechte belehrt.««

»Sowas gibt es auch nur in amerikanischen Filmen«, erklärte Rolli. »Bei uns ist das nicht üblich. Das hat mir der Grigoleit erklärt: Der gute deutsche Staatsbürger kennt seine Rechte und Pflichten, und notfalls bekommt er bei der Vernehmung etwas davon erzählt. Viele Kripobeamte haben diese Rechtsmittelbelehrung einfach hinten auf einem Visitenkärtchen stehen, das sie einem Verhafteten überreichen. Einen Anwalt darf man anrufen, und der erklärt einem dann alles Weitere.«

»Na, ich danke«, sagte Schimpfle. »Anrufen durfte ich erst, als ich schon im Knast war. Zuerst haben die mir im Polizeipräsidium vorgetragen, was man mir zur Last legt, nämlich ein Gewaltverbrechen an Jana Weber begangen zu haben. Dann sollte ich ein Protokoll unterschreiben. Darin standen meine Personalien, die ich vorher angegeben hatte, und mein Tatvorwurf. Darunter war ein großer Kasten frei, und dieser Kripobeamte …«

»Hieß der Gossner?« unterbrach Rolli ihn.

Paul Schimpfle nickte. »Genau. Der war ja auch beim Durchsuchen des Naturschutzgebietes dabei. Ein fieser Typ. Lässt einen nie zu Wort kommen. Die Assistentin ist netter, aber sie hat nicht viel zu vermelden, wie man schnell gemerkt hat. Also, dieser Beamte hat mir das Protokoll rübergereicht, und ich sollte unterschreiben. Habe ich aber nicht gemacht, denn in dem großen, fast leeren Kasten stand nur: Der Beschuldigte verweigert die Aussage. Dabei war das gar nicht richtig. Ich habe ganz klar ausgesagt, dass ich unschuldig bin und mit dem Verschwinden der Studentin nichts zu tun habe, und ich habe darauf bestanden, das zu Protokoll zu nehmen. Na, da musste der Hanswurscht alles noch mal ausfüllen, ich musste Alibis für zwei komplette Tage angeben, was natürlich niemand kann, und als ich dann nach einer Stunde unterschrieben hatte, haben sie mich auch noch erkennungsdienstlich behandelt. Jessesmaria, ich dacht', ich werd kreuznarrisch! Wie die mir die Hände in die Farbe hineingetupft haben und dann auf Papier, das war schon eine Sauerei! Und dann musste ich in ein Gestell steigen, wo ich den Kopf nicht bewegen konnte, und dann haben s' mich geblitzt, von allen Seiten. Ich dachte, ich werd' blind. Und dann kam das Schlimmste.« Paul Schimpfle ereiferte sich und hätte sich beinahe am Bier verschluckt. »Ausziehen musste ich mich, pudelnackert, und dann haben s' mich vermessen, Größe, Gewicht, alles auf ganz alten Geräten. Und meine Narbe am Oberschenkel haben sie fotografiert. Besonderes Kennzeichen halt. Ich hab gesagt, ich käm' mir vor wie beim Doktor Mengele, das ist mir so rausgefahren, aber ich hatte Glück, dass das von denen keiner kapiert hat, denn die sind ja alle nicht so historisch bewandert.«

»Da hast du wirklich mehr Schwein als Grütze im Kopf gehabt«, meinte Rolli. »Aber sag mal, findet diese Auszieh-Prozedur nicht immer erst im Knast selber statt?«

»Da außerdem noch«, berichtete Schimpfle. Er beugte sich vor. »Und da ist es schlimmer. Sie leuchten einem mit der Taschenlampe hinten rein und fassen einem ans Säckl. Verzeihung.« Er sah Tessa entschuldigend an.

»Passt schon«, erwiderte sie. »Ich bin ja volljährig.«

»Hallo! Kann ich zahlen?«, rief einer der Gäste am Nachbartisch.

»Ich will's hoffen«, scherzte Tessa. Sie erhob sich und ging hinüber. »Macht sieben Euro achtzig, der Herr.«

»Zehn«, sagte dieser und zahlte mit einem Zweihunderter.

Rolli schaute hinüber, als er hörte, wie der Gast ein ungewöhnlich hohes Trinkgeld gab. Meist wurde nur auf acht oder höchstens acht Euro fünfzig aufgerundet, und dabei einen gelben Schein zu geben, war schlichtweg unüblich. Tessa drehte den Schein mehrmals um und prüfte ihn auf seine Echtheit. Der Gast knurrte etwas, und Tessa sagte: »Ich glaub Ihnen schon, dass der echt ist. Neulich hat sich nur ein Fälscher vertan und die Vorderseite eines Zwanzigers mit der Rückseite eines Zweihunderters kombiniert. Stand in der Zeitung, und die Politesse, die sich den Schein hatte andrehen lassen, wurde fotografiert und in der Zeitung abgebildet. Ich dachte, ich hätte auch mal Glück und käme auf die Titelseite von der Sonntagspresse.«

Der Gast knurrte vernehmlich, aber immer noch unverständlich. Als Rolli ihn näher ins Auge fasste, erkannte er den Mann – es war einer von den Steuerfahndern, die neulich vor der Tür gestanden hatten. Der schweigsame Roppel. Er winkte Tessa zurück an den Personaltisch, als der Gast gegangen war. »Gibst du dein Trinkgeld eigentlich bei deiner Steuererklärung an?«, fragte er Tessa.

»Nö, wieso?«

»Dann tu es dieses Jahr«, riet Rolli. »Wenigstens die Hälfte, du bist ja eh unter der Freigrenze. Das war einer von der Steuerfahndung. Wenn du gar nichts angibst, obwohl er gezielt großzügig war, durchforsten die Leute deine Finanzen. Bei mir haben sie nichts gefunden, also nehmen sie sich jetzt meine Angestellten vor, wie es aussieht. Und selbst wenn du statt der fünfzig Euro, die du wöchentlich an Trinkgeldern hast, nur zwanzig angibst …«

»Fünfzig? Pah!«

»Na, ich hatte keine Ahnung, das es noch weniger ist«, gestand Rolli. »Vielleicht sollten wir …«

»Vierhundert bis fünfhundert in der Woche«, sagte Tessa. »Aber das behalte ich nicht für mich. Giovanni bekommt manchmal auch Trinkgelder, extra für seine gute Küche, und Aysun, die sich doch so viel Arbeit macht mit dem Spülen und dem Putzen von Gemüse und Salat, geht immer leer aus. Deshalb drücke ich ihr schon mal einen Hunderter in die Hand.«

»Aysun!«, rief Rolli aus. »Die wollte mir doch schon seit Tagen etwas erzählen! Wenn du nächstes Mal in die Küche gehst, sag ihr doch bitte, wenn sie Zeit hat, soll sie sich mal bei mir sehen lassen. Wäre nett.« Er hob sein Bierglas und prostete Paul Schimpfle zu. »Auf die Freiheit!«

»Auf die Freiheit«, erwiderte Schimpfle. »Man lernt sie erst richtig zu schätzen, wenn man sie verliert. Als die Polizei mich festgenommen hat, dachte ich, ich bin nicht mehr ich selbst. Ich hatte ab sofort keinen Einfluss mehr auf das, was passierte. Nachdem ich beim Erkennungsdienst raus war, hat man mich in eine Zelle gesperrt, alles kahler Beton, mit einer gefliesten Kotzrinne an der Seite. Sogar die Liege war aus notdürftig lackiertem Beton, und das Klo ohne Brille. Da haben sie mich zwei Stunden festgehalten.«

»Und dann?«

»Ging's zum Haftrichter.«

***

»Diesmal entwischen Sie mir nicht«, hatte der Staatsanwalt gesagt, ein ausgemergelter Typ mit Stoppelhaaren und Rollkragenpulli. Dieser Mann hatte ihm vor zehn Jahren vorgeworfen, eine Siebzehnjährige vergewaltigt zu haben, was natürlich eine falsche Anschuldigung war. Die Ereignisse von damals standen Paul Schimpfle plötzlich wieder beängstigend vor Augen.

»Fluchtgefahr«, sagte der Staatsanwalt zum Haftrichter. »Aufgrund der Höhe der zur erwartenden Strafe besteht akute Gefahr, dass der Mann sich aus dem Staub macht.«

»Sehe ich auch so«, sagte der Richter zur Protokollantin.

»Ich habe nichts getan und werde nicht weglaufen«, versicherte Schimpfle. »Ich werde meine Unschuld beweisen.«

»Damit kommt noch Verdunklungsgefahr hinzu«, ergänzte der Staatsanwalt ungerührt. »Der Täter will eventuell noch nicht gefundene Beweise vertuschen, genau wie damals.«

»Damals hat das Mädchen gestanden, mich falsch beschuldigt zu haben«, warf Schimpfle ein. »Daran müssen Sie sich doch erinnern, oder? Sie war von ihrem Freund schwanger, hatte deswegen Probleme mit ihren Eltern und hat eine Vergewaltigung erfunden, das wissen Sie doch noch ganz gut!«

»Was ich noch weiß oder nicht, geht Sie nichts an!«, schnarrte der Staatsanwalt durch seine schmalen, pedantisch wirkenden Lippen.

***

»Das Gespräch mit dem Staatsanwalt lief nicht sehr gut«, fuhr Schimpfle mit seiner Erzählung fort. »Er kannte mich noch von damals, als man mir zu Unrecht eine schlimme Sache vorgeworfen hat. Aber das ist eine alte Geschichte, die ich euch ein andermal erzählen kann … Nach dem Termin beim Haftrichter ging's zur Karmelitengasse, mit Handschellen, in einem Käfigwagen, omeiomei! Ich hatte Angst, dass man mich von draußen erkennt. Und als ich dann in den richtigen Knast gekommen bin, hat niemand mehr auf das reagiert, was ich gesagt habe. Ich war einfach nicht mehr vorhanden, außer als Empfänger von Befehlen. *Sachen auf den Tisch! Ausziehen! Vorbeugen! Zieh das da an!* Ich hab uralte getragene Klamotten anziehen müssen, und dann hat man mich in eine Zelle gebracht. Ich hätte nicht gedacht, dass der Knast von innen so riesig ist. Ich hatte gehofft, dass ich eine Einzelzelle bekäme, aber nichts da. Man hat mich in eine Zweimannzelle geschoben, in der es sechs Betten gab, jeweils drei übereinander. Klack, war die Tür zu. Als ich gesagt hab, in der Untersuchungshaft müssten doch vernünftige Zellen sein, weil man ja noch als unschuldig zu gelten hat, haben mich die Burschen nur ausgelacht. Als Neuer habe ich erst einmal Klo putzen müssen und die Zelle fegen und allen das Bett machen, dann haben sie mich gezwungen, eine Scheibe schimmeliges Brot zu essen. Na, dann musste ich das Klo eben noch einmal putzen, und dann kam die Vorstellungsrunde. Zwei Mörder, von denen einer schon verurteilt war, ein Totschläger, ein Serieneinbrecher und ein älterer Herr, deutlich über siebzig.«

»Was?«, erstaunte sich Rolli. »Was hat der denn verbrochen? Etwa was mit kleinen Jungs?«

Schimpfle schüttelte den Kopf. »Heiratsschwindel und schon dreimal vorbestraft«, sagte er.

»Ist doch total aus der Mode!«, meinte Rolli kopfschüttelnd. »Wenn so ein Opa heutzutage in den Knast muss, hat es doch mindestens Missbrauch zu sein. Alles andere ist völlig veraltet. Unterschlagung!

Betrug! Heiratsschwindel! Was für einer gibt sich schon mit sowas ab?«

Tessa lachte, blickte zur Tür in den Gastraum und erhob sich. »Ich schaue mal drinnen nach, ob noch jemand bestellen will. Ich schicke Aysun dann raus.«

»Ich war der einzige Unschuldige in der Zelle«, ereiferte sich Paul Schimpfle. »Eine Unverschämtheit, findest du nicht? Eine ganze Nacht musste ich da bleiben, zwischen lauter Schnarchern, und durfte erst am nächsten Tag telefonieren. Das war vielleicht ein Gschieß!«

»Ist der Anwalt okay?«, wollte Rolli wissen. »Ich hatte zuerst an Dr. Augustin gedacht, aber der macht leider keine Strafsachen.«

»Dieser affige Kerl?«, meinte Schimpfle. »Den hab ich gefressen! Nachdem die Polizei nach der Verwüstungsaktion vom Naturschutzgebiet abgerückt war, ist er dahergekommen, um zu schauen, ob die auch wirklich weg sind. Dabei ist er mir blöd gekommen, von wegen, was ich hier zu suchen hätte.«

»Aber immerhin hat er doch geschafft, dass ein Hubschrauber mit Wärmebildkamera eingesetzt wird.«

»Ja, schon, aber er hätte es gewiss nicht geschafft, mich aus dem Knast zu holen«, meinte Schimpfle. »Wenn der mit seinem Anzug dahergekommen wäre, hätten der Richter und der Staatsanwalt sich halb totgelacht. Ein Mann mit Ringen an den Fingern wie so ein alter Rockstar! Der trägt manchmal dazu noch eine Fliege, die fast so groß ist wie ein Bikini-Oberteil, silberblau mit Erdbeeren drauf.«

»Was?«, ließ Tessa sich vernehmen. Sie war an den Tisch zurückgekehrt und brachte jedem ein frisches Bier mit. »Sagen Sie das noch mal! Das mit dem Bikini-Oberteil.«

»Wieso?«, entgegnete Schimpfle. »Stimmt doch, oder? Als ich ihn gesehen habe, hatte er jedenfalls so ein Ding.« Er zeigte mit beiden Händen eine übertriebene Breite an. »Sowas hat noch nicht einmal ein Clown.«

Rolli nickte und sah Tessa an. Sie hatte einen merkwürdigen Gesichtsausdruck. »Was ist denn mit dir los?«

»Ich glaube, ich habe ihn gesehen«, sagte sie. »Zumindest seine Fliege, und zwar bei der Lichtweihe in der Nähe von Herrn Schimpfles Hütte.«

»Was? Lichtweihe?«, wunderte sich der Rentner. »Was ist denn das? In der Nähe von meinem Häusle? Ich habe überhaupt nichts davon mitbekommen.«

Tessa berichtete, was sich am Abend zuvor am Rande des Auwaldes ereignet hatte, und Paul Schimpfle schaute bei jedem Satz entsetzter. »Wenn ich nicht ausgerechnet in dieser Nacht im Knast gesessen hätte«, sagte er schließlich, »dann hätte ich diese ganze Bande mit der Peitsche auseinandergetrieben. Lichtweihe! Mondtänze! Das ist ja Schwachsinn im Quadrat!«

»Und dieser Augustin hat das Ganze heimlich beobachtet«, überlegte Tessa. »Das hat ihn doch gar nicht zu interessieren. Mir ist ganz schön peinlich, dass er mich dabei gesehen hat.«

Schimpfle überlegte. »Der treibt sich scheint's öfter da rum. Vielleicht arbeitet er in einem der Betriebe.«

Rolli stieß Tessa an. »Da kommt Besuch für dich.«

Noch bevor Tessa sich umdrehte, stand Iva am Tisch. »Hallo«, sagte sie.

»Schön, dass du hereinschaust«, gab Tessa zurück. »Komm, setz dich und trink ein Bier mit.«

»Bier mag ich nicht, aber wenn es noch den tollen Wein von gestern gibt, nehme ich gern ein Glas.«

»Unser Gutedel ist der Renner«, bemerkte Rolli. »Ich glaube, ich nehme nächstes Mal zwei oder drei Kisten mehr auf Lager.«

Tessa verschwand und kehrte gleich darauf mit einem Glas Wein zurück. Rolli hatte Iva inzwischen einen Platz angeboten.

»Ich hoffe, ich störe nicht bei einer dienstlichen Besprechung«, meinte Iva. »Eigentlich bin ich nur gekommen, um meine Tasche abzuholen, die ich gestern Abend hier vergessen habe.«

»Was für eine Tasche?«, fragte Tessa.

»Eine Umhängetasche mit breitem Riemen«, sagte Iva. »Weinrot, mit zwei weißen Schnallen vorn.«

Tessa und Rolli schüttelten gleichzeitig den Kopf. »Hier ist keine gefunden worden«, sagte Rolli.

»Du hattest gar keine dabei«, wusste Tessa. »In meinem Auto liegt auch keine, das wäre mir aufgefallen. Ich habe heute vormittag darin Staub gesaugt.«

»Sowas Blödes!«, entfuhr es Iva. »Dann habe ich sie da auf der Wiese vergessen. Ja, ich erinnere mich, ich habe sie ein Stück weit in das Gebüsch hinter mir geschoben, damit sie mir keiner klaut. Wahrscheinlich habe ich sie da liegenlassen.«

»Ich sehe mir morgen die Wiese an«, erklärte Paul Schimpfle. »Ich will sowieso den angerichteten Schaden an die Kreisverwaltung in Friedberg melden, die Leute sind dafür zuständig. Wenn ich Ihre Tasche finde, rufe ich Sie an. Schreiben Sie mir einfach Ihre Nummer auf.«

»Danke«, entgegnete Iva, »aber das geht nicht. Mein Handy ist in der Tasche, und auch ein dicker Schlüsselbund von meiner Arbeitsstelle. Wenn ich das heute Abend nicht bei mir habe, ist die Hölle los, denn den Schlüssel vom Medizinschrank darf ich gar nicht außer Haus mitnehmen.«

»Wenn Sie wollen, begleite ich Sie«, sagte Paul Schimpfle. »Aber ich muss zuerst beim Tierheim vorbei, um meinen Hund abzuholen.«

»Danke«, erwiderte Iva. »Aber ich nehme einfach den Ammersee-Zug, der geht in etwa zwanzig Minuten vom Oberhauser Bahnhof ab. Dann bin ich pünktlich zum Nachtdienst zurück.« Sie leerte ihr Glas mit einem Schluck. »Was bin ich schuldig?«

»Ich übernehme das«, sagte Tessa.

»Danke. Ich schaue morgen noch einmal herein.« Iva war schon aufgesprungen und eilte zum Tor hinaus. Rolli sah ihr nach. Ein munteres Mädel, dachte er und nahm sich vor, Tessa bei Gelegenheit auszuhorchen, ob sie in einer festen Beziehung steckte. Dass er es eigentlich immer noch auf Tessa abgesehen hatte, machte ihm dabei nichts aus. Schließlich hielt sie ihn auf Distanz, obwohl sie alle Chancen bei ihm hatte.

* * *

Aysun Fidanci hatte gerade ein paar Kilo Karotten geputzt und geschnitten, die Giovanni für die Vorbereitung eines Abendessens brauchte, und einen ganzen Korb Salat gewaschen. Jetzt musste sie nur noch die Spülmaschine ausräumen, dann konnte sie Feierabend machen. Sie hatte es eilig, nach Hause zu kommen, denn ihr Mann hatte heute einen freien Tag und passte auf die Kinder auf. Sie wusste, dass das im Chaos enden würde, denn Mehmet hatte ein viel zu weiches Herz. Während die Kinder herumtollten, saß er die ganze Zeit vor dem Fernseher, um sich DVDs mit alten Fußballspielen seiner Lieblingsmannschaft Trabzonspor anzuschauen, dabei eine Flasche Rakı zu trinken und Unmengen an Kürbiskernen zu verdrücken.

Wenn Aysun dann zu spät nach Hause kam, konnte sie die Kehrichtschaufel mindestens dreimal mit den Schalen zu seinen Füßen füllen, weil er nie das Saunatuch unten um seinen Sessel legte, worum sie ihm x-mal gebeten hatte. Allzu lange konnte sie Mehmet also nicht allein lassen. Er blieb halt immer ein großes Kind.

Sie seufzte, als sie daran dachte, dass Rolli sie noch sprechen wollte. Hätte sie nur nichts von dem Gespräch gesagt, das sie mitgehört hatte! Eigentlich durfte sie ja nicht lauschen, aber sie tat es gern, weil sie es spannend fand. Jetzt wusste sie nicht, ob das, was sie gehört hatte, überhaupt wichtig war. Vielleicht hatte sie etwas falsch verstanden oder sich in das Gespräch etwas hineingedacht, was gar nicht so gemeint war. Sie konnte längst nicht so gut Deutsch, wie die Leute dachten.

Sie schloss die Spülmaschine, stellte einen Stapel Teller in den Geschirrwärmer und wartete einen Moment ab, bis Giovanni mit der Bouillabaisse beschäftigt war – dabei musste er sich nämlich sehr konzentrieren und nahm nichts anderes wahr. So konnte sie sich verabschieden, ohne dass er sie bat, noch Dies und Jenes zu tun. Er meinte das nicht böse, ihm war nur nicht klar, dass andere Leute nicht so versessen aufs Arbeiten waren wie er, sondern auch Zeit für die Familie brauchten.

Sie entkam glücklich, nahm sich eine Cola und setzte sich zu Rolli an den Tisch. Wie alle Angestellten, hatte sie vier Getränke am Tag frei, kam aber kaum dazu, dieses Privileg auch zu nutzen. »Ich weiß gar nicht, ob wichtig ist«, druckste sie herum. »Vielleicht habe ich nur verhört. Und dann immer wieder vergessen.«

»Wäre auch nicht schlimm«, erwiderte Rolli. »Ich bin bloß neugierig. Also der Siggi Sonnberger und sein Anwalt saßen zusammen im Biergarten, ja?«

»Gesehen habe ich sie am Fenster nicht, ist ja Milchglas«, erwiderte sie. »Aber später. Ich habe aus Tür geschaut und erkannt, wer da geredet hat. Ich wollte das wissen. Ich war ganz erschrocken, als einer sagte: *Wir haben da noch eine Leiche im Keller*, und der andere dann: *Die müssen wir eine Weile auf Eis legen*. Ja, und als ich die beiden erkannt habe, war ich ganz durcheinander.«

»Ach so«, sagte Rolli und winkte ab. »Das sind zwei deutsche Redensarten, die nur im übertragenen Sinn gemeint sind. *Eine Leiche im Keller haben* bedeutet auf der einen Seite, dass man früher mal etwas verbrochen hat, das bisher niemandem bekannt ist, aber auch, dass man etwas längst hätte erledigen müssen und es völlig vergessen hat. Und *etwas auf Eis legen* heißt nur, dass man es auf unbestimmte Zeit verschiebt und dann wahrscheinlich doch nicht macht.«

»Ach so«, sagte Aysun. »Ich dachte schon, die haben jemanden umgebracht. Und eingefroren.«

Rolli lachte. »Das glaube ich nicht«, erklärte er. »Solche Redensarten klingen oft drastisch, bedeuten aber meist etwas ganz Harmloses. Wovon haben sie denn sonst geredet?«

»Von tiefem Kühlfisch«, erinnerte sich Aysun. »Sie haben ganz viel davon und werden ihn nicht los. Vielleicht stimmt etwas damit nicht. Ihr Lagerhaus ist voll, und sie wollen noch mehr verschenken. Oder billig verkaufen. Vielleicht ist Fisch gestohlen.«

Rolli machte ein nachdenkliches Gesicht. »Oder nicht verzollt. Ich weiß nicht, wie das ist, wenn man aus Rumänien importiert. Gehört ja jetzt zur EU.«

»Vielleicht ist diese Fisch giftig«, vermutete Aysun.

Rolli richtete sich auf. »Da kannst du sogar Recht haben! Dass wir eine Ladung umsonst bekommen haben, hätte mich gleich stutzig machen müssen. Vielleicht sind die Fischfilets mit Krankheitskeimen belastet, oder sie sind in geschützten Gewässern illegal gefangen worden. Das könnte sein.«

»Oder voller Strahlen«, sagte Aysun. »Vor ein paar Jahren durfte mein Vater keine Fische fangen, weil das Wasser von Tschernobyl bis ins … wie heißt Karadeniz auf Deutsch?«

»Schwarzes Meer«, vermutete Rolli. »Wenn du aus Trabzon kommst.«

»Ja sicher.« Aysun freute sich, dass ihr Chef sich das gemerkt hatte.

»Aber der Fisch kommt nicht aus Rumänien oder dem Schwarzen Meer, sondern aus Vietnam. Hat mir der Sonnberger jedenfalls gesagt.«

»Nicht aus China?«, fragte Aysun überrascht. »Die haben die ganze Zeit gesprochen, die Chinesen liefern zu viel Material.«

»Material?« Roland Findeisen beugte sich vor.

Aysun war verunsichert. »Haben sie gesagt. Ich weiß nicht, was sie meinen. Manchmal sind Männer im Biergarten, die sagen *Material*, aber sie meinen Frauen. Aber ich denke, Herr Sonnberger redet von gefrorenem Fisch.«

»Hm, ja. Denke ich auch«, sagte Rolli. »Aber das Wort ist in diesem Zusammenhang schon merkwürdig.«

»Kann ich jetzt gehen?« Aysun hatte nur noch Mehmets Füße im Kopf, die von Kürbiskernschalen umgeben waren. »Ich muss noch beim Can Ticaret rein.«

»Was ist das?«

»Türkischer Supermarkt, Zollernstraße. Ganz groß. Teppiche, Nudeln, Pullover, Oliven und alles. Heute ist Lammfleisch im Angebot, und der Brathähnchenwagen ist da, aber nur bis sechs Uhr.«

»Dann viel Glück!«

»Danke.« Aysun sah auf die Uhr. Viertel vor sechs inzwischen. Sie würde es gerade noch schaffen, um ein oder zwei Hähnchen zu erstehen. »Gummiadler«, sagten die Deutschen manchmal. Oder auch »Hendl.« Aysun verstand die deutsche Sprache nicht wirklich, obwohl sie nun schon so lange hier war. »Leiche im Keller«! So etwas würde man in der Türkei nie öffentlich sagen. Da hätte man dann gleich die Miliz am Hals.

6

Am Freitagmorgen saß Josef Findeisen in seinem Rollstuhl am Tisch und las wie immer die Zeitung. Die üblichen Gäste waren da, und auch Anton Grigoleit saß wieder an seinem gewohnten Platz und genoss sichtlich seine Semmel mit Orangenmarmelade.

Tanja Behnke war noch krank und deswegen hatte Rolli die Bedienung der Gäste übernommen. Als er einen Moment Zeit hatte, legte er seinem Vater die ordentlich sortierten Buchführungsunterlagen auf den Tisch und richtete die Papiere exakt parallel zur Tischkante aus, so wie es Josef immer haben wollte.

Dann befasste sich Rolli mit dem alten Röhrenradio, das er kürzlich auf dem Sperrmüll gefunden hatte und das nun sorgfältig gereinigt einen Ehrenplatz am Ende des Tresens bekommen hatte. Der Empfang war schlecht, und das Brummen, Schnarren und Pfeifen störte vermutlich die Gäste, so dass Rolli den Ton leise stellte und die Veränderungen des grünen Lichts im »magischen Auge« beobachtete. Je nach Qualität des Empfangs wurde der helle Teil mal schmaler, mal breiter. Ihm fiel ein, dass er als kleiner Junge schon so etwas gesehen hatte: Die Eltern seiner Mutter, die er nach ihrem Wohnort »Oma und Opa Bobingen« genannt hatte, besaßen ein Gerät, das sich »Tefifon« nannte. Man konnte es oben aufklappen und eine eiförmige Kassette einlegen, in der sich ein langes Band befand, doppelt so breit wie eins der damals verbreiteten Tonbänder und viel dicker, mit Rillen versehen wie eine Schallplatte. Dieses Gerät hier war auch zum Aufklappen, aber es befand sich ein defekter Plattenspieler darin, dessen Tonarm abgebrochen war. Nun, er brauchte diesen Plattenspieler nicht – der würde ohnehin nur seine schönen alten Schätze zerkratzen.

Rolli war fasziniert von der Senderwahl des alten Radios – hinter einer braunen Glasscheibe, auf der eine Vielzahl von Rundfunksendern zwischen Italien und Schweden treppchenförmig angeordnet war, bewegte sich ein roter Stab, wenn Rolli einen Drehknopf betätigte, und war dann in einem kleinen, durchsichtigen Feld neben dem Namen des Senders zu sehen. Er probierte »Bari«, »Hilversum« und »Stavanger«, bekam aber nur gleichförmiges Rauschen. Direkt unter »Stavanger« stand »Strasbourg«, und es war eine männliche Stimme zu hören, aber statt Französisch wurde Russisch gesprochen.

»Auf Mittelwelle wird heute viel weniger gesendet als früher«, sagte Grigoleit, der herüberschaute. »Auf Langwelle bekommst du mehr Französisches als anderswo, auf Kurzwelle viele Sender, die weit weg sind, zum Beispiel in Japan oder Südamerika, und auf UKW sind dann die Sender hier in der Nähe. UKW braucht Sichtkontakt, haben wir früher immer gesagt. Halt, Moment mal, mach das mal lauter!«

Rolli drehte ein bisschen lauter, und Anton Grigoleit lauschte angestrengt den russischen Worten, die von weit her durch ein gleichförmiges Rauschen drangen.

»Was reden die?«, fragte Rolli.

»Von Erschießungen«, warf sein Vater ein, der ein paar Brocken Russisch verstand. »Aber mehr kriege ich auch nicht mit.«

»Psst!«, machte Grigoleit, hörte einen Augenblick hin und sagte, als offenbar das Thema gewechselt wurde: »In China hat es eine Massenhinrichtung gegeben«, erklärte er. »Vierzig Wirtschaftsverbrecher wurden in einem Fußballstadion vor zwanzigtausend Zuschauern erschossen. Schlimm, sowas auch noch zum Spektakel zu machen.«

»Finde ich auch«, versicherte Rolli. »Man kann es eigentlich kaum glauben, dass es immer noch die Todesstrafe gibt!«

»China ist das Land mit den meisten Hinrichtungen«, sagte Grigoleit. »Offiziell wird von fünf- bis siebentausend im Jahr gesprochen, aber ich habe gelesen, dass es oft mehr sind.«

Rolli schüttelte sich. »Ich verstehe das nicht. Es ist einfach mittelalterlich. Barbarisch.«

»Und die Leichen werden im nächsten Krankenhaus für Organtransplantationen ausgeschlachtet«, fuhr Honecker fort. »Dafür besteht in China großer Bedarf. Die paar Reste des Leichnams muss die Verwandtschaft dann auf eigene Kosten entsorgen und sogar noch die Hinrichtungskugel bezahlen. Vorher wird die Leiche nicht zur Bestattung freigegeben.«

Das Kuriertelefon läutete. Rolli brauchte einen Augenblick, bis er seine Gedanken geordnet hatte, dann nahm er ab. Ein Anwaltsbüro an der Wertachbrücke wollte dreißig belegte Semmeln geliefert bekommen. »Aber nicht die pappige Wasserware aus dem Supermarkt«, sagte die Anruferin.

»Bevorzugen Sie eine bestimmte Bäckerei?«, fragte Rolli.

»Nein. Hauptsache, die Semmeln sind rund und knusprig. Die Hälfte mit Käse, die andere Hälfte mit Salami. Wie lange dauert das?«

»Höchstens zwanzig Minuten«, erklärte Rolli. »Wenn Sie einverstanden sind, richten wir sie selbst her und liefern sie ganz frisch.«

»Ein Kurierdienst, der belegte Semmeln anbietet?«, wunderte die Frau sich. »Das ist ja etwas ganz Neues.«

»Wir haben hier eine richtige Gaststätte. *Nordpol*. Kennen Sie vielleicht.«

»Habe ich schon mal gehört, ja! Sie sollen da einen guten Koch haben.«

»Genau! Ich hoffe, Sie kommen mal vorbei und lassen sich verwöhnen«, meinte Rolli, innerlich freudestrahlend, und verabschiedete sich.

Er eilte in die Küche. Es waren nur noch zehn Semmeln da. Er schickte Peter Gärtner los, den Jurastudenten, der für den Kurierdienst in Bereitschaft saß, und begann in der Küche, Salami und Käse zu schneiden, putzte Salatblätter und stellte ein Glas Gurkenscheiben bereit.

Der Student war schnell zurück, und mit ihm betraten zwei Leute das Lokal, die Rolli nicht gerade in guter Erinnerung hatte: Kriminalhauptkommissar Gossner und seine Kollegin Demharter. »Wir müssen Sie sprechen«, sagte Gossner.

»Moment, ich bin gleich da«, erwiderte Rolli. »Ich muss nur rasch eine eilige Bestellung erledigen.«

»Sofort«, beharrte Gossner. »Ich kann Sie auch zum Präsidium einbestellen«, knurrte er.

Rolli verdrehte die Augen. »Wenn ich nicht pünktlich liefere, verliere ich nicht nur diesen einen Auftrag, sondern den Kunden. Immerhin eine angesehene Rechtsanwaltskanzlei.«

»Ich bin es gewohnt, dass man mir nicht widerspricht«, sagte Gossner.

»Dann müssen Sie sich halt umgewöhnen« sagte Rolli trocken.

Dem Kommissar blieb die Spucke weg; sein Kopf lief tiefrot an, er holte hörbar Luft, offenbar, um gleich loszubrüllen, doch Rolli blieb unbeeindruckt. Seelenruhig holte er zwei Stühle herbei und stellte sie außen neben die Küchentür. »Dann nehmen Sie bitte hier Platz«, sagte er mit bemühter Höflichkeit. »Ich kann Ihre Fragen auch beantworten, während ich am Küchentisch arbeite.«

»Ich verlange Ihre volle Aufmerksamkeit«, schnaubte der Kommissar wütend. »Ich bin nicht hergekommen, um mit Ihnen über meine Arbeitsweise zu diskutieren.«

»Lass ihn doch, Gregor«, warf seine Begleiterin ein. »Du hast doch nichts in der Hand.«

Jetzt platzte dem Hauptkommissar endgültig der Kragen: »Sag mal, bist du von allen guten Geistern verlassen? Wie kannst du so etwas in Gegenwart des Verdächtigen sagen? Du versaust mir meine ganze Strategie! Manchmal frage ich mich, was du eigentlich in deiner Ausbildung gelernt hast.«

»Der Herr Hauptkommissar hat Recht«, bemerkte Grigoleit von seinem Platz aus.

»Sie schon wieder!« schimpfte der Beamte. »Mischen Sie sich nicht ein!«

»Bitte.« Grigoleit wandte sich der Zeitung zu, die ihm der alte Findeisen an den Tisch gebracht hatte.

Rolli hatte bereits mit dem Aufschneiden der Brötchen begonnen und sagte mit gespielter Ruhe: »Fragen Sie mich doch einfach, was Sie von mir wissen wollen.«

Gossner machte eine wegwerfende Handbewegung in Grigoleits Richtung und wandte sich Rolli zu. Er setzte sich aber nicht auf den bereitgestellten Stuhl. »Wann haben Sie Iva Lysiak zuletzt gesehen?«

»Kenne ich nicht. Halt, nein, doch. Iva, sagten Sie? Die war neulich mit meiner Angestellten Teresa Pietrasz hier. Und am nächsten Tag noch einmal, weil sie ihre Tasche suchte.«

»Sie haben es wohl mit jungen Frauen und deren Taschen«, stellte Gossner fest. »*Neulich* ist mir zu ungenau.«

»Genauer weiß ich es aber nicht mehr«, erwiderte Rolli. »Da müssen Sie schon Tessa fragen, aber die ist nur am späten Nachmittag und am Abend hier.«

»Adresse?«

»Ja, hat sie.«

»Werden Sie nicht frech!« Der Hauptkommissar verstand keinen Spaß. »Ich will wissen, wo die Frau wohnt.«

Rolli verließ die Küche und ging hinter den Tresen. Er suchte in einer Schublade herum und holte sein Notizbuch hervor. »Hier. Ich schreibe sie Ihnen auf.«

»Geben Sie mir das Notizbuch«, forderte Gossner.

»Da stehen die Adressen meiner Angestellten und Aushilfen drin«, erklärte Rolli. »Und die der meisten Stammkunden vom Kurierdienst.«

»Eben. Genau das ist interessant.« Gossner machte eine fordernde Fingerbewegung.

»Können Sie mir nicht endlich mal sagen, was Sie von mir wollen?« Rolli schrieb Tessas Adresse auf einen Zettel und nahm sich vor, sie gleich auf dem Handy anzurufen, um sie vorzuwarnen. Das Notizbuch steckte er in die Hosentasche. Solange der Bulle keinen Durchsuchungsbeschluss hat, geht ihn das Buch gar nichts an, dachte er.

»Das kann ich«, erwiderte Gossner. »Sie sind unser Tatverdächtiger Nummer eins. Nun ist schon die zweite junge Frau, die zuletzt hier gesehen wurde, verschwunden. Und kaum haben wir jemanden festgesetzt, damit er keine Spuren verwischen oder flüchten kann, schicken Sie Ihren Anwalt und lassen ihn rausholen.«

»Ich nehme an, Iva ist woanders noch später gesehen worden«, erwiderte Rolli. »Sie wollte von hier aus mit dem Zug nach Sankt Afra fahren, weil sie dort bei einer religiösen Veranstaltung ihre Tasche verloren hat.«

»Aha«, sagte Gossner. »Dann hat sie auch etwas mit dieser Sekte zu tun? Ist ja interessant.«

»Ich weiß es nicht. Vielleicht war sie nur neugierig«, wandte Rolli ein.

»Ich werde schon herausfinden, was Sie mir verbergen. Herr Findmeier, Sie …«

»Findeisen, bitte«, warf Rolli ein.

»Sie sind eine der zentralen Figuren in meinen Ermittlungen«, beharrte Gossner. »Bei Ihnen laufen die Fäden zusammen. Von hier aus wird diese Bürgerinitiative gesteuert, hier sind Sektenmitglieder auf einer Versammlung gesichtet worden, eine Ihrer Angestellten wurde kürzlich auf einer nächtlichen Voodoo-ähnlichen Veranstaltung erkannt, zwei vermisste Frauen wurden hier zuletzt gesehen, Sie lassen einen Verdächtigen aus der U-Haft holen, und so weiter. Eigentlich müsste ich Sie festnehmen.«

»Nicht ohne meinen Anwalt«, sagte Rolli und grinste. »Sie können mir nichts nachweisen. Peter, die Semmeln sind fertig. Alle schön in Küchenkrepp verpackt.«

»Pah!«, machte Gossner. »Ich lasse mir einen Haftbefehl ausstellen, und ich komme wieder, so schnell können Sie gar nicht schauen! Und diese ganze Sekten- und Umweltmafia nehme ich gleich mit hoch.«

»Gregor, dein Blutdruck«, sagte Christa Demharter leise. »Und diesmal hast du selbst deine Karten auf den Tisch gelegt.«

»Ist mir wurscht«, sagte er und drehte sich um. »Gehen wir. Ich kriege den Burschen noch, darauf kannst du dich verlassen.«

Verwundert sahen ihm die Gäste nach, als er mit seiner Begleiterin zur Tür hinauseilte.

Es war Grigoleit, der die angespannte Stimmung löste, indem er fragte: »Gibt es eigentlich intelligente Windeln für Klugscheißer?«

* * *

Dass die Polizei ihn verdächtigte, belastete Rolli mehr, als er zugeben wollte. Er hatte gestern den restlichen Tag mit Grübelei verbracht und hatte manchem Gast das falsche Getränk an den Tisch gebracht, was ihm verwundertes Kopfschütteln eintrug. Am Abend waren nur wenige Gäste da, und Rolli hatte seine Sammlung »Neue Deutsche Welle« geöffnet und alte Schätze wie »The Wirtschaftswunder« oder »Fehlfarben« auf den Teller seines schwedischen Luxus-Plattenspielers gelegt, die damals noch als Underground-Musik gegolten hatten. Mit Hubert Kah wollte er die letzten Gäste vergraulen, doch begeistert waren die Leute noch auf ein paar weitere Biere geblieben und hatten davon geschwafelt, eine NDW-Revival-Band zu gründen und ein großes Konzert im Innern des Oberhauser Gasometers zu veranstalten. Wahrscheinlich würde man von dieser Band nie einen Ton hören. Die meisten Projekte, die unter dem Einfluss von so viel Bier zustande kamen, lösten sich unmittelbar danach in Luft auf.

Heute, vor dem Frühstück, hatte sich Rolli mit seinem Vater darum gestritten, ob der Kauf einer neuen CD eine geschäftliche Ausgabe war, die in die allgemeine Buchführung gehörte. Danach hatte er sich Mühe geben müssen, die Frühstücksgäste nichts von seiner schlechten Laune merken zu lassen. Dass sein Vater sich das Frühstück nach oben bringen ließ und nicht im Lokal erschien, kam ihm sehr gelegen und belastete seine Laune nicht noch mehr. Doch dann kam ein neuer Dauerauftrag für den Kurierdienst herein und seine Stimmung hob sich zusehends: Eine Dame vom Krematorium hatte sich dafür bedankt, dass die Urne, die neulich nach Stuttgart geschafft werden musste, so pünktlich und zuverlässig zugestellt worden war. Sie versprach, den »Nordpol Delivery Service« fest in die Liste der

Geschäftspartner des Krematoriums zu übernehmen, wenn ein Auftrag, der morgen zu erfüllen war, ebenso verlässlich durchgeführt würde. Dessen war Rolli sich sicher. Es war eine Sammelurne nach Straubing zu bringen, offenbar von einem Familiendrama, vermutete Rolli, aber er wagte es nicht, danach zu fragen.

»Das übernehme ich!«, meldete sich Grigoleit, der das Gespräch mitbekommen hatte. »Ich habe ja jetzt Erfahrung mit Urnen, und nach Straubing wollte ich immer schon mal.«

Rolli kam nicht dazu, zu antworten, denn das Läuten des Telefons unterbrach ihn. Es war Sigbert Sonnberger, der fragte, ob der »Nordpol« noch Pangasius-Filet gebrauchen könne.

»Brauchen wir noch Pangasius-Filet?«, gab Rolli die Frage an seinen Koch weiter.

»Was soll denn das Zeug kosten?«

»Nichts«, berichtete Rolli. »Er sagt, es sind noch Bestände aus der Fehllieferung von neulich. Das Haltbarkeitsdatum läuft nächste Woche ab, aber er würde schon heute liefern, ist halt alles tiefgekühlt.«

»Wir können den Gästen nicht ständig denselben Fisch vorsetzen. Pangasius ist völlig geschmacksneutral, sprich, er schmeckt nach Wasser.«

»Aber bei deinen Kochkünsten …«

Giovanni schien geschmeichelt und lenkte ein. »Nun ja, man könnte zur Abwechslung eine mediterrane Fischsuppe machen, ich müsste dann aber auch Muscheln und Krevetten haben, und eine zweite Sorte Fisch.«

»Wird gemacht«, versprach Rolli und nahm die Hand von der Sprechmuschel. »Siggi? Ja, Giovanni ist begeistert. Komm doch bald mal zum Essen her. Du bist natürlich eingeladen. Bring doch auch deine hübsche Freundin mit.«

»Die Halbasiatin meinst du?«, fragte Sonnberger. »Die ist zurück nach Thailand. Tochter einer Prostituierten und eines amerikanischen Touristen. Ich hab da keine Vorurteile, aber ihr Visum galt nur drei Wochen. Ich hab jetzt zur Abwechslung eine eins neunzig große Ukrainerin bei mir. Blond, kräftig, sehr aktiv im Bett. Ich wollte für heute Mittag ohnehin einen Tisch für zwei reservieren, und wenn ihr noch habt, auch eine Flasche von diesem Gutedel.«

»Klaro, wird gemacht. Du kommst ja gut herum bei den Frauen«, meinte Rolli.

»Kostet mich auch einiges«, kam Sonnbergers Stimme durchs Telefon. »Früher habe ich es über Heiratsinstitute geregelt, das war deutlich kostspieliger, aber heute gibt es ja das Internet. Ich freunde mich über internationale Partnerseiten mit jemandem an, und wenn sie mir vielversprechend erscheint, lade ich sie ein. Ich muss dann Ticket und Krankenkasse bezahlen und dem Ausländeramt mein Einkommen nachweisen, aber das ist kein Problem. Dann bekommt sie ein Besuchervisum und ist für eine Probezeit bei mir. Essen gehen, Theater, Kino und so weiter, ich biete ja einiges. Dafür habe ich dann eine Ehefrau auf Zeit, eine Praktikantin sozusagen – eine die kocht, putzt und auch sonst meinen Haushalt macht und sich im Bett alle Mühe gibt, denn sie will ja geheiratet werden, damit sie bleiben kann. Und wenn das Visum dann abläuft, bin ich sie los. Macht mir nichts aus, die Nächste ist ja dann zwei oder drei Tage später da.« Er lachte meckernd. »Um Nachschub kümmere ich mich schon rechtzeitig, darauf kannst du dich verlassen. Ich sehe immer zu, dass sie aus unterschiedlichen Regionen kommen, damit ich ein gutes Kontrastprogramm habe. Nach der Ukrainerin kommt im Herbst eine süße Kambodschanerin, stell dir vor, gerade zweiundzwanzig und nur eins fünfzig groß, achtunddreißig Kilo. Na, du wirst sie ja kennen lernen.

Und dann habe ich mir schon eine dunkelhäutige Brasilianerin vorgemerkt, die lasse ich mir ganze sechs Monate kommen, wenn es so weit ist.«

»Interessant«, sagte Rolli, weil ihm nichts anderes einfiel. Der Sonnberger ist schon eine alte Sau, dachte er, obwohl irgendein Signal aus seinem Unterleib ihm mitteilte, dass er eher neidisch sein sollte. Aber Rolli verdrängte diese Triebregung, indem er an den armen Rentner dachte, der bereits für dreimaligen Heiratsschwindel in den Knast gewandert war.

»Also, ich komm dann gleich mit dem Fisch«, hörte er Sonnberger sagen. »Den Tisch reserviere ich ab vierzehn Uhr, weil ich mich vorher noch umziehen muss.«

Was er damit meinte, sah Rolli eine Viertelstunde später. Er hatte Sonnberger noch nie im »Blaumann« gesehen. Der Mann sah aus, als würde er tatsächlich arbeiten. Er trug zwei Kisten herein, sein junger Helfer, offenbar ein Praktikant von der Hauptschule, trug vier. »Leergut nehm ich gleich wieder mit«, sagte er zu Giovanni. »Oh, was ist denn das?« sein Blick war auf das alte Radio gefallen, das auf dem Tresen stand. »Das ist ja ein echtes Schmuckstück.«

Sonnberger stellte seine beiden Kisten hin und trat auf das alte Radio zu, das seit Kurzem auf dem Tresen stand. »Das ist ja ein richtiges Schätzchen!«, rief er aus, als sei er einer ganz besonders exotischen Jungfrau begegnet. »Ein Loewe Opta aus den späten Fünfzigern! Wo habt ihr den denn her? Ist der zu verkaufen?«

»Ich habe ihn doch gerade selbst erst erstanden«, erwiderte Rolli, der ein lukratives Geschäft witterte.

»Hm.« Sonnberger drehte am Knauf für die Senderwahl. »Der Zeiger klemmt ein bisschen, das heißt, die Einstellung ist nicht mehr exakt.«

»Lässt sich das heutzutage noch reparieren?«

Sonnberger sah ihn an. »Das kostet schon ein paar Stunden. Ein Rundfunk- und Fernsehtechniker macht dir so etwas heute nicht mehr. Der Drehkondensator muss ausgebaut und gereinigt werden, wahrscheinlich ist das Metall im Laufe der Jahre korrodiert. Und das Zeigertransportseil muss ersetzt werden, falls du heute überhaupt noch so etwas findest. Ersatzteile für so eine alte Technik gibt es nur noch als Spezialanfertigung, für solche Sammler und Bastler wie mich.«

Giovanni stand inzwischen neben ihnen. »Ach, du reparierst solche alten Schätzchen? Genau wie ich es mit meinen alten Sportwagen mache. Ein schönes, aber teures Hobby, nicht?«

»Ja«, gab Sonnberger zu. »Ich hätte gern mehr Zeit dafür. Ich habe über fünfzig solcher alter Radiogeräte, aber dieses nicht.« Er sah Rolli an. »Ich könnte dir Zeigertransportschnur besorgen.«

»Was ist daran so besonders?«

»Das ist ein hauchdünner, aber besonders starker Stahldraht, weniger als ein fünftel Millimeter, und doppelt gedreht. Man sagt auch Seil dazu. Und er ist mit einem textilen Material ummantelt. Das einzubauen, ist eine knifflige Präzisionsarbeit.«

»Das ist mir zu technisch.« Rolli winkte ab. »Ich hab den Kasten ohnehin nur zur Zierde da stehen. Von mir aus behalte ich den Kasten und verkaufe dir das Innenleben.« Sein Blick fiel auf die Kisten mit geschenktem Tiefkühlfisch, und er bekam ein schlechtes Gewissen, weil er aus dem Spermüllfund, der keine hundert Meter von Sonnbergers Haus entfernt gestanden hatte, Kapital zu schlagen versuchte. »Wir werden uns schon einig«, sagte er lahm, und dann, um den peinlichen Moment zu überbrücken: »Die Kästen bekommst du zurück. Wie entsorgen wir das Trockeneis?«

»Ich weiß schon, Chef«, warf Giovanni ein. »Wir lassen die Kästen einfach offen und stellen sie nach draußen. Trockeneis wird zu Nebel und verfliegt dann.«

»Ist ja reines Kohlendioxid in festem Zustand«, erklärte Sonnberger. »Wird bei Temperaturen über minus achtundsiebzig Grad zu Gas. Also nur mit Handschuhen anfassen, solange es noch fest ist. Das gibt sonst Erfrierungen, die bis auf den Knochen gehen. Also, ich muss los. Ich komme am Mittag um zwei mit meiner kühlen Blonden.« Er lachte meckernd. »Ich brauche insgesamt vier Plätze. Dr. Augustin kommt eine halbe Stunde später, auch in Begleitung.«

»Geht klar.« Rolli sah ihm nach. »Was der alles weiß!«

»Nun ja, das eine ist berufliche Kenntnis, das andere die Erfahrung eines Sammlers und Bastlers«, meinte Giovanni. »Kann ich gut verstehen. Weißt du übrigens, was du da gerade gemacht hast?«

»Nö«, gab Rolli zu. »Was meinst du?«

»Du hast ihm das Innere des Radios angeboten ohne das Gehäuse. Das ist, wie wenn du einem Oldtimer-Sammler nur den Motor eines Prachtfahrzeugs anbietest und die grandiose Karosserie selbst behalten willst.«

Rolli winkte ab. »Ist mir egal«, meinte er.

***

In seinem himmelblauen Skoda ratterte Anton Grigoleit die Blücherstraße entlang Richtung Hochzoll. »Kannst du mit dem Wagen nicht schneller fahren?«, bat ihn Roland Findeisen, der neben ihm auf dem Beifahrersitz saß. »Hier ist doch mehr erlaubt als fünfzig.«

»Schau dir mal den Straßenbelag an«, erwiderte Grigoleit ruhig. »Da fallen mir ja die Radkappen ab. Mindestens! Ich liebe diesen

Wagen und muss ihn schonen! Acht Jahre habe ich zu DDR-Zeiten dafür auf der Warteliste gestanden, dann kam mir die Wende dazwischen, und erst viel später bin ich an mein Traumauto gekommen. Selbst aus Pilsen abgeholt, und dann hätte ich ihn beinahe sofort zu Schrott gefahren, weil ich am Abend zuvor an einer Becherovka-Fete teilgenommen hatte. Ei verbibbsch, da hatte ich eine ganze Woche Kopfschmerzen. Ich wäre besser beim Bier geblieben.«

»Ja«, bestätigte Rolli. »Das tschechische Bier ist gut, und es gibt da viel mehr als Pilsner Urquell oder Budweiser.«

»Staropramen kenne ich noch, das gibt es in Prag«, sagte Anton Grigoleit und zeigte einem Drängler in einem BMW, der erst ganz dicht aufgefahren war und ihn dann voller Ungeduld an einer gefährlichen Stelle überholte, seinen Mittelfinger. »Muss ich mir merken«, sagte Rolli. »Pass auf da vorne – die Hauptstraße da musst du überqueren, dann sind wir auf dem Chippenham-Ring.«

»Sieht alles so gleich aus«, bemerkte Grigoleit. »Diese vielen weitläufigen Umgehungsstraßen überall in Bayern machen mich noch wahnsinnig. Man weiß nie, ob man gerade Nördlingen oder Augsburg oder irgendein Kaff bei Ingolstadt umrundet.«

»Hast recht. Weißt du was? Ich habe vor, mal einen Abend mit osteuropäischen Flaschenbieren zu veranstalten, aus Polen, Russland, Tschechien. Du könntest den Gästen etwas dazu erzählen. Dann bekommst du dein Bier den ganzen Abend frei.«

»Hm«, machte Grigoleit. »Ich bin dabei! Nennen wir das Ganze doch einfach Bierseminar, das gibt der Sache einen seriösen Anstrich. Das ist eine gute Idee. Ich habe zu Hause noch eine Flasche russisches Bier stehen, das heißt Schachterskoje. Auf dem Etikett ist ein Kohlengrubenarbeiter, der seinen Pressluft-Abbauhammer liebevoll im Arm hält wie eine Braut.« Sie hatten jetzt die Bundesstraße 2 erreicht und bogen knapp vor einem panisch hupenden Schwerlaster Richtung Süden ein. Als er den BMW, der ihn vor ein paar Minuten noch bedrängt hatte, in einer Wiese stehen sah, drückte er auf die Hupe und winkte dem Fahrer fröhlich zu. »Kleine Wünsche erfüllt das Schicksal stets sofort«, lachte er.

Sie hatten geplant, sich Sonnbergers Lagerhalle einmal aus der Nähe anzusehen. Anton Grigoleit hatte kurz vor seinem Unfall dort etwas beobachtet, was ihm rätselhaft schien: Dass jemand vor einem Lagerhaus Kisten aus dem Auto lud, war ja normal, aber dass er dafür seinen Anwalt zur Seite hatte, war schon eigenartig. Und hatte Sonnberger nicht gesagt, er benutze dieses Lagerhaus kaum? Warum waren dann dort offensichtlich noch Kühlräume intakt?

Er hatte diese Überlegungen Rolli erzählt, und dieser war sofort dafür gewesen, das Gelände einmal genau unter die Lupe zu nehmen. Rolli vermutete, dass der Tiefkühlfisch, den er in ungewöhnlicher Menge gratis bekam, dort gelagert wurde, und wenn er seinen Gästen diesen Fisch vorsetzen wollte, musste er schließlich wissen, was damit los war.

Und noch etwas war merkwürdig. Neulich, in einer zweiten Versammlung der Bürgerinitiative im Hinterzimmer des »Nordpol«, war von einem Aktionswochenende die Rede gewesen. Es sollte eine Demonstration vom Königsplatz durch die Annastraße zum Rathaus geführt werden, und unterwegs wollte man Informationen an Passanten verteilen. Jemand schlug auch vor, am Rand des Naturschutzgebiets eine Mahnwache stattfinden zu lassen – möglichst viele Leute sollten in Zelten dort übernachten, und die Magermänner sollten sich als Hungerstreikende ausgeben. Als idealer Ort bot sich der verwilderte Parkplatz neben Sonnbergers Lagerhalle an. Er redete von Unfallgefahr und einsturzgefährdeten Kellerräumen, von unterspültem Asphalt und dergleichen mehr. Außerdem, hatte er gemeint, so etwas würde die zuständige Kreisverwaltung nicht genehmigen. Warum hatte er nicht angeboten, die unsicheren Flächen einfach abzusperren und den Rest des Geländes zur Verfügung zu stellen? Er war schließlich der Eigentümer, und auf seinem Grundstück würde er doch keine Probleme bekommen, oder? Es hörte sich aber so an, als wollte er die Mahnwache unter allen Umständen verhindern, in seiner Stimme lag fast so etwas wie Panik, und er schlug statt dessen eine »Lichterkette für die Natur« in der Augsburger Innenstadt vor. Diese Idee wurde von den beiden Magermännern unterstützt, die sich regelmäßig blicken ließen – und das führte dazu, dass sonst niemand dafür war. Die ganze Bürgerinitiative lahmte an Uneinigkeit und Unentschlossenheit.

Der blaue Skoda hatte jetzt das Gewerbegebiet erreicht. Anton Grigoleit stellte ihn vor einer Schreinerei ab, und sie gingen die letzten dreihundert Meter zu Fuß. Sie liefen zuerst weitläufig um die Lagerhalle herum und trafen Paul Schimpfle am Rand des Geländes, wo er seinen Hund Gassi führte.

»Hab ihn zurück«, sagte er zur Begrüßung. »Mein Mehdorn hat sich furchtbar gefühlt zwischen all den fremden Gerüchen. Es hat mir richtig weh getan, wie unterwürfig er mir vor die Füße gekrochen kam, als die Käfigtür geöffnet wurde.« Er streckte Grigoleit die Hand hin. »Danke, dass du mir den Anwalt gezahlt hast. Das hat mich gerettet.«

»Damit sind wir quitt.« Er deutete auf den Mauerrest mit der Birke, die ihm kürzlich zum Verhängnis geworden war. »Du hast mir ja auch das Leben gerettet. Wer weiß, wie lange ich da gelegen hätte.«

Verlegen blickte Schimpfle zwischen Honecker und Rolli hin und her. »Wolltet ihr zu mir?«

»Eigentlich wollen wir uns diese Lagerhalle mal aus der Nähe ansehen«, erwiderte Rolli. »Vielleicht haben wir Glück, und es gibt irgendein Fenster, durch das wir schauen können, oder eine Ritze in der Tür.«

»Kann ich mitkommen?«, fragte Schimpfle. »Mich macht das nämlich auch neugierig. Ich hatte schon längst mal nachsehen wollen, bin aber noch nicht dazu gekommen.«

»Rentnerstress«, stellte Grigoleit fest.

Paul Schimpfle ging nicht darauf ein. »Beinahe jeden Tag steht dieser Lieferwagen da vor dem Rolltor, auch wenn nichts ein- oder ausgeladen wird. Manchmal für Stunden. Die machen irgendwas da drin, und ich kann mir nicht denken, was.«

Rolli winkte ihn mit sich, und zu Dritt marschierten sie auf das Gebäude zu. Der Lieferwagen war nirgends zu sehen – Sonnberger und Dr. Augustin waren ja in weiblicher Begleitung zum Essen im »Nordpol« und würden wohl so schnell hier nicht auftauchen.

Aus der Nähe wirkte das Gebäude ziemlich heruntergekommen. Um den Sockel wuchs Storchschnabel, dessen Blätter rot und blau verfärbt waren, was auf Schwermetalle im Boden hinwies, wie Schimpfle behauptete. Es roch unangenehm nach eingetrocknetem Urin. Wahrscheinlich war im Gebäude die Toilette defekt, und wer immer hier zu tun hatte, erleichterte sich an der Hauswand.

»Da vorn muss ein Keller sein«, sagte Schimpfle, dessen Hund an einer rostigen Metallplatte herumschnüffelte. »Vielleicht haben wir hier die Abdeckung eines Lichtschachts. Uah, das geht gar nicht auf.«

»Versuchen wir's zu zweit«, sagte Grigoleit und bückte sich, um eine Ecke der Platte zu ergreifen. Schimpfle nahm die gegenüber liegende Seite. »Eins, zwei – jetzt!«

Um ein Haar wären sie beide gestürzt, als die Platte plötzlich nachgab. Sie war aus starkem Blech, das von Graswurzeln gehalten wurde. Ein schmaler Schacht führte schräg nach unten, wie eine Rampe. An einer Seite befand sich ein rostiger Schienenstrang, der ganz unten vor einer Metalltür endete. »Ein Lastenaufzug«, stellte Grigoleit fest. »Seht mal, der wird offenbar noch benutzt. Da und da ist der Rost abgeschliffen.« Er deutete auf mehrere helle Stellen. »Das muss einer von diesen alten Dingern sein, die von einer Metallstange nach oben geschoben werden, wenn die Platte beladen ist, und dann hier zu ebener Erde enden.«

»Sollen wir versuchen, da reinzukommen?« Rolli deutete auf die Stahltür im Schacht.

Grigoleit schüttelte den Kopf. »Schauen wir uns erst einmal hier oben um. Vielleicht sehen wir etwas durch die Fenster da drüben.« Er ging voraus zu einem Teil des Gebäudes, in dem vorher wahrscheinlich Büros gewesen waren. Durch verstaubte Scheiben blickten sie in leere Räume. Dann hatten sie das Rolltor erreicht, vor dem nach Schimpfles Beobachtungen der Lieferwagen oft parkte.

»Ich würde ja nur zu gern da hineingehen«, sagte Rolli.

»Das wäre dann Hausfriedensbruch oder sogar Einbruch«, sagte Grigoleit. »Früher durfte ich das ungestraft machen, wenn ich einen dienstlichen Grund hatte, aber heute bin ich mir da nicht so sicher.«

»Und wenn die Tür offen ist?« Rolli fasste an die Klinke der schmalen Metalltür neben dem Rolltor, drückte sie und zog. »Natürlich ist hier alles fest verschlossen.« Er rüttelte trotzdem fest an der Klinke. Plötzlich gab es einen leisen Knall, und drinnen hinter der Tür fiel etwas zu Boden. »Ich glaube, jetzt habe ich sie abgebrochen«, sagte Rolli und hielt einen Teil der Klinke hoch.

»Sachbeschädigung«, nannte Grigoleit den unbestreitbaren Tatbestand.

»Da ist ja der Vierkant noch dran«, stellte Paul Schimpfle fest. »Die Klinke können wir einfach wieder reinstecken. Das fällt dann gar nicht auf. Jedenfalls nicht so, dass man es uns in die Schuhe schieben kann.« Er nahm die Klinke von Rolli entgegen, steckte den Vierkant in die Öffnung, bekam ihn aber nicht hinein. Er rappelte nervös am Griff. »Was ist das denn für ein Hurenglump!«, fluchte er. »Da hilft nur eins: Bist nicht willig, so brauch ich Gewalt!«

»Halt!«, riefen Rolli und Grigoleit gleichzeitig, aber Paul Schimpfle hatte schon mit dem linken Fuß Schwung genommen und ließ die Sohle seines schweren Wanderschuhs gegen die Klinke krachen. Sie saß plötzlich an ihrem Platz, aber die Tür hatte nachgegeben und stand nun einen Spalt breit offen. »Sakrament!«, rief Schimpfle.

»Eine Sicherheitstür ist das nicht«, meinte Grigoleit. »Die hätte nach außen aufgehen müssen.« Er beugte sich vor. »Seht mal, die Tür ist seit Jahren nicht geöffnet worden. Der Schmutz hier hat sich auf beiden Seiten gesammelt, und wenn man die Tür normal angefasst hat, konnte man wohl meinen, sie sei nicht zu öffnen. Wahrscheinlich hat niemand geahnt, dass sie gar nicht verschlossen war.« Er bückte sich und kratzte mit dem Finger im Dreck an der Türschwelle. »Das ist Lehm. Muss noch von der Überschwemmung damals stammen.«

»Gehen wir rein«, schlug Rolli vor. »Ich will mich mal umsehen.«

»Ich nicht«, sagte Schimpfle rasch. »Wenn dann plötzlich jemand kommt! Die eine Nacht im Stadl hat mir gereicht. Ich will nie wieder in den Knast.«

»Du könntest ja Schmiere stehen«, schlug Rolli vor. »Hast du ein Handy?«

Schimpfle schüttelte den Kopf.

»Hast du deines dabei?« Rolli sah Grigoleit an. Der nickte. Rolli nahm sein eigenes Handy aus der Tasche, ließ sich Honeckers Nummer geben und tippte sie ein. Dann reichte er sein Mobiltelefon dem Rentner. »Ruf auf dieser Nummer an, wenn sich hier draußen etwas tut.«

»Und wenn man mich entdeckt?«

»Da vorn hast du einen idealen Beobachtungsposten«, sagte Grigoleit und deutete auf eine Birke, die dicht neben einem Mauerrest stand. »Sei vorsichtig, wenn du hinaufsteigst, denn die Äste schlagen zu.« Er deutete auf seinen Kopf. »Am besten, du bleibst hinter der Mauer und hältst deinen Köter in Zaum.«

»Mein Mehdorn ist kein Köter!«, protestierte Schimpfle.

»Macht er Kot?«

»Natürlich.«

»Also, dann ist er einer. Ist ja nicht böse gemeint. Kannst du bitte den hier in deine Obhut nehmen?« Er nahm seinen Honecker-Hut vom Kopf und reichte ihn Schimpfle. »Pass gut darauf auf.«

Rolli hatte es inzwischen geschafft, die Tür ein paar Zentimeter weiter aufzudrücken, so dass der Spalt breit genug war, um einen Menschen durchzulassen, sofern er in der Lage war, seinen Bauch einzuziehen. »Kommst du?«, fragte er.

***

Ihre Augen brauchten eine Weile, um sich dem Halbdunkel anzupassen. Rolli und Grigoleit befanden sich in einer weitläufigen Halle mit einer Art Bürocontainer an der Stelle, wo sie vorhin durch die verschmutzten Fenster in leere Räume gestarrt hatten. Die Lagerhalle wirkte riesig, weil sie fast leer war. Nur am hinteren Ende standen ein paar verstaubte Stahlregale, in denen sich einheitlich große Kästen befanden. Die beiden Eindringlinge gingen darauf zu.

»Hier ist alles leer«, sagte Rolli. »Komm, wir gehen wieder raus. Hier werden wir nichts finden. Wir haben uns geirrt.«

»Wo nichts ist, keimt der Verdacht«, gab Grigoleit als alte Stasi-Weisheit zurück. »Diese Leere macht mich neugierig. Komm, wir sehen uns mal diese Kästen da drüben an.«

Sie gingen in den hinteren Teil der Halle, wo die Regale standen. Die Kästen entpuppten sich als leere Styropor-Behälter, die aussahen wie die, in denen Sonnberger den Fisch zum »Nordpol« geliefert hatte.

»Schau mal hier«, sagte Grigoleit. »Die Spuren im Staub. Was hältst du davon?«

»Hm«, machte Rolli. »Sieht aus, als ob jemand das Regal bewegt hätte.«

»Mehrmals sogar«, bestätigte Grigoleit. »Siehst du, hier weichen die Spuren voneinander ab.« Er zog an dem Regal. »Geht ganz leicht. Die Füße des Regals stehen auf Speckschwarten.« Er zog das Regal etwa zwei Meter vor. Sieh mal, da ist eine Tür.«

Rolli hatte die Tür mit dem kleinen, staubigen Glasfenster im gleichen Moment gesehen und ging hin. »Abgeschlossen«, stellte er fest.

»Das ist ein einfaches Schloss«, meinte Grigoleit. »Das haben wir gleich.« Er nahm ein Schweizer Offiziersmesser aus seiner Hosentasche. »Habe ich mir letztes Jahr bei einem Kurzurlaub aus der Schweiz mitgebracht. Ich habe mir Glarus angesehen, den für uns Ausländer unbekanntesten Kanton, obwohl da eben diese speziellen Messer zum Ausklappen herkommen. Was meinst du, was ich daran für tolle Instrumente habe. Survival Tools nennt man das wohl jetzt auf Neudeutsch.«

Rolli hatte schon gemerkt, dass Grigoleit ein besonders intensives Verhältnis zu seinen Besitztümern hatte – er wusste, woher die Ge-

genstände kamen, und zu allem hatte er eine Erinnerung oder gar eine kleine Geschichte parat. Jetzt beobachtete Rolli ihn, wie er ein Stück Draht, das er auf dem Boden gefunden hatte, geschickt mit dem ausklappbaren Instrumentarium zurechtbog und sich damit an der Tür zu schaffen machte. In weniger als einer Minute war sie geöffnet. Dahinter tauchte eine Treppe auf, die ins Dunkel hinabführte.

»Hier ist ein Lichtschalter«, sagte Grigoleit, und gleich darauf flammte eine Neonröhre auf. »Komm.«

Rolli zögerte, dann folgte er Grigoleit. Der frühere Stasi-Offizier sah sich um und entdeckte eine einfache Schnur mit einem Handgriff. Er lehnte die Tür an und zog am Griff. Draußen rutschte das Regal wieder vor den Eingang. »Honecker, du bist genial«, sagte er staunend. »Ich hätte diese Schnur nicht einmal bemerkt.«

Zusammen gingen sie die Treppe hinunter. Unten gab es einen Quergang mit mehreren Metalltüren, die Hebelgriffe hatten. »Der hier wird am meisten benutzt«, schloss Grigoleit. »Er ist glänzender als die anderen.«

Rolli sagte schon gar nichts mehr, als Grigoleit die Tür öffnete und innen einen Schalter fand. Sofort flammte Licht auf. Sie standen in einem gefliesten Raum, der früher einmal ein Gefrierraum gewesen sein musste, aber jetzt herrschte fast normale Temperatur. Es schien ein Arbeitsraum zu sein, denn es gab etliche Regale mit Styroporverpackungen. Andere enthielten braune Kartons. In der Mitte des Raumes waren zwei metallene Arbeitstische und ein freistehendes Waschbecken. Zu den benachbarten Räumen führten links und rechts Seitentüren. Neben einer davon war ein kleiner Speiseaufzug. Es gab noch ein großes, ganz modern aussehendes Gerät, eine voll verkleidete Röhre mit einer runden Tür und diversen Armaturen. Sie hatten keine Ahnung, wozu dieser wuchtige Apparat diente. Mehrere

Röhren führten in den Boden, eine Art Abluftrohr in die rückwärtige Wand. »Ein Kühlaggregat«, wusste Rolli, der etwas Ähnliches schon einmal bei einer Brauereibesichtigung gesehen hatte.

»Ich mache das Licht auf der Treppe aus«, sagte Honecker. »Falls wider Erwarten jemand hier auftaucht.« Er betätigte den Schalter im Quergang und war gleich wieder bei Rolli, der versuchte, eine der Seitentüren aufzumachen. Es ging schwer, und er stellte fest, das es sich um eine dick gepanzerte Stahltür handelte. Ein eisiger Luftstrom traf ihn, als er die Tür endlich aufbekam.

»Ein Gefrierraum«, sagte Honecker, der hinter ihm stand. »Und bis an die Decke voller Fischkisten.«

Hinter ihnen ertönte ein dumpfer Knall. Sie fuhren herum und sahen, dass die Tür, durch die sie hereingekommen waren, zugeschlagen war. Entsetzt bemerkten sie, dass es innen keinerlei Vorrichtung zum Öffnen gab.

Sie sahen sich an und stellten erst jetzt fest, wie still es hier unten war.

7

Paul Schimpfle wartete nun schon fast eine geschlagene Stunde, und es tat sich nichts. Rolli und dieser frühere Stasi-Mann, der ihm den Anwalt bezahlt hatte, tauchten noch nicht wieder auf. In dieser schon lange leer stehenden Halle schien es offenbar doch Interessantes zu entdecken zu geben.

Mehdorn wurde unruhig und lief hin und her, hob sein Bein an der Birke und erinnerte Paul Schimpfle daran, dass er längst auch mal austreten musste. Er hatte bisher nicht gewagt, seinen Posten zu verlassen, aber es war bis jetzt auch noch niemand gekommen. Weiter hinten, wo die Straße aus dem Gewerbegebiet in Richtung Bahnhofsunterführung verlief, zeigten sich hin und wieder Lastwagen, aber es bog kein Fahrzeug in dieses Gelände ein. Der Rentner vertrieb sich die Zeit damit, eine Gruppe von Spatzen zu beobachten, die dabei waren, Grassamen aufzupicken, und sich durch die Anwesenheit eines Menschen und eines Hundes nicht stören ließen. Auch Schwalben waren zu sehen, die verspielt aus der Luft herabstießen, einen Bogen flogen und dann wieder steil aufstiegen. Mehdorn hatte es sich gemütlich gemacht und döste vor sich hin.

Vielleicht sollte ich doch mal eben gehen und eine Stange Wasser in die Ecke stellen, überlegte Schimpfle. Es wurde allmählich dringend. Er stand auf, sein Hund hob den Kopf und sah ihn frohlockend an. »Naa«, sagte Schimpfle. »Es geht no net los. Muss bloß bieseln. Komm mit, aber schau weg.«

Er hätte den Hund als Wächter zurücklassen können, hatte er zuerst überlegt, aber dann bestand die Gefahr, dass Mehdorn laut bellte. Nun ging er mit ihm zusammen in die Ecke, wo der Storchschnabel wuchs. Die Sonne hatte in den letzten Stunden direkt in diesen versteckten Winkel geschienen, und es stank entsprechend bestialisch. Schimpfle zielte mit seinem Wasserstrahl auf einige Kronkorken, die offenbar seit Jahren hier herumlagen und bereits weitgehend vom Rost zerfressen waren. Er zielte sie an und hatte seinen Spaß, wenn er einen traf. »Elf Punkte«, murmelte er, als er seinen Hosenstall verschloss. »Ich hab gewonnen, Alter.«

Als er wieder um die Ecke bog, knurrte Mehdorn, und Schimpfle blieb stehen. »Still! Bei Fuß!«

Mehdorn gehorchte, schließlich war er gut erzogen. Er hechelte leise, stellte sich dicht ans linke Bein seines Herrn und ließ die Zunge zwischen den spitzen Zähnen heraushängen, um wenigstens einen gefährlichen Eindruck zu machen, falls jemand ihn sah.

Behutsam wagte Schimpfle sich vor. Drüben beim Rolltor, das halb hochgezogen war, sah er den dunklen Lieferwagen stehen, aber vom Fahrer keine Spur. Wahrscheinlich war er schon im Gebäude.

Was jetzt?

Er musste unbedingt Rolli und Honecker warnen, aber wie? Als er mit der Hand seine Cordhose streifte, fiel ihm ein, dass er ja Rollis Handy in der Tasche hatte. Er hatte gehofft, es nicht benutzen zu müssen, denn das hatte er noch nie getan. Er hatte sich geweigert, sich so ein Ding anzuschaffen. Die Tastatur war zu klein für seine Wurstfinger, und überhaupt war ihm diese Sache zu kompliziert. Er hatte auch nicht vor, auf seine alten Tage noch zu lernen, wie man damit umgeht. Honecker hatte ihm vorher gezeigt, wie er die bereits eingegebene Nummer wählen konnte, aber das hatte Schimpfle schon vergessen. Aber da waren zwei Tasten mit je einem Telefonhörer. Den Begriff »Kurzwahl« hatte er schon gehört, vielleicht war das ja so etwas. Grün bedeutete dann sicher »alles in Ordnung«, und rot natürlich »Alarm«. Ob er den Knopf einfach drücken sollte?

In diesem Moment läutete das Handy. Sein bereits über dem Knopf schwebender Daumen drückte automatisch zu. Das Klingeln hörte auf, und eine Sekunde später verschwand auch alles, was auf dem kleinen Bildschirm gewesen war, da er mit seinem festen Griff auch einen breiten Knopf an der Oberseite nach unten gedrückt hatte. Die Anzeige ließ sich nicht mehr zurückholen, auch wenn er noch so oft drückte, und so steckte er das nutzlose Gerät zurück in die Hosentasche. Er wollte auf die kleine Mauer zugehen, hinter der er sich verstecken konnte, um den Wagen zu beobachten. Leider war er hier noch nicht nahe genug, um das Nummernschild zu erkennen.

»Darf ich fragen, was Sie da machen?«, fragte eine Stimme, bevor er sich in Bewegung gesetzt hatte.

Schimpfle zuckte zusammen, fuhr herum und sagte: »Nichts!«, noch bevor er den Fragenden erblickt hatte. Er fluchte innerlich, dass er Mehdorn den Befehl »Still!« gegeben hatte, denn andernfalls wäre er wenigstens vorgewarnt gewesen. Er sah sich einem schmächtigen Mann im blauen Overall gegenüber, den er irgendwo schon einmal gesehen hatte, aber er konnte sich nicht daran erinnern, unter welchen Umständen das gewesen war.

Der Mann trug eine grimmige Miene zur Schau, wirkte in seinem deutlich zu großen Arbeitsdress auch irgendwie komisch. »Machen Sie, dass Sie hier wegkommen!«, knurrte er.

Schimpfle schwankte zwischen Respekthaben und Lachenmüssen, und so entschied er sich für die Mitte und gab sich gelassen. »Ich bin mit meinem Hund da spazieren gegangen und hab hier einen Platz zum Wasser lassen gesucht«, sagte er. »Da ich es meinem Kameraden hier nicht nachmachen und einfach an einer Laterne das Bein heben kann, habe ich einen Sichtschutz gebraucht.« Er deutete auf die Hauswand, tätschelte seinem Hund den Kopf und drückte dabei mit dem Zeigefinger in die leichte Vertiefung über der Stirn – für Mehdorn das anerzogene Zeichen, dass er die Zähne fletschen sollte. Das tat der treue Hund auch – mit sichtlichem Genuss.

»Nehmen sie das Vieh weg«, sagte der Mann.

»Mein Hund ist kein Vieh«, protestierte Schimpfle. »Eher ein Kampfsportler.«

»Sieht man!«, erwiderte der Blaumanntyp ängstlich. »Aber ich habe ihn nicht herausgefordert. Wenn der mich angreift, zeige ich Sie an.«

Schimpfle hatte Oberwasser. »Ah ja. Wenn Sie es dann noch können. Aber sagen Sie mir lieber, was Sie denn hier zu suchen haben! Sie sehen nicht wie jemand von der Abrissfirma aus.« Er nickte in die Richtung des Gebäudes.

»Ich …« Der schmächtige Hänfling überlegte. »Ich arbeite als Gutachter für ein Architekturbüro. Ich soll überprüfen, ob es sich lohnt, dieses Gebäude zu renovieren, oder ob es durch einen Neubau ersetzt werden kann.«

»Ach ja. Und dann versuchen Sie, einen Nachbarn vom Gelände zu verjagen. Dazu haben Sie kein Recht, nehme ich an.«

»Ja, ja, war nur eine Kurzschlussreaktion«, sagte der Mann. »Ich sollte mich entschuldigen.« Er streckte Schimpfle die Hand hin. »Im übrigen bin ich Mitglied einer unlängst gegründeten Bürgerinitiative, die einen Straßenbau hier verhindern will.«

»Oh! Ich auch!«, gab Schimpfle zurück. »Jetzt erinnere ich mich auch an Sie! Waren Sie neulich nicht Anwalt?« Schimpfle hatte den Mann noch nie in dieser Arbeitskleidung gesehen, er kannte ihn nur mit Anzug und dieser albernen Fliege. Tatsächlich, dieser depperte Augustin!, schoss es ihm durch den Kopf. Er wusste, dass der Mann log. Aber warum? »Sie haben doch dafür gesorgt, dass die Wärmebildkamera eingesetzt wurde, damit das Gelände nicht platt getreten wurde, habe ich nicht Recht?«

»Haben Sie«, murmelte Augustin. »Ich habe Sie gar nicht erkannt. Tut mir sehr leid. Sie sind der Vogelwart, oder? Ich bin heute tatsächlich als Gutachter hier, und ich dachte, wenn Fremde hier herumstrolchen, könnte es einer von der Gegenseite sein. Die zuständige Kreisverwaltung arbeitet mit allen Mitteln, um ihre Pläne durchzusetzen.«

Schimpfle nickte in die Richtung seiner Hütte. »Wollen Sie nicht mit rüberkommen? Ich hätt' einen Kaffee. Wir könnten ein wenig schwätzen.«

»Heute besser nicht«, sagte Dr. Augustin. »Ich habe ja einen Auftrag und werde nach Stunden bezahlt.« Er verabschiedete sich und ging weitläufig am parkenden Lieferwagen vorbei.

* * *

Sie standen sekundenlang völlig erstarrt und lauschten auf Geräusche, aber es war absolut still. Zum Glück gab es Licht, so dass Rolli und Honecker nicht in Panik gerieten.

»Hier nebenan ist ein Kühlraum«, sagte Rolli. »Verdammt kalt. Mindestens minus zwanzig Grad.«

»Achtzig«, sagte Grigoleit. »Hier ist eine Anzeige.«

»Wozu denn das?«, wunderte Rolli sich. »Tiefkühlkost hält sich doch schon bei minus zwanzig.«

»Trockeneis aber nicht«, erwiderte Grigoleit. »Der Fisch, der dir geliefert wurde, war in Trockeneis gebettet, das beste Kühlmittel, was es gibt, reines Kohlendioxid. Das hat man früher für Bodennebel bei Fernsehshows verwendet, weil es bei Erwärmung nicht erst flüssig wird, sondern gleich verdunstet, aber es ist natürlich auch gefährlich, weil es den Sauerstoff in der Atemluft nach oben verdrängt. Wenn wir die ganzen Kisten von da nach hier herüberholen und öffnen würden, wären wir tot. Allerdings würden wahrscheinlich auch schon zehn davon ausreichen.«

»Na danke«, sagte Rolli. »Du meinst also, da in den Kisten ist überall Tiefkühlfisch und exotisches Fleisch wie Emu- und Straußensteak, Krokodil-Lendchen und Riesenschnecken?«

»Nicht überall«, meinte Grigoleit. »Wir sollten mal nachsehen.«

»Wir sollten eher daran denken, dass wir hier herauskommen«, entgegnete Rolli. »Mir wird nicht nur kalt, ich bekomme auch das Gefühl, völlig eingeengt zu sein.«

»Etwas, was sonst nur Verheiratete kennen«, meinte Grigoleit schmunzelnd. »Das ist ganz normale Platzangst, mach dir keine Sorgen! Hier rauszukommen ist absolut kein Problem. Ich habe ja mein Schweizermesser bei mir. Nutzen wir lieber die Gelegenheit, einen Blick in diese Kisten zu werfen.«

»Fisch«, vermutete Rolli.

»Drogen«, warf Grigoleit ins Spiel.

»Aber … gehen die nicht bei extremen Minustemperaturen kaputt?«

»Nicht, wenn sie chemisch rein sind. Sehen wir einfach mal nach.«

Rolli wand sich. »Ich will eigentlich lieber hier raus. So schnell wie möglich.«

»Kennst du das Gefühl, im Leben etwas falsch gemacht zu haben?«, fragte Grigoleit. »Du wirst dir ewig etwas vorwerfen, wenn wir jetzt nicht der Sache auf den Grund gehen, wo wir doch gerade hier sind.«

»Nun übertreib mal nicht«, erwiderte Rolli. »Aber was hast du vor?«

»Ein paar von den Kisten aus der Kälte ins weniger Kalte zu holen«, sagte Grigoleit. »Schauen wir doch mal rein.« Er betrat den Kühlraum, war aber in der gleichen Sekunde wieder draußen. »Verdammt, das ist lebensgefährlich. Hier muss irgendwo Schutzkleidung sein.«

»Vielleicht drüben auf der anderen Seite«, schlug Rolli vor. Er wollte gerade den Raum durchqueren, da hielt er inne. »Still!«, zischte er. »Da ist jemand auf der Treppe.« Die Schritte waren so leise, dass er sie nur durch einen Zufall hatte hören können.

»Vielleicht Schimpfle«, vermutete Grigoleit. »Aber besser nichts riskieren.« Er sah sich nach einem Versteck um, aber es gab nur diese große Maschine, hinter der sie sich notdürftig verbergen konnten.

Keine Sekunde zu früh, denn die Tür wurde geöffnet, kaum dass Rolli und Grigoleit hinter dem großen Behälter hockten. »Du hast schon wieder nicht abgeschlossen und das Licht nicht ausgemacht«, hörten sie Sigbert Sonnbergers Stimme. »Man kann dich einfach nicht allein lassen.«

»Tut mir leid, ich hatte gedacht …«

»Fürs Denken wirst du nicht bezahlt«, fauchte Sonnberger. »Nimm den Karton da, das ist die Ware für Straßburg. Bring sie schon mal nach oben in den Wagen, ich komme gleich nach.«

Von ihrem Versteck aus sahen die beiden Eindringlinge, wie der Anwalt Dr. Augustin gehorsam einen der Kästen aus dem Regal nahm und zur Tür hinaustrug. Die Tür fiel mit dumpfem Schlag hinter ihm zu.

Sonnberger ging in den anderen Nebenraum, den Rolli und Grigoleit noch nicht gesehen hatten, und kehrte zwei Minuten später in einen weißen Overall gehüllt zurück – zumindest vermuteten sie, dass er es war, denn zu diesem Overall gehörte auch eine Gesichtsmaske, so dass er auf den ersten Blick wie einer von der Spurensicherung wirkte. Er hatte eine leere Kühlkiste in der Hand, stellte sie auf einen der Tische, ging in die Kühlkammer und kehrte kurz danach mit einer Styroporkiste zurück. Diese stellte er neben die leere Kiste auf den Tisch, öffnete sie und nahm ein paar gefrorene Fischfilets heraus. Er platzierte sie in der anderen Kiste, die er dann in den Kühlraum trug. Die Packung, die er zuvor von dort geholt hatte, musste ungefähr noch zur Hälfte gefüllt sein. Er nahm sie unter den Arm und ging in den Nebenraum, aus dem er die weiße Isolierkleidung geholt hatte, und zog die Tür hinter sich zu. Das Licht erlosch.

»Verdammt«, zischte Rolli. »Jetzt sitzen wir hier im Dunkeln fest.«

»Warte ab«, erwiderte Grigoleit. »Bleiben wir besser hier noch hocken, falls er wieder zurückkommt. Wenn wir hören, dass er verschwindet, schleiche ich hinüber und mache Licht.«

Sie lauschten in die Stille. »Warum hat Schimpfle uns nicht gewarnt?« fragte Rolli.

»Vielleicht hat er es versucht, und hier ist kein Handy-Empfang«, vermutete Grigoleit. »Da! Hörst du?«

Nebenan hatte es einen dumpfen Schlag gegeben, der wahrscheinlich nur deshalb zu hören war, weil hier ansonsten Stille herrschte. Rolli fror.

Sie warteten noch einen Moment, dann erhob sich Grigoleit. »Bleib hocken, bis ich Licht gemacht habe«, flüsterte er. »Ich horche mal eben, ob nebenan noch jemand ist.«

Rolli bekam kaum mit, wie Grigoleit den Raum durchquerte. Der

Mann schien sich völlig sicher in der Finsternis bewegen zu können und eckte nicht einmal irgendwo an. Es schien eine Ewigkeit zu vergehen, bis Rolli hörte: »Der scheint weg zu sein. Achtung, ich mache jetzt Licht.«

Flackernd leuchteten die Neonlampen an der Decke auf. Rolli schloss hastig die Augen und öffnete sie nur langsam, um sich an die grelle Beleuchtung zu gewöhnen. Er sah Grigoleit an der Tür zum Nachbarraum hantieren, durch die Sonnberger zuvor verschwunden war. Rolli ging auf ihn zu. »Was willst du denn da? Der Ausgang ist doch hier drüben.«

»Ich hole mir so einen Schutzanzug und schaue mal in die Kisten im Kühlraum«, erwiderte Grigoleit. »Als er diese eine Schachtel umgepackt hat, kam mir der Verdacht, dass unter dem Fisch noch etwas anderes liegt. Und das will ich wissen.«

Rolli sah auf die Uhr. »Meinst du nicht, wir sollten schnellstens hier verschwinden? Wir sind schon fast eine Stunde hier unten.«

»Was? Nicht möglich.«

»Doch, die Zeit kam mir auch kürzer vor. Schimpfle wird wohl langsam die Geduld verlieren.«

Grigoleit hatte jetzt die Tür zum Nachbarraum geöffnet. Es war ein Kühlraum wie der andere, aber die Kühlung wurde offenbar nicht benutzt. Es gab einen Schreibtisch und ein Aktenregal. Mehrere Spinde standen gleich neben der Tür, und Grigoleit nahm sich Schutzkleidung. Ehe Rolli noch weiter protestieren konnte, war Grigoleit schon im Raum mit den Gefrierkästen. Rolli zuckte mit den Schultern und trat an den Schreibtisch. Beiläufig blätterte er in einem Stapel Papiere, die unter einem wuchtigen Briefbeschwerer lagen. Ihm fiel auf, das manches in russischer Sprache, anderes auf Chinesisch war. Oder war das Vietnamesisch? Rolli hatte keine Ahnung.

»Steck das alles ein«, sagte Grigoleit. »Wir können gehen.«

»Mensch, das fällt doch auf!«, protestierte Rolli.

»Na und? Wir müssen es doch nicht stehlen! Wir schicken es einfach anonym per Post zurück, und niemand wird ausgerechnet auf uns kommen. Aber im Zusammenhang mit dem Inhalt dieser Kiste hier«, – er klopfte auf die Styropor-Box, die er sich unter den Arm geklemmt hatte – »interessiert mich schon, mit wem dieser Sonnberger Geschäfte macht. Du glaubst gar nicht, was ich gefunden habe.«

»Was denn?«

»Sage ich dir später, wenn ich Gewissheit habe«, erwiderte Grigoleit. »Wenn mein Verdacht stimmt, sind wir einer ganz heißen Sache auf der Spur, für die sich die Polizei brennend interessieren wird. Wenn ich mich irre, geh ich wieder nach Drüben! Komm!« Er stapfte mit seinem Fund auf die Tür zu, die aus dem mittleren Raum in den Gang führte, und begann dort zu hantieren.

Rolli wagte nicht, den ganzen Papierstapel einzustecken, sondern griff sich eine handvoll aus der Mitte, damit das Verschwinden nicht gleich auffiel.

Grigoleit fluchte. »Ich glaube, der hat außen einen Sicherheitsriegel vorgelegt«, sagte er. »Wir kommen hier nicht raus. Versuchen wir es mal nebenan.« Er kam in den Raum, den Rolli gerade verlassen wollte, machte sich an der Tür zum Gang zu schaffen und meinte nach ein paar Minuten: »Na, wer sagt's denn! Wir sind frei!«

Sie traten auf den Gang hinaus, schlossen die Tür hinter sich, doch als das Licht aufflammte, erstarrten sie. Dort, wo die Treppe nach oben führte, war plötzlich ein stabiles Metallgitter. »Stahl«, stellte Grigoleit fest. »Mit einer Sicherheitsverankerung. Das Gitter war wohl in die Decke hochgezogen, als wir herunter gekommen sind.

Na, das bestärkt meinen Verdacht noch. Wir sind einer großen Sache auf die Spur gekommen.«

»Und wie kommen wir jetzt heraus?«, fragte Rolli besorgt. »Das hier kannst auch du nicht knacken.«

»Versuchen wir mal, ob jetzt das Handy funktioniert«, schlug Grigoleit vor. »Hier im Gang könnten wir eine Netzverbindung haben.«

»Willst du etwa den Schlüsseldienst rufen?«

Grigoleit lachte. »Nein. Aber vielleicht kann Schimpfle uns ein paar Werkzeuge besorgen.« Er drückte auf der Tastatur herum. »Nichts«, sagte er und ließ seinen Blick an den Wänden empor wandern. »Und jetzt weiß ich auch, warum. Sieh mal da!« Er deutete auf einen feinen Kupferdraht, der senkrecht nach oben verlief und sich mit mehreren waagerechten kreuzte. »Eine Abschirmung. Die haben die ganzen Räumlichkeiten hier unten in einen Faraday'schen Käfig verwandelt. Hier kommen Funksignale weder herein noch hinaus. Nicht einmal Radioempfang hättest du. Die haben sich definitiv abgesichert, um nicht durch irgendwelche Technik ausgespäht zu werden.«

Rolli war beunruhigt. In seiner Fantasie malte er sich aus, wie Sonnberger und sein merkwürdiger Anwalt, der eher sein Gehilfe zu sein schien, wieder zurück über diese Treppe kämen und sie mit Revolvern bedrohten. »Können wir nicht nachsehen, ob wir über den alten Lastenaufzug nach draußen kommen?«, schlug er vor. »Da war zwar auch eine Metalltür, aber sie sah nicht ganz so stabil aus. Vielleicht ist sie auch unverschlossen, wie diese Tür neben dem Rolltor oben.« Er wusste, dass es reines Wunschdenken war. Innerlich fluchte er, weil er sich auf dieses Abenteuer eingelassen hatte.

»Das glaube ich zwar nicht, aber wir könnten es versuchen. Gute Idee«, gestand Grigoleit. Er überlegte. »Wenn ich richtig kombiniere, müsste der Lastenaufzug da hinten im letzten Raum auf der linken Seite sein.« Er deutete den Gang entlang.

Inzwischen hatte Grigoleit seine alte Routine im Öffnen von Türen wiedererlangt, obwohl die Schlösser hier moderner und stabiler waren als die DDR-Ware, mit der er es sein halbes Leben zu tun gehabt hatte. Schließlich standen sie in einem relativ kleinen Raum, in dem sich tatsächlich die erhoffte Metalltür befand – allerdings in Schulterhöhe. Wahrscheinlich hatte früher ein Verladegerüst davor gestanden, aber ihr gegenüber stand eine wuchtige alte Hotelküchen-Tiefkühltruhe an der Wand, ein Monstrum aus den Achtziger Jahren. Sie beschlossen, die Truhe unter die Metalltür zu schieben.

»Mann, die ist ja voll!«, stöhnte Rolli, als er versuchte, das Riesending zu bewegen. »Sonnberger scheint wirklich zu viel Ware bekommen zu haben, wenn man bedenkt, dass er auf seinem heutigen Betriebsgelände eine noch viel größere Lagerhalle als diese hat. Fass mal mit an!«

»Da scheint ein ganzes Wildschwein drin zu liegen«, bemerkte Grigoleit. »Oder ein halber Ochse.«

»Mindestens. Puh.« Rolli wischte sich die Hände an der Hose ab. »Nochmal. Eins, zwei …«

Zusammen schafften sie es, die Truhe durch den Raum zu bekommen, und Grigoleit kletterte hinauf, um sich das Schloss näher anzusehen. »Das werden wir gleich haben«, verkündete er und beugte sich vor.

»Halt!« Rolli hatte das Unglück kommen sehen, als der Deckel der Truhe sich in Bewegung setzte, aber er schaffte es nicht, sich dagegen zu stemmen. Zusammen mit dem Deckel glitten Grigoleits Beine nach hinten weg, er schlug mit dem Gesicht vor die Metalltür und fiel in die Tiefkühltruhe. Der Deckel krachte zu Boden.

»Bist du verletzt?«, fragte Rolli und reichte seinem Begleiter die Hand, um ihm herauszuhelfen. »Die Scharniere sind durchgerostet und gebrochen.«

Ächzend hievte Grigoleit sich mit Rollis Hilfe aus der Truhe. Im Gesicht hatte er eine Schürfwunde, aus der langsam das Blut perlte. »Nicht der Rede wert«, sagte er. »Aber schau mal, hier liegt noch jemand drin.«

Rolli beugte sich über die Truhe und blickte direkt in das leblose Gesicht von Iva Lysiak.

Sie war allerdings nicht die einzige Leiche in dieser Tiefkühltruhe. Es waren zwei kalte Augenpaare, die ihnen mit wahrhaft frostigem Blick entgegen starrten.

* * *

»Soll ich nicht doch lieber die Polizei rufen?«, fragte Tessa den alten Findeisen, der in seinem Rollstuhl am Personaltisch saß und vor sich hin grübelte. Gerade war der dicke Rieger, den sie gebeten hatte, auf dem Rückweg von seiner Botenfahrt nach Rolli und Grigoleit Ausschau zu halten, mit dem Lieferwagen zurückgekommen. Er hatte aber keinen von beiden gefunden, sondern nur Grigoleits alten Skoda, der im Gewerbegebiet vor einer Schreinerei abgestellt war. »Vielleicht hatten die eine Panne und haben sich mit Bus und Straßenbahn auf den Rückweg gemacht«, versuchte Tessa sich selbst zu beruhigen.

»Acht Stunden?«, brummte Josef Findeisen. »Die werden sich irgendwo ein Bier zur Brust genommen haben. Feldstudien bei der Konkurrenz hat mein Herr Sohn das mal genannt. Pah! Das hat er zuletzt vor einem Jahr gewagt. Aber der soll mir mal nach Hause kommen, dem werde ich was erzählen. Lässt einfach den Laden und die Kundschaft allein und sagt mir nicht einmal Bescheid. Das Handy ist natürlich abgeschaltet.«

»Aber es kann doch etwas passiert sein«, wandte Tessa besorgt ein. »Erst verschwindet Jana Weber, dann Iva, beide ganz da in der Nähe, wie mir scheint, und jetzt die beiden.«

»Eben«, erwiderte Josef Findeisen. »Dass sie zusammen verschwunden sind, spricht dagegen, dass ihnen etwas zugestoßen ist. Ich sag dir, die kommen sturzbetrunken um Mitternacht hier an. Ein Glück, dass heute nicht so viele Gäste da sind. Bring mir noch ein Bier.«

Tessa war eigentlich auch froh, dass nur wenige Gäste da gewesen waren. Giovanni hatte gerade mal zehn Essen ausgegeben, und jetzt, nach neun, würde wohl kaum noch jemand kommen. Lediglich Pappa und sein neuester Flirt, eine hübsche Medizinstudentin aus München, waren noch die einzigen Gäste. In der Küche war Giovanni lautstark beim Hantieren mit Pfannen und Töpfen zu hören, wahrscheinlich nutzte er die Gelegenheit, alles wieder auf Hochglanz zu bringen. Der Lautstärke nach hatte er schlechte Laune.

Tessa zapfte Rollis Vater ein frisches Bier und stellte es vor ihn hin. Es war schon das vierte – normalerweise trank er nie mehr als zwei. »Darf es noch etwas zu essen sein?«, fragte sie ihn.

»Danke. Hab keinen Appetit.«

»Aber wir«, rief Pappa von seinem Tisch. »Nur eine Brotzeit, wenn's geht.«

Sie brachte den beiden die Karte und ging zur Küchentür, um Giovanni Bescheid zu sagen. »Oh, willst du schon Feierabend machen?«, fragte sie. »Pappa und seine neue Flamme wollen noch eine Brotzeit.«

»Bis halb elf bin ich auf jeden Fall hier«, erwiderte der Koch. »Sag den beiden, der Käseteller ist heute gut bestückt, und den gemischten Salat kannst du empfehlen. Ich habe ein paar Sachen, die noch okay sind, aber nicht bis morgen halten.« Seine Laune schien sich zu bessern.

»Wird gemacht.«

Sie wandte sich wieder zum Tisch von Pappa um, da öffnete sich die Tür. Erst schwankte Anton Grigoleit herein, hinter ihm Rolli. Beide sahen aus, als hätten sie eine Schlägerei hinter sich. Ihre Gesichter waren verschmiert, und Grigoleit hatte eine blutige Fläche auf der gesamten linken Wange.

»Kommt ihr auch noch!«, rief Josef Findeisen ihnen zu.

Die beiden Männer setzten sich an den Personaltisch. »Ich brauch jetzt ein Bier«, sagte Rolli. »Tessa, machst du uns jedem bitte eins? Und dann setz dich zu uns.«

»Nichts da«, grollte sein Vater. »Du bist offenbar abgefüllt genug.«

»Im Gegenteil. Vollkommen nüchtern«, versicherte Rolli. »Wir haben die beiden Frauen gefunden.«

»Was?«, rief Tessa aus. »Iva und Jana? Wo haben sie gesteckt? Was ist mit ihnen?«

»Tot«, sagte Grigoleit. »Sie steckten in einer Tiefkühltruhe. Erwürgt mit so einem Draht.« Er holte ein Stück sehr dünnen, steifen Draht aus der Tasche.

»Ach du Scheiße! Sag bloß, du hast das mitgenommen!«, rief Rolli aus. »Das ist die Mordwaffe! Wenn man die bei dir findet, bist du geliefert!«

»Den Draht, den die Toten um den Hals hatten, habe ich natürlich nicht einmal angerührt«, versicherte Grigoleit entrüstet. »Ich bin ja kein Anfänger. Dieses kurze Stück lag am Boden, und ich habe es natürlich eingesteckt, damit ich es mir näher ansehen kann.«

Tessa wollte nicht begreifen, dass die Männer so sachlich über das Geschehene reden konnten. Sie hätte am liebsten einen von ihnen mit beiden Händen am Kragen gepackt und ihm ins Gesicht geschrien: »Sie sind tot, verdammt noch mal! Tot! Jana und Iva haben vor Kurzem noch hier bei uns gesessen, und jetzt …« Doch sie sagte nichts, sondern kämpfte stumm mit den Tränen und einem unerträglichen Würgen im Hals.

»Zeig mal«, sagte Josef Findeisen. Als Grigoleit ihm das Stück Draht gab, drehte er es in den Händen und betrachtete es genau. »Kommt mir bekannt vor, aber ich weiß im Moment nicht, woher. Ich glaube, ich habe als Jugendlicher eine ganze Rolle davon gehabt, und ich habe diesen Draht gehütet wie einen Schatz. Meine Mutter hat ihn eines Tages als Blumendraht verwendet, und ich war sehr sauer. Wenn ich nur wüsste, weshalb! Aber sagt mal, ihr habt der Polizei nichts von dem Leichenfund erzählt?«

»Können wir nicht«, sagte Rolli. »Wir sind in Sonnbergers Lagerhaus eingedrungen.«

»Und die Polizei würde uns genau das vorwerfen«, ergänzte Grigoleit. »Einbruch und Diebstahl und was sonst noch. Und da Rolli immer noch der Hauptverdächtige ist, wirft man uns am Ende noch vor, wir hätten die beiden umgebracht und dort deponiert, um es Sonnberger in die Schuhe zu schieben. Wir brauchen handfestere Beweise gegen ihn und seinen sauberen Herrn Anwalt.«

»Der vermutlich gar kein Anwalt ist«, bemerkte Rolli. »Er hat sich übriges gegenüber Schimpfle als Gutachter eines Architekturbüros ausgegeben, bevor er ihn wiedererkannt hat. Schimpfle hat sich von ihm vom Gelände vertreiben lassen, obwohl er uns warnen sollte.«

»Was ihm nicht gelungen ist, weil wir im Keller des Lagerhauses keinen Empfang hatten. Aber wir sind den Burschen trotzdem heil entkommen.« Grigoleit berichtete ausführlich, wie sie es geschafft hatten, über die Schienen des alten Lastenaufzugs ins Freie zu klettern.

»Und Beweismittel haben wir auch sichergestellt«, erklärte Rolli. »Nicht nur dieses Stück Draht, sondern einen Karton mit – ja, was ist da eigentlich drin?« Er sah Grigoleit an.

»Weiß ich noch nicht«, erwiderte dieser. »Ich hab die Kiste auf dem Rücksitz meines Skoda.«

»Ich kann sie holen«, schlug Pappa vor.

Grigoleit reichte ihm den Schlüsselbund. »Auf dem Rücksitz steht eine Styroporkiste. Die stellst du auf einen der Biergartentische und machst sie auf. Wenn der erste Schwall vom Nebel des Trockeneises verflogen ist, kannst du sie hereinbringen. Und nimm dir anständige Schutzhandschuhe aus der Küche mit, damit du dir keine Erfrierungen holst!«

»Und bring die Papiere mit, die daneben liegen«, rief Rolli ihm nach, als Pappa schon fast zur Tür hinaus war.

»Ihr habt also auch Sachen mitgehen lassen«, stellte Josef Findeisen fest und sah seinen Sohn an. »Du gerätst auf die schiefe Bahn, mein Lieber.«

»Im Gegenteil«, erwiderte Rolli. »Ich bin dabei, mich von einem bösen Verdacht zu befreien.«

In diesem Moment kam Giovanni mit einem Tablett aus der Küche. »Da niemand daran gedacht hat, mir eine Bestellung in die Küche zu melden, habe ich eine Vorspeisenplatte für alle gemacht. Brot, Käse, Salami, Oliven und ein bisschen Salat. Alles was weg muss, sozusagen. Ihr könnt ja das Geld nach Gutdünken in die Kaffeekasse tun.«

Niemand hatte jedoch Hunger, alle waren angesichts der Neuigkeiten sehr blass um die Nase. Rolli setzte Giovanni in einigen knappen Sätzen über das Geschehene in Kenntnis, bevor dieser ebenfalls seine ansonsten sehr gesunde Gesichtsfarbe verlor.

Josef Findeisen nahm sich die Papiere vor, die Pappa zusammen mit der Kiste hereingebracht hatte und die nun auf dem Tisch lagen. »Russisch«, sagte er. »Viel verstehe ich nicht, aber es scheint eine Rechnung von einem Krematorium in Omsk zu sein. Das ist ja mitten in Sibirien. Kannst du das lesen?« Er reichte das Blatt an Grigoleit.

»Und hier«, fuhr der alte Findeisen fort, »Das sind etliche Seiten auf Chinesisch. Kann hier jemand Chinesisch?«

»Ich kenne jemanden, der Chinesisch studiert«, fiel Pappa ein. »Soll ich ihn anrufen?«

»Jetzt?«, meinte Rolli. »Weißt du, wie spät es ist?«

»Zwanzig nach zehn«, stellte Pappa fest. »Da ist er entweder im Bayrischen Löwen oder im Charly Bräu. Vor elf geht der nie nach Hause, und wenn, ist es für ihn kein großer Umweg, auf einen Sprung hier hereinzukommen.« Schon hatte er sein Handy in der Hand und redete hastig auf Griechisch. Seine Stimme klang aufgeregt und hastig.

Inzwischen hatte Rolli den Inhalt der Fischkiste in Augenschein genommen. »Sieht aus wie gefrorene Quallen oder Tintenfisch«, meinte er. »Aber irgendwie unförmig.«

»Also, essen kann man das nicht«, stellte Giovanni fest. »Unsere Gäste würden mich lynchen, wenn das Zeug so auf den Tisch käme. Klein geschnitten im Meeresfrüchte-Salat, vielleicht. Das da sieht gut aus. Aber erst einmal müssen wir wissen, von welchen Tier das ist, sonst kommt es mir nicht auf die Speisekarte. Ich bringe das Zeug morgen zur Dienststelle der Lebensmittelüberwachung.«

»Was willst du da sagen?«, fragte Josef. »Die glauben doch nicht, dass du die Katze im Sack kaufst.«

»Ich sage, das Zeug ist mir angeboten worden, und ich will wissen, ob es sich um genießbare Tiefseefische handelt.«

»Dann wollen sie eine Zolldeklaration«, vermutete Grigoleit. »Ich habe eine bessere Idee. Eine Nachbarin, die bei mir im Haus wohnt, kennt einen Pathologen.«

»Beim Gericht?«, fragte Rolli.

»Nein, das sind Gerichtsmediziner. Pathologen machen einfach nur Gewebsuntersuchungen, zum Beispiel stellen sie fest, ob eine herausgeschnittene Warze Krebszellen enthält oder ob eine Spenderleber mit dem Empfänger kompatibel ist«, erklärte Grigoleit. »Natürlich wissen die auch, ob ein Steak vom Rind oder vom Krokodil ist.«

»Was du alles weißt, Honecker!«

»Gehörte alles zu meiner Ausbildung«, erwiderte er stolz. »Ich rufe meine Bekannte mal an. Mein Handy-Guthaben ist allerdings leer.« Er nahm Rollis Mobiltelefon vom Tisch und versuchte zu wählen, aber es funktionierte nicht. »Abgeschaltet! Was dieser Vogelwart alles mit deinem Handy angestellt hat, geht auf keine Kuhhaut! Ich glaube, ich mache mal einen Mobilfunkgrundkurs für solche Rentner wie ihn.« Er schüttelte den Kopf. Es dauerte eine ganze Weile, bis er eingeschaltet und die Nummer seiner Bekannten gewählt hatte. »Mai-Lan? Hier ist Anton. Bin grade im *Nordpol*. Ich brauch mal Hilfe von deinem Pathologen. Soll unter der Hand ablaufen, ganz diskret. Ruf mich zurück. Danke.«

»Das hier ist auf Deutsch und trotzdem unverständlich«, sagte Josef Findeisen. »Perikardpräparation. Könnte genauso gut Chinesisch sein.«

»Perikard ist ein Herzbeutel«, sagte Pappas Begleitung, die Medizinstudentin. »Kenn ich aus meinem Präparierkurs.«

»Wie heißt die Firma?«, wollte Grigoleit wissen.

»Renosom«, las der alte Findeisen.

»Ach du Schande«, rief Rolli. »Honecker, stand darüber nicht etwas in der Zeitung, die du uns neulich im Krankenhaus gezeigt hast?«

»Ja«, sagte Grigoleit aufgeregt. »Das ist die Firma, die in die Geschichte mit den aufbereiteten Leichenteilen aus der Ukraine verwickelt war. Wenn da etwas von Perikard steht, passt das ja.«

Josef Findeisen ließ die Papiere sinken, schob sich mit dem Rollstuhl ein Stück nach hinten und blickte ernst in die Runde. »Langsam glaube ich auch, dass wir hier einer großen Sache auf der Spur sind. Wir dürfen nichts überstürzen und nichts falsch machen, damit keiner von uns am Ende Probleme mit dem Staatsanwalt bekommt. Oder ihm Schlimmeres passiert! Denkt an die beiden toten Frauen.« Er sah seinen Sohn und Grigoleit an. »Das heißt, wir müssen uns einen Plan zurechtlegen. Am besten setzen wir uns morgen in der Früh zusammen. Um zehn Uhr?«

»Um zehn«, bekräftigte Grigoleit. »Wenn ich es schaffe, bringe ich einen Pathologen mit.«

8

Kaum jemand hatte besonders gut geschlafen, als sie sich am nächsten Vormittag um zehn im »Nordpol« versammelten. Rolli hatte den Personaltisch ausgeklappt und in den Nebenraum verfrachtet: in das »Toskana-Zimmer«, wie seine Mutter es früher, als sie noch lebte, immer genannt hatte, denn es war lehmgelb gestrichen, und an den Wänden hingen große, braun und gelb getönte Fotos ihrer Lieblingsstädte Lucca, Florenz, Siena und San Gimignano, aufgenommen auf der Hochzeitsreise vor vielen Jahren. Giovanni hatte seinen täglichen Einkauf in die frühen Morgenstunden verlegt, was er wahrscheinlich öfter tun würde, wenn er sich dazu überwinden könnte, so früh aufzustehen. Morgens war das Angebot größer, das wusste er als Koch natürlich, aber wenn er erst spät abends heimkam, brauchte er seinen Morgenschlaf, und den hatte er heute nicht genießen dürfen, wie man ihm deutlich anmerkte.

Josef Findeisen saß als erster am Tisch. Grigoleit gesellte sich zu ihm. Er hatte ein Sammelsurium von Zeitungsausschnitten mitgebracht, in denen es um den Transplantations-Skandal in der Ukraine ging. Er sortierte die Zettel und machte sich Notizen auf einem Block, weil er seine Erkenntnisse erst zum Besten geben wollte, wenn alle da waren.

Giovanni stellte eine Platte mit belegten Semmelhälften und eine große Kaffeekanne auf den Tisch. Rolli kümmerte sich noch um die wenigen Frühstücksgäste.

Gegen halb zehn traf Tessa ein, die sich wieder einigermaßen gefangen hatte. Fast gleichzeitig kam Eleftherios Papakonstantinou. Er hatte einen Begleiter bei sich, der vielleicht fünfundzwanzig war, aber durch seinen langen Bart und die Halbglatze deutlich älter wirkte. Er trug eine schwarze Jute-Tasche, die bis oben voll mit Büchern war.

»Das ist Max Leimbigler, ein Studienfreund«, stellte er vor. »Er ist Sinologe.«

»Altsprachler«, schränkte dieser ein. »Ich bin nicht sicher, ob ich Ihnen mit modernem Chinesisch weiterhelfen kann. Ich habe es zwar gelernt, aber kaum angewendet, da ich mich eher mit den Schriften des Lao-Tse befasse. Für den Notfall habe ich meine wichtigsten Wörterbücher dabei.«

Josef Findeisen bot ihm einen Platz am Tisch an. Der Student setzte sich, musste aber gleich darauf zur Seite rücken, weil Markus Rieger eingetroffen war und sich neben ihm niederließ. »Leimbigler«, stellte der Student sich vor.

»Rieger.« Der Wohlbeleibte reichte ihm seine Visitenkarte, auf der »Dienstleistungen aller Art« unter seinem Namen stand. Max Leimbigler fühlte sich neben seiner massigen Gestalt sichtlich unwohl und rückte noch ein weiteres Stück ab, aber Riegers Körperfülle schien irgendwie nachzuquellen und jeden Raum auszufüllen, den man ihm einräumte.

»Am besten nimmst du am Ende vom Tisch Platz«, schlug Rolli vor. »Dann müssen wir dich nicht immer stören, wenn wir mal rausmüssen.«

»Und ich sitze am anderen Kopfende«, entschied Giovanni. »Es kann ja sein, dass ich in die Küche muss.«

Schließlich hatte man sich über die Sitzordnung geeinigt. Tessa kam, setzte sich und griff gleich nach der Kaffeekanne. Sie schenkte sich eine Tasse voll und reichte die Kanne herum. »Gibt es etwas Neues seit gestern?«

»Bis jetzt nicht«, sagte Rolli und setzte sich ihr gegenüber, weil er sie natürlich gern im Blickfeld hatte. »Was ist mit deinem Pathologen?«, fragte er Grigoleit.

»Ich habe Mai-Lan in der Nacht nicht mehr erreicht«, sagte er, »aber ich hatte ihr ja auf Band gesprochen. Wie ich sie kenne, wird sie sich um den Mann kümmern und mich dann auf dem Handy anrufen.«

»Also«, fasste Josef Findeisen zusammen, »wir vermuten, dass Sonnberger oder sein angeblicher Anwalt die beiden Frauen umgebracht und eingefroren hat, um sie später zu beseitigen oder ihre Organe zu verwerten. Vielleicht ist das aber nicht das Motiv.«

»Wahrscheinlich ist es so, dass sie ihnen nur in die Quere gekommen sind oder etwas gesehen haben, was sie dann zur Gefahr für die beiden sauberen Herren gemacht hat«, führte Rolli fort. »Bei Jana können wir wohl sicher sein, denn sie ist ja mit der Kamera in der Nähe der Lagerhalle umhergeschlichen, und bei Iva wird es ähnlich gewesen sein – sie hat ihre Tasche gesucht, und weil Sonnberger und Augustin sie bereits auf der Mitternachtsveranstaltung gesehen haben, dachten sie vielleicht, sie sei ihnen auf die Schliche gekommen.«

»Gut, das notiere ich«, sagte sein Vater. »Um das genaue Mordmotiv kümmert sich dann die Polizei. Die soll nicht ganz ohne Arbeit ausgehen. Wir können sicher sein, dass die beiden uns hintergangen haben. Sie haben sich der Bürgerinitiative angenommen, um sie unter Kontrolle zu haben und zu verhindern, dass zu viele Leute am Rand des Naturschutzgebietes protestieren, denn damit würden zwangsläufig Leute auf das Grundstück Sonnbergers kommen und vielleicht versuchen, in der vermeintlich stillgelegten Lagerhalle zu kampieren.«

»Kann sein«, sagte Grigoleit. »Jedenfalls waren diese Saukerle dadurch in der Lage, auszuspionieren, was sich in der Sache tat. Der geplante Straßenbau musste für sie eine Katastrophe sein, denn vielleicht läuft die künftige Trasse, wenn sie verwirklicht wird, genau durch Sonnbergers Grundstück, und dann muss die alte Halle mit den Kühlräumen weg, zumindest deren Inhalt. In seine neue Lagerhalle an der Stuttgarter Straße kann er dieses zwielichtige Geschäft nicht verlegen, weil dort wahrscheinlich die Lebensmittelkontrolle öfter mal auftaucht. Wohin sollte er dann damit?«

In diesem Moment läutete sein Handy. Er meldete sich und lauschte dann aufmerksam dem Anrufer. »Wird gemacht, Herr Doktor«, sagte er. »In zwanzig Minuten, ja. Wir sind sehr diskret, natürlich ... ja, ich weiß, wir haben ja auch kein Interesse daran, dass die Sache an die Öffentlichkeit kommt. Nein, wir arbeiten nicht mit der Polizei zusammen, und Ihr Name wird auch sonst nirgendwo genannt.«

»Das war der Pathologe«, erklärte er, nachdem die Verbindung unterbrochen war. »Er kann leider nicht herkommen, aber er ist bereit, uns zu helfen.« Er räusperte sich. »Er möchte nur, dass alles sehr diskret abläuft, denn erstens macht er das ohne offiziellen Auftrag in den Räumen eines Krankenhauses, und zweitens darf natürlich nicht bekannt werden, dass er ein Klient von Mai-Lan ist. Wahrscheinlich kann er die fraglichen Teile bereits durch bloßen Augenschein beurteilen und muss dann zur Sicherheit nur eine kleine Stichprobe machen. Wir brauchen ja auch nur eine Bestätigung für das, was wir ohnehin vermuten. Aber jetzt müssen wir die Sachen erst einmal zu ihm hinbringen.«

»Wer ist denn vom Kurierdienst da?«, fragte Rieger. »Oder soll ich vielleicht fahren?«

»Das wäre am besten«, meinte Rolli. »Dann müssen wir nicht noch zusätzliche Leute einbeziehen.«

Grigoleit erklärte Rieger, wie er zum Personalplatz des kleinen Privatkrankenhauses in Neusäß kam, wo der Pathologe in einem schwarzen BMW wartete. Dort würde der Mann die Kühlkiste mit den Gewebeteilen unbekannter Herkunft übernehmen. Rieger machte sich auf den Weg, nicht ohne sich noch rasch eine Semmel einzustecken.

»So«, sagte Grigoleit und griff nach seinen vorsortierten Zeitungsausschnitten. »Nun zu dieser Firma Renosom. Ich habe hier eine Sammlung von Zeitungsberichten, die mich einfach interessiert haben, weil in der üblichen Tagespresse nichts darüber stand. Es ist ein Skandal, der aus irgendwelchen Gründen heruntergespielt wird. Es geht um internationalen Organhandel.«

Giovanni keuchte. »Du meinst, Sonnberger und dieser Augustin sind darin verwickelt?«

»Könnte sein«, fuhr Grigoleit fort. »Hört euch das hier mal an: *Unser Reporterteam ist einer internationalen Organschieberbande auf der Spur. Dem Vernehmen nach sollen Arbeiter in ukrainischen Krematorien illegal Organe von Verstorbenen entnommen haben, um sie im großen Stil nach Deutschland zu vermitteln. Die ukrainischen Behörden haben nach bisher nicht bestätigten Meldungen zufolge über zwanzig Verhaftungen vorgenommen, die Beschuldigten wurden nach ihrer Vernehmung jedoch wieder auf freien Fuß gesetzt.* Unerhört, findet ihr nicht? Und hier, Originalzitat aus der Iswestija: *So werden beispielsweise behandelte Teile von Hirnhaut als Implantat zur Schließung von Bruchöffnungen verwendet.*«

»Das ist ja Wahnsinn!«, entfuhr es dem alten Findeisen. »Und was hat diese Firma damit zu tun?«

»Sie organisiert den Handel«, erklärte Grigoleit. »Im Vordergrund in kleinem Maßstab das Legale, um die Spur dessen zu verwischen, was im Hintergrund abläuft – die illegale Aktion von Beschaffung, Verarbeitung und gewinnbringender Veräußerung im großen Stil.«

»Mann!«, stöhnte Giovanni. »Was ist, wenn der Fisch, den ich verfüttert habe, etwas mit menschlichen Organen zu tun hat? Ich kann mich begraben lassen!«

»Na, na«, sagte Rolli beschwichtigend. »Du hast doch gesehen, dass das eindeutig Pangasius-Filet war. So viel Vertrauen solltest du in deine Kenntnisse als Koch doch haben.«

»Sicher«, gab Giovanni zurück. »Trotzdem versetzt mich das in Panik. Wenn ich nun dieses Knorpelzeugs zu Meeresfrüchtesalat verarbeitet hätte …«

»Knorpel ist das richtige Stichwort«, unterbrach Grigoleit ihn. »Offenbar ist unkontrollierter Organhandel nicht so ohne Weiteres möglich. Es gibt bestimmte Grundsätze für den Transport, und der wichtigste davon ist Schnelligkeit, da die meisten Organe an ein lebenserhaltendes System angeschlossen werden müssen, sonst sind sie nicht verwendbar. Was verwendet wurde, ist Pleura, also Lungenhaut, Bauchfell, Herzbeutel und sämtliches Knorpelmaterial wie Kehlkopf-, Knie- und diverse andere Gelenkbestandteile.«

»Was kann man denn damit anfangen?«, wollte Tessa wissen.

»Man verwendet sie als Implantate. Normalerweise werden sie ebenso frisch eingesetzt wie Organe, müssen aber nicht so aufwändig am Leben erhalten werden. Aber hier ist Folgendes passiert: Die Firma Renosom hat ein Verfahren entwickelt, mit dem diesem Knorpelgewebe im Labor sämtliche Flüssigkeit und verderbliches Zellmaterial entzogen wird. Dann füllt man es mit einer speziellen Kunststoffmasse auf.«

»Und was soll das bringen?«, wollte Tessa wissen. »Man kann doch heute schon alles aus Plastik oder Metall herstellen. Meine Oma hatte ein künstliches Hüftgelenk, das hat man ihr sogar schon vor Jahren eingesetzt.«

»Ja, aber diese Hüftgelenke waren üblicherweise aus Stahl«, entgegnete Grigoleit, »und sie haben nur gehalten, wenn das Gewebe darum herum noch in Ordnung war. Steht auch hier in einem Kommentar.« Er deutete auf seine Ausschnitte. »Diese Implantate von Renosom haben den Vorteil, dass sie haltbarer sind als menschliches Gewebe, und dass die Abstoßung geringer ist als bei komplett künstlichen Implantaten.«

»Dann ist das doch was Gutes«, sagte Rolli. »Warum wird das Zeug nicht ganz offiziell eingeführt?«

»Weil es in Deutschland noch nicht zugelassen ist«, erwiderte Grigoleit. »Da gibt es bei den zuständigen Behörden langwierige Prüf- und Genehmigungsverfahren, da muss man erst einmal durch. Das dauert meist Jahre.«

»Meine Güte, in Deutschland nimmt man sich wirklich immer extrem viel Zeit für sowas«, ereiferte sich Pappa. »Bei uns in Griechenland geht das Ruckzuck! Dafür können hier dann Kriminelle das große Geld einstreichen. Das fordert der Staat ja geradezu heraus.«

Grigoleit winkte ab. »Alles, was nicht genehmigt ist und Geld bringt, fordert das Verbrechen heraus«, konterte er. »Das ist in Griechenland bestimmt nicht anders, und auch sonst nirgendwo auf der Welt. Denkt an die Prohibition in den USA früher. Dadurch blühte der Alkoholschmuggel auf, ohne den Al Capone nicht groß geworden wäre.«

»Dann kann man sagen, dass der Staat durch seine Gesetze die dazugehörigen Verbrechen überhaupt erst schafft?«, fragte Rolli locker.

»Das ist ein anarchistischer Gedanke«, wandte Grigoleit ein. »Wenn du ihn weiterdenkst, bewegst du dich auf gefährlichem Glatteis. Obwohl – ein bisschen Wahrheit ist natürlich schon dran.«

Tessa erhob sich. »Da sind Gäste gekommen. Ich kümmere mich darum.«

»Ich helfe dir.« Rolli stand auf. Die anderen am Tisch lasen die Zeitungsausschnitte, die Grigoleit ihnen reichte.

Es stellte sich heraus, dass in der Gaststube bereits mehrere Besucher waren, die gern etwas bestellt hätten. Tessa ging an die Tische und besänftigte die Leute, Rolli zapfte Getränke. Es kamen auch schon zwei Essensbestellungen. Aysun war bereits in der Küche und richtete die Salate.

»Du wirst in der Küche gebraucht«, sagte Rolli zu Giovanni. »Es ist bereits elf Uhr durch.«

»Mamma mia!« Giovanni seufzte. »Immer dann, wenn's spannend wird.«

Rolli zuckte mit den Schultern. »Ich komme zwischendurch mal in die Küche und halte dich auf dem Laufenden.«

»Soll ich die Bedienung übernehmen?«, schlug Tessa vor. »Ich könnte ein paar Überstunden gebrauchen.«

»Danke.« Rolli nickte und setzte sich wieder an den Tisch, um nichts zu versäumen. »Und die Firma Renosom hängt sich direkt in so etwas hinein?«

»Nicht so eindeutig«, erklärte Grigoleit. »Die bestellen ganz offiziell Knorpelmaterial bei staatlichen Stellen für ihre Versuchsreihen, die sie genauestens dokumentieren müssen, deklarieren die Lieferungen und weisen später auch die vorgeschriebene und vollständige Entsorgung nach. Nur sind sie damit natürlich nie zufrieden gewesen. Diese ganze Bürokratie verursacht ja eine Menge Zusatzkosten, also haben sie sich illegal noch weiteres Material beschafft. Die Konkurrenz schläft nicht, und in den USA und Australien sind diese Implantate bereits zugelassen, wo sie viel Geld einbringen. Dieses Geld wollte die Firma sich nicht entgehen lassen.«

»Was ich nicht verstehe«, sagte Max Leimbigler, »wenn schon etwas darüber in der Tageszeitung steht, ist die Firma doch bereits aufgeflogen. Wie kann dann noch solche Ware hier auftauchen?«

»Es ist bisher nur *eine* Zeitung dahinter gekommen«, erklärte Grigoleit. »Und die anderen halten das für Propaganda. Alles, was von Links kommt, ist schlimm, so ist das nun mal. Was mir allerdings aufstößt, ist die Tatsache, dass Renosom eigentlich in Frankfurt am Main sitzt und bereits geschlossen wurde, wie es scheint. Hier ist aber eine Bestellung von vorgestern. Und zwar aus Nürnberg. Wir müssten im Internet recherchieren, was da passiert ist und wie das zusammenhängt.«

»Können wir gleich hier machen«, schlug Rolli vor. »Bei mir oben am PC.«

»Und ich kümmere mich derweil um diese chinesischen Dokumente«, sagte Max Leimbigler und zog die entsprechenden Papiere aus dem Stapel. »Sieht gar nicht so schwierig aus.« Er starrte auf die exotischen Zeichen. »Ach du meine Fresse! Wenn das stimmt, was ich hier zu lesen glaube, ist alles noch viel schlimmer, als ihr euch vorstellen könnt.«

* * *

Markus Rieger fand nicht gleich den Personalparkplatz, der zu dem kleinen Krankenhaus im benachbarten Neusäß gehörte. Es war eigentlich eine Privatklinik, in der offenbar nur ziemlich betuchte

Leute unterkamen, und der größere Teil der chirurgischen Eingriffe waren Schönheitsoperationen, auch wenn der Laden auf dem Gebiet der plastischen Wiederherstellung nach Unfällen auch einen ganz guten Ruf hatte. In der Zeitung wurde der Name hin und wieder erwähnt.

Er war zehn Minuten zu spät, als er endlich auf den Parkplatz einbog. Der schwarze BMW stand zum Glück noch an der beschriebenen Stelle.

Der Fahrer saß hinter dem Steuer und trug eine verspiegelte Sonnenbrille. Er wirkte ungeduldig und klopfte mit der flachen Hand rhythmisch auf das Lenkrad. Irgendwas an diesem Gesicht kam Markus Rieger bekannt vor, ohne dass er hätte sagen können, was.

Der Mann drehte die Scheibe herunter, als Rieger ausstieg und mit dem Paket in der Hand an die Fahrertür trat. »Sie kommen zehn Minuten zu spät! Ich habe meine Zeit nicht gestohlen! Steigen Sie auf der Beifahrerseite ein. Nehmen Sie das Paket auf den Schoß und öffnen Sie den Deckel. Ein bisschen mehr Bewegung, wenn ich bitten darf.«

Markus Rieger ging um den Wagen herum. Er war dem Fahrer dankbar, dass dieser den Moment nutzte, um den Beifahrersitz ein Stück nach hinten zu schieben. Er musste seine Leibesfülle trotzdem zurechtzwängen, bis er einigermaßen bequem saß und den Kasten auf seinem Schoß platzieren konnte. Er öffnete den Deckel. Der Nebel des verfliegenden Trockeneises waberte hervor, obwohl er bereits vorher im Biergarten schon das meiste freigesetzt hatte, und es schien, als säßen die beiden Insassen des Wagens bis zum Bauch in einer Rauchwolke. Der Nebel strömte wie ein kleiner Wasserfall durch das heruntergelassene Seitenfenster hinaus, und Rieger öffnete die Tür auf seiner Seite erneut, damit das kalte Gas sich ganz verflüchtigen konnte.

»Sehen Sie«, sagte der Mann und griff in die Kiste. »Das hier ist ein Herzbeutel, eindeutig menschlich. Wenn Sie nicht blutiger Laie wären, hätten Sie sich gar nicht erst hierher zu bemühen brauchen. Und diese kleinen runden Teile sind Kniescheiben, die finden in Sportkliniken Verwendung. Was haben wir da noch? Jede Menge Sehnenmaterial. Bringt nicht viel Geld, aber Kleinvieh macht auch Mist. Und das da ist eine menschliche Hirnhaut. Hm. Schlechte Qualität. Hat ein Loch hinten. Wahrscheinlich Kopfschuss, aber wir verwenden das Zeug trotzdem. Man muss schließlich alles liefern, was bestellt wird.«

»Wie meinen Sie das?« Markus Rieger sah dem Pathologen ins Gesicht. Wo habe ich diesen Mann nur schon mal gesehen?, überlegte er.

Als dieser sich ohne zu antworten über die Kiste beugte, machte Rieger bewusst eine so unvorsichtige Handbewegung, dass die Sonnenbrille des Unbekannten herunter fiel und im Knorpelmaterial landete.

Als er jetzt den Mann erkannte, keuchte Rieger. »Sigbert Sonnberger!«

»Irrtum«, erwiderte der Fahrer. »Dr. Albrecht Sandner. Aber Sigbert ist mein Bruder. Er hat nur früher mal Dummheiten mit Anlagefonds und Warentermingeschäften gemacht. Er ist einige Jahre eingesessen und kann sich deshalb auf dem leisen Parkett der internationalen Handelsverbindungen nicht mehr sehen lassen. Man muss lediglich eine kurze Ehe eingehen, und schon bekommt man ganz legal einen anderen Namen. So ist das.«

»Ich verstehe nicht …«

»Ist auch nicht nötig. Los, aussteigen! Nimm die Ware mit!« Der Mann hatte plötzlich ein Skalpell in der Hand. »Und bilde dir nicht ein, du könntest irgendwelche Tricks versuchen! Das Ding hier dringt dir genau in die Halsschlagader, und du bist verblutet, bevor dein Spatzenhirn überhaupt merkt, dass es unterversorgt ist.«

Rieger stieg aus und war einen Moment lang auf Abstand. Schweißperlen traten ihm auf die Stirn. Da er den Mann erkannt hatte, hieß das, er würde ihn umbringen müssen, damit er ihn nicht verriet. Rieger überlegte in seiner Panik, ob er diesem Sandner vielleicht die Kiste zuwerfen und im gleichen Moment die Flucht ergreifen sollte, aber er wusste, dass er keine hundert Meter weit kommen konnte. Schon der Gedanke, sich schnell zu bewegen, verursachte ihm Atemnot. Und in Sekundenschnelle war der Mann auch schon hinter ihm und schlug die Wagentür zu. »Los, da lang! Zur Treppe!«

Sandner klebte dicht an ihm und hatte ihm das Skalpell wieder an den Hals gedrückt. Markus Rieger ließ sich zu einer Kellertreppe nicht weit vom Hinterausgang des Krankenhauses führen. Der Schweiß floss jetzt in Strömen von seiner Stirn und begann, über seine Wangen herabzuperlen, und im Nu war sein Hemd durchnässt. Ihm war klar, dass es um ihn geschehen sein würde, sobald sie in den Keller gelangten. Der Mann besaß alle Möglichkeiten und Kenntnisse, ihn hier zu massakrieren, in kleine Stücke zu zerlegen, einzufrieren und ihn nach und nach als Ersatzteillager für irgendwelche Invaliden zu verwenden.

Was tun?

»Mein verdammter Turnschuh geht immer auf«, sagte Rieger, als sie begannen, die Treppe hinunter zu gehen. Das genügte, um den Mann für den Bruchteil einer Sekunde abzulenken. Rieger bückte sich, rammte dem Pathologen sein Hinterteil vor die Knie und griff zugleich unter sich hindurch nach dessen Füßen, die er ruckartig nach vorne zog. Das war nicht gelernt, nirgends trainiert, einfach nur eine Idee, aber sie funktionierte. Vor allem deshalb, weil er viel zu viel Schwung genommen hatte. Der Mann kippte nach hinten, krachte mit dem Hinterkopf auf eine der oberen Betonstufen und kullerte die Treppe hinunter. Unten blieb er grotesk verkrümmt vor der Tür liegen. Das Skalpell ragte aus seinem Hals, und das gleich zu beiden Seiten.

Ogottogott, dachte Rieger. Ich habe einen umgebracht! Er warf einen letzten Blick auf den Reglosen, der unten an der Treppe lag, und ging dann auf den BMW zu. Für einen Moment dachte er daran, den fremden Wagen zu nehmen und damit abzuhauen, dann kam ihm in den Sinn, sich der Polizei zu stellen und sich auf Notwehr zu berufen, aber ohne weiter zu überlegen, zog er stattdessen den Zündschlüssel des BMW ab, warf ihn in einen Gulli und kehrte mit seinem Wagen zum »Nordpol« zurück.

* * *

Hier wurde inzwischen Mittagessen serviert. Rolli saß noch mit seinem Vater, Grigoleit und Leimbigler im Toskanazimmer, und als Rieger sich schnaufend setzte, fasste Josef Findeisen für ihn zusammen, was sie inzwischen beredet hatten. »Wir haben uns aus diesen Zeitungsausschnitten schon einiges zusammenreimen können«, sagte er, aber was unser Max hier den beiden chinesischen Briefen und einem Lieferschein aus Vietnam entnommen hat, ist ungeheuerlich. Rolli hat alles im Internet überprüft.«

»Es geht nicht um Fisch, nehme ich an«, keuchte Rieger. »Menschliche Teile, hat Dr. Sandner gesagt. Ich muss mich der Polizei stellen. Ich habe ihn umgebracht.«

»Körperteile von Hingerichteten«, sagte Giovanni.

»Was?« Rolli hatte Riegers letzte, sehr leise gesprochene Bemerkung mitbekommen und fuhr vom Stuhl auf. »Wie denn das? Erzähl! Und zwar ganz ruhig und der Reihe nach.«

Rieger war noch zu aufgeregt, um geordnet erzählen zu können, aber durch geschicktes Fragen brachten die Anwesenden schließlich die ganze Geschichte einigermaßen verständlich aus ihm heraus.

»Hm«, machte Grigoleit. »Das ist allenfalls Notwehr. Der Mann hat dich mit einem Skalpell angegriffen. Du wirst dich der Polizei stellen müssen, das bringt immer Pluspunkte, aber du solltest vorher etwas essen, so eine Vernehmung dauert lange. Außerdem bis du mit menschlichen Leichenteilen durch die Gegend gefahren, ohne dass du eine Genehmigung zur Überführung hattest. Das gilt als Störung der Totenruhe und fliegt bei dieser Gelegenheit natürlich auf. Nur bei Urnen machen sie eine Ausnahme, das weiß ich.«

»Ogottogott!«, jammerte Rieger. »Ich will doch nicht in den Knast.«

»Musst du doch auch nicht«, versicherte Rolli. »Honecker macht häufig solche Scherze. Wahrscheinlich bekommst du eine Geldstrafe, wenn überhaupt, und giltst dann nicht einmal als vorbestraft. Immerhin hat das Ganze ja dazu gedient, eine Bande von Verbrechern auffliegen zu lassen. Das wird der Richter anerkennen. Und wenn du eine Geldstrafe zahlen musst, mache ich das Bier hier im Lokal für ein halbes Jahr lang zehn Cent teurer, und dieser Rieger-Notgroschen fließt in eine Extrakasse dafür.«

Markus Rieger schüttelte den Kopf. »Danke«, sagte er und angelte aus einem Brotkorb die letzte trockene Semmel, die vom Frühstück übrig geblieben war.

»Das ist tatsächlich eine international tätige Bande«, erklärte Josef Findeisen, was sie inzwischen herausgefunden hatten. »Dieser Sonnberger oder wie immer er wirklich heißt, hat mit einer Firma Renosom in Nürnberg zusammengearbeitet, die menschliche Ersatzteile aus echten Leichenteilen herstellt. In Frankfurt wurde sie dichtgemacht, in Nürnberg hat sie gleich darauf neu aufgemacht. Statt wie bisher aus der Ukraine werden die entnommenen Gewebeteile aus Vietnam bezogen, und zwar auf dem Umweg über Rumänien, da man dadurch die Zollbehörden leichter umgehen kann. Die toten Menschen, die ausgeweidet wurden, waren nicht irgendwelche Obdachlosen oder alleinstehende Rentner wie bisher, sondern ausschließlich Hingerichtete aus China. Deren Organe werden im Land selbst verwendet, der Rest geht zu Billigpreisen über Vietnam nach Deutschland, wo sie aufbereitet werden, dann für viel Geld nach Frankreich, Belgien, England und in die USA, wo die Verwendung legal ist. Ich habe ausgerechnet, dass das ein Millionengeschäft ist, auch wenn es sich im Einzelfall um Kleinbeträge handelt.«

»Was nennt sich denn klein?«, wollte Rieger wissen.

Grigoleit hatte eine Liste vor sich, die er einer Zeitung entnommen hatte. »Hirnhaut: 9,70 Euro. Luftröhre: 14,30 Euro. Herzbeutel: 13,60 Euro, Oberschenkelknochen mit Sehnenansätzen 42,90 Euro und so weiter. Die Menge macht's: In einem Jahr haben die Chinesen offiziell an einen Fischzuchtbetrieb in Vietnam tausendfünfhundert Oberarme geliefert, fix und fertig eingefroren. Deklariert als Fischfutter für die Zucht von Pangasius-Welsen.«

»Ja, leck mich am Arsch!«, entfuhr es Rieger. »Und das lief alles hier über Augsburg? Über Sonnberger?«

»Vielleicht nicht alles«, meinte Rolli. »Sag mal, hast du vielleicht Hunger? Du bist so blass um die Nase.«

Rieger war es eigentlich wegen des Gesprächsthemas und seiner Angst vor der Polizei flau im Magen, aber auf diese Frage hin fiel ihm ein, dass er schon über eine Stunde nichts mehr gegessen hatte. Eine trockene Semmel zählte ja nicht. »Was gibt es denn heute als Stammgericht?«, wollte er deswegen gleich wissen.

»Schweinsbraten mit Knödel und gemischtem Salat, italienische Gemüsesuppe oder Hähnchenleber mit Reis und Blattsalat. Du kannst aussuchen und bist natürlich eingeladen – nach diesem Schock!«

»Danke! Dann nehme ich den Braten«, entschied Markus Rieger. Er drehte sich herum, um Tessa heranzuwinken.

»Lass mal«, sagte Rolli. »Ich gehe sowieso in die Küche, um Giovanni auf dem Laufenden zu halten über das, was wir hier herausfinden. Ich bestell direkt bei ihm für dich. Bin gleich wieder da.«

Als er die Küche betrat, drehte Giovanni sich zu ihm um. »Die Minestrone geht heute gut«, sagte er. »Ich habe den ersten Topf schon weg, und Aysun macht gerade das Gemüse für die nächste Runde fertig. Was gibt's? Was habt ihr inzwischen besprochen?«

»Erst einmal habe ich eine Bestellung«, erwiderte Rolli. »Markus Rieger möchte den Schweinsbraten.«

»Weißt du, ob er den Anschnitt mag?«

»Garantiert«, gab Rolli zurück. »Ich erinnere mich nicht daran, dass Rieger mal etwas nicht gemocht hätte. Und der Anschnitt ist doch das Leckerste am ganzen Braten.«

»Ich weiß nicht«, meinte Giovanni. »Die meisten Gäste verlangen ja zarte Scheiben aus dem Inneren des Bratens. Wenn jemand den Anschnitt mag, gebe ich immer zwei Scheiben.«

»Das wird Rieger auf jeden Fall überzeugen«, versicherte Rolli und begann, den Koch über das Gespräch im Toskanazimmer in Kenntnis zu setzen. Aysun hörte aufmerksam zu und stellte Fragen, und Rolli erklärte ihr alles besonders deutlich.

Plötzlich stand Tessa neben ihm und stieß ihn an. »Bist du denn des Wahnsinns, dass du so laut redest! Das Küchenfenster ist offen, und draußen sitzt Sonnberger mit diesem albernen Anwalt!« Ihre Stimme wurde zu einem Zischen, und sie deutete auf das Fenster. »Redet schnell von etwas anderem! Die beiden machen schon lange Ohren.«

Rolli grinste, warf einen raschen Blick auf das schräg gestellte Fenster und fragte Giovanni laut: »Hast du gehört? Die Lebensmittelaufsicht hat Malapuzzo den Laden geschlossen, geht das Gerücht.«

»Was?« Giovanni ließ geräuschvoll die Suppenkelle zu Boden fallen. »Weshalb das denn? Ist eine Ratte durch seine Pseudo-Küche gehoppelt?«

»Nein. Mehrere Kunden sollen Zigarettenkippen in seiner Pizza Calzone gefunden haben, und die Lebensmittelkontrolle hat festgestellt, dass er seinen Hefeteig in der Garage aufgehen lässt, und dass dabei wegen der nötigen Wärme der Motor seines Wagens läuft.«

»Was du nicht sagst!«

Rolli war bei diesem Scheingespräch rückwärts durch die Tür in die Gaststube gegangen und spähte jetzt durch den offenen Ausgang in den Biergarten. Er sah gerade noch Dr. Augustins Nadelstreifenanzug in Richtung Parkplatz verschwinden. »Du, die hauen ab!«, rief er in die Küche. »Die schnappe ich mir! Kann ich mir deinen Wagen leihen?«

Giovanni drehte sich um und sah ihn entsetzt an. »Niemals! Warum willst du das nicht der Polizei überlassen?«

»Diesem Gossner? Der ist doch auf mich als Bösewicht fixiert. Etwas anderes kann der sich doch gar nicht denken. Komm, Giovanni, die kriegen wir!«

»Ich fahre.« Der Koch hatte eine frische Suppenkelle vom Haken genommen und reichte sie Aysun. »Ich übergebe dir die Macht hier! Du weißt, wo alles liegt! Mach was draus!«

»Türkische Woche«, erwiderte Aysun schmunzelnd. »Danke, Chef. Notfalls mache ich ein paar Dosen Ravioli auf.«

Giovanni hörte es zum Glück nicht mehr. Während Rolli noch seinen alten Herrn mit raschen Worten informierte und Tessa bat, den Laden zu schmeißen, eilte der Koch schon in Richtung Friedhofsgärtnerei, weil er heute seinen Stammparkplatz direkt am Biergarten nicht bekommen hatte. Er saß schon im Wagen, als Rolli die Beifahrertür aufriss. Der Motor heulte auf.

9

»Hast du gesehen, wo die hin sind?«, fragte Rolli.

Giovanni verneinte. »Am besten fahren wir erst einmal zu Sonnbergers Haus in die Stuttgarter Straße. Wahrscheinlich sind sie dabei, Spuren zu beseitigen.«

Das Haus lag ziemlich versteckt zwischen einer Großbäckerei, einem Elektrofachhandel und einer Entsorgungsfirma. Zur Straße hin befand sich die Lagerhalle, das Wohnhaus von der Straße nicht sichtbar dahinter versteckt, so dass die meisten Leute meinten, es gehörte zum Tennisclub neben dem Kartoffelacker. Da keine Einfahrt zu finden war, stellte Giovanni seinen Pantera auf dem Kundenparkplatz vom Orion Joy Center rund hundert Meter entfernt ab. Sie pirschten zum Haus.

Von Sonnberger und seinem Anwalt war keine Spur zu sehen. Auch der Wagen war nicht da.

»Wer weiß, wo die parken«, meinte Rolli. »Aber sie sind garantiert hier. Sieh mal, die Tiefgarage steht offen.«

»Dann brauchen wir nicht zu läuten.« Giovanni grinste. »Fehlt nur noch, dass die Innentür zum Wohnhaus nicht verschlossen ist.«

Sie nahmen zwischen Forsythien und anderem bürgerlichen Gesträuch Deckung und spazierten auf die Garage zu, die unter einer Gartenterrasse lag und Platz für mindestens drei Fahrzeuge bot – von denen allerdings jetzt keines da war. An der Rückwand war eine Feuertür, durch die man wahrscheinlich ins Haus gelangte. Rolli griff an die Klinke. »Mist. Die ist abgeschlossen.«

»Nicht lange.« Giovanni deutete auf ein Kellerregal neben der Tür. »Da ist der Schlüssel.«

Rolli war verwirrt. Er sah sich um, entdeckte aber keinen Schlüssel. Er sah nur ein paar Dosen mit Katzenfutter, ein paar Leckerli, einen Sack Katzenstreu und daneben am Boden ein frisch gefülltes Katzenklo. »Nicht! Was machst du denn da!« Entsetzt sah er zu, wie Giovanni niederkniete und mit beiden Händen im Katzenklo wühlte.

Mit triumphierendem Grinsen zeigte Giovanni ihm dann den Sicherheitsschlüssel, den er in der Streu gefunden hatte. »Das Klo ist unbenutzt.«

»Wie kannst du da so sicher sein?«

Giovanni nahm eine der Futterdosen aus dem Regal. »Sieh dir das Haltbarkeitsdatum an.«

»Na und?« Rolli entdeckte nichts besonderes daran, außer dass es abgelaufen war.

»Das Zeug ist fünf Jahre alt! Welcher Katzenbesitzer würde seinem Liebling das ernsthaft anbieten, zumal er mit Fisch und Fleisch handelt? Und die Leckerli hier – die sind alle für Hamster und Kaninchen.« Der Koch ereiferte sich. »Das alles hier ist Tarnung – nur um diesen Schlüssel zu verstecken. Wetten, dass der passt?«

Er passte, aber er drehte sich nicht, jedenfalls nicht nach rechts. »Komisch«, sagte Giovanni.

»Vielleicht ist die Tür doch offen«, schlug Rolli vor und hatte recht damit. Mit leisem Knirschen schleifte die Tür über den Betonboden, als er kräftiger daran zog.

Vorsichtig schlichen die beiden ins Haus. Hier unten war ein kleines Museum eingerichtet. Sonnberger hatte schon erzählt, dass er alte Röhrenradios sammelte, aber Rolli hatte nie damit gerechnet, so viele Geräte in seinem Haus zu finden. Alle waren wunderschön hergerichtet: Saba. Tefifon. Philetta. Loewe-Opta. Fast alle Marken waren vertreten. Außerdem echte Volksempfänger aus dem letzten Weltkrieg, Musiktruhen sowie englische, russische und amerikanische Modelle aus den Dreißigern bis in die Siebziger. Auf einem offensichtlich koreanischen Apparat prangte in gotischen Goldlettern der Name »Red East Kim Il Sung«.

»He, sieh mal!« Als sie die gut ausgerüstete Werkstatt direkt neben der Treppe betraten, hielt Giovanni eine Drahtrolle hoch. Es war genau der Draht, den jemand den beiden ermordeten Frauen um die Hälse gezurrt hatte. Stahldraht, doppelt gedreht, textil ummantelt. »Das ist Transportschnur für die Zeiger«, murmelte der Koch. »Das hätte mir auch früher einfallen können.«

»Pscht!«, machte Rolli. »Hörst du das? Ich glaube, da ist jemand.«

Die Musik war so leise, dass sie kaum hörbar war. Giovanni schüttelte den Kopf. »Eine Einbrecherabschreckanlage. Sowas verschenken wir zum Feragosto, dem Feiertag der Diebe. Ganz Italien ist in Urlaub, die Häuser stehen leer, die Einbrecher gehen ganz in Ruhe ihrer Arbeit nach, aber sobald sie irgendwas Wertvolles im Haus anfassen, ertönt diese Musik. Ist was von Tschaikowski. Meine Großmutter hat dieses Capriccio geliebt. Ich nicht.«

»Du meinst, da oben ist niemand?«

Giovanni zuckte mit den Schultern, ging aber als Erster die Treppe hinauf. »Hatte ich mir gedacht. Keiner da. Der Sonnberger wollte vielleicht nur rasch was essen gehen und gleich wieder hier sein.« Er schob die losen Seiten der *Augsburger Allgemeinen*, die auf einem Glastisch lagen, zusammen. »Nicht einmal bis zum Sportteil ist er gekommen.«

»Lass uns gehen«, drängte Rolli, der sich hier unwohl fühlte. »Die sind längst über alle Berge.«

»Vielleicht nicht.« Giovanni öffnete eine Schublade der Anrichte, auf der ein Sortiment verschiedener Handys schön ordentlich aufgereiht lag, und holte ein altmodisches Notizbuch hervor. »Was hat Rieger gesagt? Sonnberger hat einen Bruder? Wie hieß der noch?«

»Sonn…, nein. Santer, wie der Schurke bei Karl May. Oder Sandmann. Sander vielleicht.«

»Ah ja. Sandner. Danke.« Giovanni blätterte im Notizbuch, warf es dann auf einen Tisch. »Ich bin ja blöd! Welcher Idiot wird schon seinen Bruder mit Nachnamen ins Telefonverzeichnis eintragen«, fragte er sich seufzend.

»Vielleicht steht er im normalen Telefonbuch«, schlug Rolli vor.

Giovanni zuckte mit den Schultern und sagte: »Probier doch mal die Kurzwahlen im Telefon.«

Schon mit der ersten hatte Rolli Erfolg. »Hier ist der automatische Anrufbeantworter von Dr. med. Roland Sandner«, sprach er nach. »Sie rufen zur falschen Zeit an. Wenn es wirklich wichtig ist, versuchen Sie es bitte wieder. Wenn nicht, wird Ihnen besser anderweitig geholfen.«

»Depp«, sagte Rolli und legte auf. Er nahm ein dickes Telefonbuch zur Hand, das auf einem Zeitungsstapel lag, und sagte: »Der wohnt im Spickel, in der Goethestraße. Das muss gleich neben dem Loreley-Biergarten sein. Vielleicht ist Sonnberger da hin, um seinen Bruder zu warnen oder um Beweismittel zu vernichten. Nur so ein Gedanke, aber da wir ihn hier nicht finden, sollten wir da nachsehen.«

Wenig später waren sie in Giovannis rotem Flitzer unterwegs, fuhren durch unwirtliche Augsburger Industriegegenden zur Berliner Allee und folgten dann einer Reihe von einander widersprechenden Baustellenschildern. Die Gegend, in die sie schließlich gelangten, wirkte wie ein Park. Der »Spickel«, benannt nach einer längst nicht mehr existierenden Kneipe, war wie ein kleines Dorf für sich, abgeschieden vom Rest der Stadt. Anheimelnde ältere Wohnhäuser wurden von hohen alten Bäumen überschattet.

»Du, da vorn sind sie!«, rief Rolli plötzlich aus. Er deutete auf den Lieferwagen, der an einer Straßenecke gehalten hatte. Gerade war Augustin dabei, auszusteigen, als er Giovannis roten Rennschlitten erkannte und einen überraschten Aufschrei ertönen ließ. Im Nu war er wieder im Wagen, und Sonnberger startete. Giovanni wollte ihm mit elegantem Schwung den Weg versperren, doch da kam ein orangefarbener Müllwagen der Stadtwerke um die Ecke und blieb mitten auf der Fahrbahn stehen. Giovanni ließ die Seitenscheibe herunter und rief dem Fahrer zu: »Weg da, du Depp! Ich hab's eilig!«

»Ja gehts no, odr?« brüllte einer der Arbeiter. »Was isch'n des für a Auto? Hosch den grad selber zammbaut? Steig's amol aus, Ihr zwoi Armleichter, dann kömmer des Glump glei bei uns auflada!« Die anderen Arbeiter lachten.

Wenn Giovanni eins nicht leiden konnte, dann waren es Beleidigungen gegen seinen liebevoll restaurierten und gepflegten Wagen. »Halt die Gosch, sonst fängst du dir ein paar Maulschellen ein! Mach lieber, dass du wegkommst, du hältst den ganzen Verkehr hier auf.«

»Spinnsch du, odr? Du kriegsch glei selber a paar auf dei Gosch!« Plötzlich standen zwei der Männer in ihren orangenen Arbeitsanzügen vor dem Wagenfenster. »Du wartesch, bis mir fertig sin!«

»Aber das geht nicht! Schaut, dass ihr von der Straße wegkommt!«

»Wenn mer fertig sin, hab i gsagt!«, rief der eine.

»Wo simmer denn do?«, schnaubte der andere.

Giovanni wurde nervös, weil er sah, dass Sonnberger vor ihm jetzt freie Fahrt hatte, während er durch die Mülleimer blockiert wurde, die die beiden jetzt seelenruhig auf die Straße schoben. »Ja Himmelsakrakruzifixnomml!«, fluchte Giovanni, des Schwäbischen durchaus mächtig. »Hebt's eure Füß' und macht's Platz!« Er ließ den Motor aufheulen.

»Jetz roicht's mer dann fei!«, schimpfte der eine und hob drohend die Faust, worauf der andere vorschlug, das Blech des Pantera ein wenig zu verbeulen: »Die Flunder kriegt au glei a paar auf's Maul!«

»Finger weg!«, brüllte Giovanni. »Ich werd's euch gleich zeigen!« Er machte Anstalten, auszusteigen, aber Rolli hielt ihn zurück. Giovanni brummelte etwas vor sich hin, blieb aber hinter dem Steuer sitzen, und endlich räumten die Müllmänner den Weg frei und setzten ihre Arbeit beim nächsten Haus fort, nicht ohne noch ein paar deftige Schimpfwörter in Richtung des Pantera loszulassen.

Sonnberger war schon ein ganzes Stück voraus. Rolli und Giovanni sahen gerade noch, wie der Lieferwagen am Ende der Straße in einer Bahnunterführung verschwand, gefolgt von mehreren anderen Fahrzeugen. Es dauerte eine Weile, bis Giovanni sich einreihen konnte. In diesem Viertel nutzte sein schneller Wagen überhaupt nichts. »Da vorn!« Rolli hatte ihn erspäht. »Er biegt Richtung Friedberg ab.«

Die Ampel sprang auf Rot. Sie hatten noch vier Wagen vor sich und der Gegenverkehr machte es ihnen unmöglich, zu überholen. Als es endlich weiterging, mussten sie sich auf der einspurigen Hauptstraße in eine Autokolonne einreihen. Bald mussten sie wieder anhalten, da eine Straßenbahn kam und die Ampelschaltung so eingerichtet war, dass diese Vorrang hatte. »Siehst du sie?«, fragte Giovanni.

Rolli stieg aus, um besser an der Kolonne vorbeisehen zu können. Ein gelbrot gekleideter Radfahrer mit Ufo-Brille, der in hohem Tempo von hinten herangekommen war, entging nur knapp der sich öffnenden Tür.

»Da vorn ist Stau«, meldete Rolli. »Aber ich glaube, ich sehe den Wagen ungefähr zweihundert Meter vor uns. Der steckt auch fest.«

»Tröstlich«, meinte der Italiener und rüttelte ungeduldig am Lenkrad. Mit kräftigem Hupen versuchte er, den Stau zu beseitigen, doch dieser italienische Aberglaube war hier wie auch sonst völlig zwecklos.

»Die wollen sicher über Friedberg nach Dasing zur Autobahn«, vermutete Rolli. »Pass auf, wenn wir über die Brücke sind, bieg mal rechts ab. Durch das Wohngebiet haben wir eine Chance, an ihnen vorbeizukommen und uns vielleicht sogar vor ihnen einzureihen.«

»Woher weißt du, wohin die wollen?«

»Keine Ahnung«, erwiderte Rolli. »Aber was die Autobahn betrifft, bin ich mir sicher. Wenn mich nicht alles täuscht, versuchen die, zum Flughafen zu kommen und sich abzusetzen.« Die Wagenkolonne bewegte sich inzwischen im Schritttempo über die Lechbrücke. »Ich rufe meinen alten Herrn an, damit er im Internet nachsieht, was für Flüge in München als Nächstes abgehen und wo noch etwas frei ist.« Er rief die Nummer in seinem Handy auf, hatte gleich darauf seinen Vater am Apparat und erklärte ihm, dass er Sonnberger und Augustin in Richtung Flughafen verfolgte. Das Handy fiel ihm aus der Hand, als Giovannis Wagen plötzlich einen Rechtsruck machte und hinter der Lechbrücke in das Wohngebiet einbog.

»Bist du wahnsinnig!«, schimpfte Rolli. Der Wagen war zu eng, um sich darin zu bücken, und Rolli musste blind im Fußraum herumtasten, bis er das Gerät gefunden hatte. »Bist du noch dran?«

Sein Vater hatte aufgelegt. Rolli wählte neu. Besetzt. Er wählte noch einmal. Wieder besetzt. Gerade wollte er das Handy wütend in seine Tasche stopfen, da läutete es.

»Warum ist bei dir dauernd besetzt?«, hörte er seinen Vater schimpfen. »Hör zu. Die meisten Flüge in den nächsten Stunden sind ausgebucht. In drei Stunden geht aber eine Maschine nach Prag, mit zehn freien Plätzen. Vielleicht wollen die beiden da hin und dann umsteigen.«

»Kann gut sein.« Rolli versuchte nachzudenken, achtete aber instinktiv auf den Weg vor sich – Giovanni kurvte nämlich durch viel zu enge Straßen, bog abrupt links oder rechts ab, nahm an Kreuzungen anderen die Vorfahrt, bewegte sich aber im Großen und Ganzen in die richtige Himmelsrichtung.

»Da vorn ist die B 2«, stellte Giovanni fest. »Da kann ich dann wieder nach Norden zur Friedberger abbiegen. Wenn wir Glück haben, fangen wir sie ab.«

Rolli überlegte, was sie dann eigentlich tun würden. Sie konnten ja nicht gut sagen: »Sonnberger, Augustin, ihr seid verhaftet. Dies ist ein ziviler Arrest.« Die beiden mussten ja irgendwie der Polizei übergeben werden, und zwar zusammen mit einer glaubhaften Erklärung, sonst waren sie gleich anschließend wieder auf freiem Fuß und würden versuchen, den Spieß umzudrehen.

Giovanni war auf der Bundesstraße und fuhr auf die große Kreuzung zu. Er hatte den Querverkehr im Blick und hoffte, den dunklen Lieferwagen dort vorbeifahren zu sehen. Dann hätten sie ihn bald.

»Da!«, rief Rolli. »Von wegen Friedberg und Dasing! Die kommen uns genau entgegen! Los, dreh um!« Sonnberger war in diesem Moment schon an ihnen vorbei.

»Wie denn?«, sagte Giovanni und machte eine hilflose Geste. »Bei dem Gegenverkehr?«

Der dunkle Transit verschwand bereits in der Ferne.

* * *

»Sind sie noch hinter uns?«, fragte Sigbert Sonnberger seinen Beifahrer.

»Kann ich nicht sehen«, erwiderte Karl Augustin. »Dieser blöde Angeberwagen ist so niedrig, dass er sich hinter einem Porsche ducken kann. Aber ich glaube, ich sehe ihn. Ja, der biegt ins Wohngebiet ab.«

»Na, da wird er wohl nicht so schnell wieder herausfinden.« Seine Stimmung hob sich augenblicklich. »Zieh mal dein Eifohn und buche für uns einen Flug. Am besten über Prag, da ist immer etwas frei, soweit ich weiß. Bin die Strecke schon mindestens zwanzigmal geflogen, und immer war die Maschine nur halb voll. Von da gehts dann weiter nach Rumänien. Hermannstadt, da habe ich Verwandte. Sibiu heißt das offiziell heute, aber in der ganzen Gegend wird überall noch Deutsch gesprochen. Da könnten wir ein Jahr bleiben, uns neue Pässe zulegen, das Geschäft ganz neu aufziehen und dann nach Deutschland auswandern.« Er lachte meckernd. »Du brauchst nicht einmal Rumänisch zu können. Na, was ist? Gibt es freie Plätze nach Prag?«

»Klar, jede Menge.« Augustin tippte auf seinem iPhone herum. »Die nächste Maschine geht in knapp drei Stunden. Czech Airlines. Das schaffen wir gut.«

»Das ist fabelhaft. Damit war ich oft unterwegs. Es gibt jede Menge gute und zeitnahe Anschlüsse nach ganz Osteuropa. Schade, dass wir meinen Bruder nicht mehr gefunden haben, aber er kann sich denken, wohin wir unterwegs sind. Ich habe mal mit ihm darüber gesprochen, was im Fall der Fälle zu tun ist.« Mit einem eleganten Schlenker bog er an einer großen Kreuzung nach rechts ab. Die Ampel sprang bereits auf Rot.

»Was machst du?«, wunderte sich Karl Augustin.

»Mitdenken«, erwiderte Sonnberger. »Unsere Verfolger werden sich sagen, dass wir zum Flughafen wollen, um uns abzusetzen. Der kürzeste Weg ist über Dasing und dort auf die A 8. Das werden wir nicht tun. Wir fahren über Land, zuerst nach Odelzhausen und dann bei Dachau auf die Autobahn zum Flughafen.« Er deutete nach draußen. »Schau mal auf die Gegenspur – da sind sie!« Sein Lachen ließ deutlich Schadenfreude erkennen. »Hier können sie nicht wenden, und wenn sie es irgendwo schaffen, sind wir über alle Berge. Die werden glauben, wir wollen zum alten Betriebsgelände, aber da täuschen sie sich. Auf geht's nach Siebenbürgen, mein Junge! In Draculas Heimat! Wenn die merken, dass wir nicht da sind, wo sie denken, sind wir schon unterwegs ins Land der Karpaten!«

* * *

»Mann!« Rolli war zwar kein ängstlicher Typ, aber die Art, wie Giovanni mit seinem roten Flitzer auf der großen Kreuzung gewendet hatte, würde in seinen nächsten fünfzig Alpträumen garantiert wieder auftauchen. Bei Rot auf die Kreuzung, zwischen zwei Lastwagen hindurch, auf der Gegenseite direkt vor einem Krankenwagen gewendet und dann wieder durch den Querverkehr – den anderen Autofahrern musste es vorkommen, als hätten sie ein Gespenst gesehen. Mit lautem Dröhnen röhrte der De Tomaso Pantera Richtung Süden.

»Ob die nicht doch zu ihrem alten Betriebsgelände wollen?«, fragte Giovanni.

Rolli war noch damit beschäftigt, sich das Gesicht mit ein paar Tempotüchern zu trocknen. »Sie wollen, dass wir das denken«, sagte er. »Ich bin überzeugt, die biegen irgendwo über Nebenstrecken zur Autobahn ab, und wir tun das auch. Kurz vor Mering fährst du links raus und kommst über diverse Landstraßen zur Auffahrt Odelzhausen. Und ich rufe inzwischen die Polizei an.«

»Meinst du, das hat Sinn?«

Giovanni trat das Gaspedal durch und Rollis Blutdruck stieg direkt proportional zur Tachoanzeige. »Ich versuche jedenfalls, die Bullen zu überzeugen, dass wir hinter dem wahren Täter her sind. Vielleicht erreiche ich ja jemanden, der gesunden Menschenverstand hat. Ja, hallo?« Er hatte die Notrufnummer getippt und musste erst einmal seine Personalien nennen.

»Ach, ich habe Sie auf dem Display«, sagte der Beamte nach einer Weile. »Es läuft eine Fahndung gegen Sie, weil Sie flüchtig sind. Sie wollen sich also stellen?«

»Vielleicht später mal«, sagte Rolli. »Ich bin ja unschuldig. Wir verfolgen gerade den wahren Schuldigen, und der ist unterwegs zum Flughafen, um sich abzusetzen. Bitte verbinden Sie mich mit dem Beamten, der in der Sache zuständig ist.«

»Ich werde darüber nachdenken, wenn Sie mir sagen, wo Sie sind. Ich schicke den Kollegen dann direkt zu Ihnen.«

Rolli seufzte vernehmlich, auch wenn er wusste, dass er den Mann damit provozierte. »Tun Sie doch nicht so, als ob Sie mich nicht orten könnten«, blaffte er den Mann an. »Wenn Sie mich verbinden, werden sie auch Zeit genug dafür bekommen. Betrachten Sie mich bereits als selbst gestellt, auch wenn ich nichts mit der Sache zu tun habe, sondern auf der Seite des Gesetzes stehe.«

»Na schön«, sagte der Beamte. »Nennen Sie mir zur Bestätigung Ihre Handynummer und bleiben Sie dran.«

Giovanni war inzwischen von der Bundesstraße abgebogen, aber offenbar an der falschen Stelle. Hier gab es nämlich keine Hauptstraße, sondern eher gepflasterte Feldwege. Die winzigen Dörfer hatten so unbekannte Namen wie Tegernbach, Baindlkirch oder Oberumbach. »Ich glaube, wir haben sie wieder!« Tatsächlich sahen sie in einem Wäldchen einen dunklen Lieferwagen gemütlich dahinfahren. Das musste er sein!

Rolli hatte Kriminalhauptkommissar Gossner am Apparat und erklärte ihm, dass er die beiden Frauenleichen gefunden hatte, sagte ihm, wo sie waren, und wer sie wahrscheinlich umgebracht hatte. »Sie müssen uns Hilfe schicken. Die beiden Täter setzen sich ab.«

»Wer sich absetzt, sind Sie«, schnarrte Gossner ihn an. »Das Ganze ist doch ein Trick! Wenn Sie halbwegs milde Richter haben wollen, fahren Sie jetzt unverzüglich die nächste Polizeidienststelle an.«

»Den Teufel werde ich tun! Sie haben viel zu wenig Hirn, um noch als Ignorant durchzugehen, Sie … Sie …« Rolli fand vor Aufregung nicht das richtige Schimpfwort für diesen Gossner. Statt dessen drückte er das Gespräch weg. »Dieser Armleuchter!«, brummte er.

»Halt dich fest, jetzt geht es auf die Autobahn!«

Der Transit war schon vor ihnen die Auffahrt hinauf und schon nicht mehr zu sehen. Giovanni stand in der Einfädelspur, und niemand ließ ihn in die endlose Wagenkolonne. »Verdammt!«, rief er, »hier gilt doch das Reißverschlussprinzip!« Er gab Gas und drängte sich zwischen zwei dahindonnernde Shell-Tanker, die ganz dicht hintereinander fuhren.

»Mann!«, schrie Rolli, um das wilde Hupen des Tanklastzugs hinter ihnen zu übertönen, »du willst uns wohl umbringen!«

»Ich verstehe kein Wort«, brüllte Giovanni zurück. »Der Typ hinter uns macht zu viel Krach!«

Rollis Handy läutete. Gossner war dran. »Begeben Sie sich sofort zurück in den Augsburger Zuständigkeitsbereich! Ich werte Ihr Verhalten als Flucht!«

»Ich habe mich ja telefonisch gestellt«, erinnerte Rolli ihn, »sonst könnten sie mich ja weder anrufen noch orten! Hören Sie, hier geht es um internationalen Organhandel, und die Haupttäter sind auf der Flucht zum Flughafen München! Älterer Transit, mitternachtsblau, amtliches Kennzeichen nicht bekannt. Zwei Personen.«

»Reden Sie keinen Unfug!«

Rolli schrie auf, als Giovanni knapp vor einem bulgarischen Zehntonner in eine einspurige Baustelle brauste. Offenbar hatte der Kripobeamte den Hörer direkt am Ohr gehabt. Die Verbindung war plötzlich unterbrochen.

Der Schwerlaster kam auf Tuchfühlung heran, aber Giovanni entging ihm, weil er zwischen den Absperrbaken auf den frisch asphaltierten Baubereich ausscheren und sich hundert Meter weiter vorn, wo eine Teermaschine vor sich hin tuckerte, rechtzeitig eine Lücke fand, so dass er sich wieder einreihen konnte. Der dunkelblaue Transit kam dreihundert Meter vor ihnen in Sicht, als sie auf einer Hügelkuppe waren und die Kolonne überblicken konnten.

»Den krieg ich!« versprach Giovanni, und als die Baustelle zu Ende war, klappte er die Scheinwerfer auf der Fronthaube hoch, schaltete Fernlicht ein und warnte damit jeden, der versuchte, ihm die Überholspur zu blockieren. Der Wagen klang wie eine Harley aus dem Zweiten Weltkrieg, als Giovanni das Gaspedal durchtrat. Wie ein Geschoss jagte der niedrige Wagen links an der Kolonne vorbei. Ein Porsche, der auszuscheren wagte, reihte sich sofort wieder ein, als der Fahrer den offenbar Wahnsinnigen hinter sich bemerkte.

Der blaue Transit war tatsächlich Sonnbergers. Die beiden Insassen schienen bemerkt zu haben, dass sie verfolgt wurden, denn sie scherten auf die Standspur ab, weil sie offenbar vorhatten, eine angekündigte Behelfsausfahrt zu erwischen. Im Nu hatte Giovanni unter Verletzung aller Verkehrs- und Sicherheitsvorschriften auch auf die Standspur gewechselt, direkt von der Überholspur aus, und raste von hinten auf den Lieferwagen zu, als wollte er sich mit dem Pantera darunter verkeilen und ihn so auf die Wiese schleudern. Sonnberger schien die Absicht zu ahnen, schnitt die Fahrbahn direkt vor einem Reisebus und war auf der linken Spur.

Da sollte er nicht lange bleiben. Die nächste Baustelle kam in Sicht. Viele Fahrzeuge wurden schon langsamer, aber der Transit nicht. Und der Pantera erst recht nicht.

»Verdammt viele Baustellen hier«, bemerkte Rolli. »Da ist schon wieder eine. Pass auf! Achtzig steht da!«

»Ich fahre ja achtzig«, gab Giovanni zurück. »Pro Person. Bist du angeschnallt? Ich will mich noch vor den Reisebus setzen!«

»Du bist ja wahnsinnig! Das schaffst du nie!« Rolli geriet in Panik. »Ab hier ist sechzig erlaubt!«

»Sei still! Ich muss mich konzentrieren!« Giovanni machte keine Anstalten, abzubremsen. Die Fahrbahn schwenkte über den durchbrochenen Mittelstreifen auf die andere Seite der Autobahn, eine ideale Stelle, um vorschriftswidrig zu überholen. Giovanni war Spezialist dafür, immerhin hatte er seinen Führerschein in Neapel gemacht. Er drückte auf die Hupe, der Busfahrer vor ihm nahm verunsichert den Fuß vom Gas, und schon hatte Giovanni eine Lücke in der Kolonne ausgenutzt, um sich vor das schwere Fahrzeug zu setzen. Er musste sofort abbremsen, weil die Fahrzeuge vor ihnen langsam fuhren, sogar fast vorschriftsmäßig. »Da ist Sonnberger«, sagte Giovanni. Die Fahrbahnen schwenkten wieder auf die rechte Seite, für zwei

Kilometer ging es vierspurig, aber die Autobahn war zu voll, als dass Giovanni den dunkelblauen Transit hätte überholen können. »Gleich haben wir ihn«, rief er. »Da vorn ist wieder eine Baustelle.«

»Vorsicht!«, schrie Rolli auf, »das geht nicht!«

Was er meinte, war, dass Giovanni jetzt, statt auf der Spur zu bleiben, einfach das Steuer nach rechts riss. Die Baustelle war auf dieser Seite und die Fahrbahn war sowohl völlig intakt als auch frei. Er schaffte es, heil zwischen zwei Absperrbaken hindurchzukommen, und beschleunigte.

»Da links!«, sagte er zu Rolli, und dieser beugte sich vor, um durch das Fenster auf der Fahrerseite schauen zu können. Er erkannte Sonnbergers Transit. Augustin saß auf der Beifahrerseite und starrte mit angstverzerrtem Gesicht zu ihnen herunter.

»Da vorn ist ein Bagger!«, schrie Rolli plötzlich, als sie über eine Hügelkuppe kamen. »Pass auf!«

»Mach ich ja«, sagte Giovanni. Er starrte dem Bagger entgegen, der quer zur Fahrbahn stand, und wusste, daran würde er nicht vorbeikommen. Er hatte den Transit jetzt überholt und fuhr im gleichen Tempo neben einem Ford Mustang, der direkt vor Sonnberger fuhr. Giovanni gab der Fahrerin wilde Zeichen – die junge Frau brauchte eine Weile, bis sie begriff, dass er ihr keine feurige Liebeserklärung machte, sondern Platz brauchte, um aus der Baustelle herauszukommen. Sofort beschleunigte sie mit Vollgas, und hinter ihrem Wagen entstand eine Lücke. Ganz knapp vor dem Bagger riss Giovanni das Steuer nach links und nietete drei, vier Absperrbaken um, bis er unmittelbar vor dem Transit auf die Fahrbahn kam. Rolli war in Schweiß gebadet.

»Du musst keine Angst haben«, sagte Giovanni. »Wenn ich meine Testfahrten mache, habe ich noch ganz andere Übungen drauf. Diese abrupten Schwenker sind meine Spezialität. Das geht nur, wenn der Wagen eine Vierradaufhängung hat.«

»Wobei ich glaube, dass wir gerade auf drei Rädern fahren. Jedenfalls rollt neben uns ein Rad, das aussieht wie von deinem Wagen.«

»Caramba!«, fluchte Giovanni. »Das rechte Hinterrad war noch nicht ganz gerichtet. So ein Mist! Du musst jetzt dein Gewicht gut nach vorn verlagern, dann können wir noch ein paar Meter so fahren, bis wir wieder einen Standstreifen haben!«

Rolli lief der Schweiß in Strömen an den Schläfen herab. Das Rad, das neben dem Wagen rollte, schien langsamer zu werden, sie überholten es, ließen es hinter sich und hörten plötzlich ein Kreischen. An der Unterseite des Transit, der hinter ihnen fuhr, zeigte sich eine Stichflamme.

»Der brennt«, rief Rolli.

»Ist nur mein Hinterrad«, erwiderte Giovanni. »Ist unter den Wagen gekommen und hat sich verkeilt.«

In diesem Augenblick geriet der Transit ins Wanken, fuhr in die Baustelle, die hier wirklich eine war, denn die Fahrbahn war aufgerissen und stellenweise mit Schotter ausgebessert. Sonnberger versuchte, den Wagen zu halten, doch an einem leicht erhöhten Kanaldeckel geriet er ins Kippen, so dass er sich überschlug und von der Autobahn abkam. Mit metallischem Kreischen schlitterte der Wagen auf dem Dach über eine schmale Wiese und landete in einem Bachbett. Auch Giovannis Wagen setzte wenige Augenblicke später hinten auf, kam ins Schleudern, überwand ebenfalls den geschotterten Baustellenbereich und wurde von einem Maisfeld abgebremst.

»Ein Ausflug ins Grüne«, murmelte Giovanni. Dann gab er einen merkwürdigen Schluchzer von sich.

Es dauerte ein paar Sekunden, bis Rollis Benommenheit sich legte.

»Vielen Dank«, murmelte er. »Vielen herzlichen Dank. Du hast mir das Leben gerettet.« Erst jetzt ging ihm auf, dass Giovanni, der auf dem Lenkrad lag, weinte. »Was ist denn los? Sei doch froh, dass wir das überlebt haben!«

»Aber mein Auto!«, fuhr Giovanni ihn mit verheultem Gesicht an. »Mein Auto ist kaputt!«

***

Bei strahlendem Wetter feierten Roland Findeisen, sein Vater, Tessa, Giovanni und Anton Grigoleit ein kleines Fest im Biergarten. Es waren noch ein paar andere Stammgäste da, und auch Paul Schimpfle hatte den weiten Weg hierher auf sich genommen. Rolli hatte sich von keinerlei Vorschriften abhalten lassen und zwei Lautsprecher in die Kastanienbäume gehängt, damit es auch hier draußen Musik gab. Am Himmel hingen bedrohliche Gewitterwolken in der düsteren Farbe des nahen Gasometers, was die Zahl der übrigen Gäste beschränkte, aber von Westen her schien schräg die Sonne über den Zaun und bot den Anwesenden genügend Licht und Zuversicht. Der Regen würde sie schon verschonen.

Rolli trug einen turbanartigen Verband, da er sich bei der wilden Verfolgungsjagd eine leichte Gehirnerschütterung und eine Platzwunde zugezogen hatte. Giovanni war mit einem seelischen Schaden davongekommen, konnte sich aber damit trösten, dass die Vollkaskoversicherung für sein Auto zahlen würde.

»Bin ich froh, dass die Kerle geschnappt sind«, sagte Rolli zu Grigoleit, der ihm gegenübersaß. »Die hat es ganz schön erwischt.« Er hatte gehört, dass Sonnberger und Augustin mit Knochenbrüchen in einem Justizvollzugskrankenhaus lagen, bis zum Hals eingegipst.

Inzwischen hatte sich herausgestellt, dass Sonnberger mehrfach vorbestraft war, weil er sich bereits in der Vergangenheit auf windige Geschäfte spezialisiert hatte. Augustin hatte nicht nur wegen seiner Beteiligung an der Sache ein Strafverfahren zu erwarten, sondern auch wegen Führung falscher Titel – er war kein Doktor und kein Rechtsanwalt, sondern ein seit seinem Studium arbeitsloser Ozeanograf. Vor Jahren war er eigens nach Augsburg gezogen, um sicher zu sein, dass man ihm dort in seinem Beruf keinen Job anbieten würde. Das Augsburger Arbeitsamt hatte ihm eine Stelle bei Sonnberger vermittelt, weil Ozeanografie ja irgendwie mit Fisch zu tun hatte. Und nun hatte er auch noch zwei Morde am Hals, da fiel alles andere wohl kaum noch ins Gewicht.

Das alles hatte Rolli von dem jungen Staatsanwalt erfahren, der ihn während seiner drei Tage Aufenthalt im Klinikum vernommen hatte, weil Kriminalhauptkommissar Gossner das Verfahren weitergegeben hatte, jedoch noch immer mit der Hauptanschuldigung gegen Rolli. Das Bundeskriminalamt, das jetzt an einer großen Affäre arbeitete, hatte aber bereits genug Beweise geliefert, dass in Wirklichkeit Augustin der Täter war und auf Sonnbergers Anweisung gehandelt hatte.

Markus Rieger kam in den Biergarten und schleppte sein Gewicht auf einen der Klappstühle an Rollis Tisch. »Hallo«, sagte er, »ich gebe 'ne Runde aus.«

»Hast du im Lotto gewonnen?«, wunderte sich Rolli.

»Nein, aber ich bin aus dem Schneider«, erwiderte Rieger. »Dieser Doktor Sandner, den ich die Treppe hinuntergeworfen habe, hat überlebt, wenn auch mit einer schweren Stichwunde am Hals und mehreren Knochenbrüchen, so dass ich nicht wegen Mord belang werden kann.«

»Allenfalls wegen Totschlag mit Überlebensfolge«, bemerkte Grigoleit und nippte an seinem Bier. »Der Typ hat ordentlich Glück gehabt.«

»Würde ich nicht so sehen«, meinte Tessa. »Offenbar bleibt er jetzt doch lange im Gefängnis, oder?«

»Klar«, meinte Rollis Vater. »Der hat ja nicht nur bei diesem Handel mit den Leichenteilen eine maßgebliche Rolle gespielt, sondern wusste auch von den Morden an den beiden Frauen und hat die beiden Haupttäter gedeckt. Da kommt schon ordentlich was zusammen.«

»Und mich angegriffen, das sollte man nicht vergessen!«, ergänzte Rieger.

»Aber du hast es dir nicht gefallen lassen«, meinte Rolli. »Komm, Junge, wir trinken eins auf dein Wohl und meine Kosten.« Er winkte Veronika, einer Aushilfe, die heute zum ersten Mal da war, und wahrscheinlich auch zum letzten Mal, denn sie hatte sich schon reichlich selbst bedient. »Vroni, bringst du uns jedem eins?«

»Ja, sehr wohl, Chef«, sagte sie und nahm einen Schluck aus ihrem Bierkrug, den sie an einer Ecke des Personaltischs deponiert hatte. »Soll ich auch eine andere CD auflegen? Diese Musik ist ja jämmerlich.«

»Allenfalls sind die Lautsprecher jämmerlich, und die Musik bleibt. Das ist *Tretboot in Seenot* von Fräulein Menke. Neue deutsche Welle. Echt Kult.«

»Na, ich weiß nicht«, sagte Veronika. »Bei solcher Musik kann ich nicht arbeiten. Ich bin aus meinem festen Job in Haunstetten eher die Weißblaue Stunde gewohnt. Zithermusik und guter bayrischer Gesang.«

»Bayern eins«, vermutete Rolli. »Wir hören hier kein Radio, sondern legen selbst auf.«

»Kann manchmal ein Fehler sein.«

Rolli entschied, dass man eine Aushilfe, die am ersten Tag das letzte Wort behalten wollte, nicht unbedingt weiter beschäftigen musste. Als sie die Getränke brachte und sich selbst mit einschloss, obwohl sie ihr voriges Bier noch gar nicht beendet hatte, sagte er: »Na schön. Trink das auf Ex. Du hast Feierabend. Ab jetzt ist hier geschlossene Gesellschaft.«

»Jetzt schon?«

»Du hast ja einen weiten Heimweg«, erwiderte er. »Meinen Gästen nehme ich in einem solchen Zustand den Autoschlüssel ab. Dir spendiere ich statt dessen eine Taxifahrt nach Hause – Personalfahrt. Du zahlst bloß fünf Euro selbst dazu.«

Beleidigt trank sie ihr Bier aus und zeigte dabei die erstaunliche Kunst, ein frisch Gezapftes tatsächlich in einem Zug zu leeren. Als sie ihr Glas auf den Tisch krachen ließ und in den Schankraum ging, um ihre Tasche zu holen, grinste Rolli seine Gäste am Tisch an: »Die werden wir nie wieder sehen.«

»Sieh gleich mal nach, ob sie ihre Tasche auch wirklich mitnimmt, nicht dass du wieder Ärger kriegst, nur weil mal wieder eine Frau ihre Tasche liegen lässt«, meinte Grigoleit grinsend.

In diesem Moment betrat Christa Demharter den Biergarten, ihres Zeichens »Second Hand« von Hauptkommissar Gossner. Grigoleit hatte sie als Erster erkannt. »Nanu, wo haben Sie denn Ihren Schattenwerfer gelassen?«, begrüßte er sie.

»Meinen Chef?« Sie wusste sofort, wer gemeint war, das musste man ihr zugute halten. »Der liegt zu Hause auf dem Sofa und pflegt sein geplatztes Trommelfell.«

Rolli erinnerte sich an seinen Schrei am Telefon, den er bei der Verfolgungsjagd nach einem waghalsigen Manöver Giovannis losgelassen hatte. Sein Bedauern hielt sich aber in Grenzen. »Tut mir leid«, sagte er trotzdem. »Aber das war ein Notfall.«

»Das hat der Staatsanwalt ihm schon klargemacht«, erwiderte sie. »Deswegen wurden Sie ja auch nicht angezeigt. In was bin ich eigentlich hier hereingeplatzt? Findet hier etwa eine Familienfeier statt? Oder ist das die Hauptversammlung der Bürgerinitiative gegen den Bau der neuen Straße?«

»Nein, nein«, beeilte Rolli sich zu sagen. »Die hat sich in Luft aufgelöst, nachdem die beteiligten Kreisverwaltungen sich ohnehin nicht einig werden können. Die Sache wird sich noch zehn Jahre durch die Instanzen schleppen, und kurz vor Ultimo, wenn die Politiker sich einig sind, kann man notfalls rasch eine neue Bürgerinitiative dagegen gründen. Das berühmte Augsburger Modell, Sie wissen schon. Man könnte das hier also eher eine Abschlussfeier nennen.«

»Wobei die grauenhaften Lautsprecher in Ihren Kastanienbäumen mich an die Abschlussfeiern in den Asterixheften erinnern, nur dass Sie zu Ihrem Glück hier keinen echten Barden aufgehängt haben.« Die Kommissarin war gnadenlos. So kannte Rolli sie noch gar nicht. Sie setzte sich an den Tisch. »Ich bin übrigens in erster Linie hier, weil ich ein Beweisstück zurückbringen muss. Tut mir leid, ich persönlich hätt's vielleicht weggeworfen, aber ich muss mir das sogar quittieren lassen. Ist nun mal Vorschrift.«

Rolli nahm den gefütterten braunen Umschlag entgegen und schaute hinein. »Nein. Das darf nicht wahr sein.« Er hielt ihn Tessa hin. »Ist die von dir?«

»Eine gebrauchte Binde? Du spinnst wohl.«

»Die DNA stimmt vermutlich auch nicht mit der Ihrigen überein«, bemerkte die Kommissarin. »Das Ding könnte auch von der Putzfrau sein.«

»Dann soll sie es auch selbst entsorgen«, beschloss Rolli und steckte den Umschlag in den Papierkorb neben der Tür. Aus dem Lautsprecher tönte jetzt »Der Kommissar« von Falco. Rolli dachte an Gossner. Er prostete Christa Demharter zu. »Wie können sie nur mit so einem wie Ihrem Hauptkommissar zusammenarbeiten?«, fragte er sie.

»Weiß ich selbst nicht«, erwiderte sie. »Ein wenig nervig ist er schon, mit seinen grantigen Unarten. Aber hat's auch nicht leicht im Leben.«

»Großes Maul, kleines Licht«, bemerkte Grigoleit, schon leicht lallend.

»Würde ich nicht so sagen«, erwiderte die Kommissarin. »Eher ein unbeherrschtes Kind. Ich passe ein wenig auf ihn auf.«

»Muss man wohl auch. Jedenfalls hat er in dieser Sache mit seinen Verdächtigungen völlig schief gelegen«, bemerkte Rolli. »Der war ja blind vor Eifer, nachdem er mich einmal als Hauptverdächtigen auserkoren hatte. Ist er denn jetzt wenigstens von meiner Unschuld überzeugt?«

»Notgedrungen«, sagte Christa Demharter offen. »Der Augustin hat heute früh ein Geständnis abgelegt, nachdem man ihm die Drahtschlingen vorgelegt hat, die er auf Vorrat in seiner Tasche hatte und die mit der jeweiligen Mordwaffe übereinstimmten.«

»Und Sonnberger?«

»Kommt natürlich nicht ungeschoren davon. Abgesehen davon, dass er der Haupttäter in diesem abscheulichen Handel mit menschlichen Ersatzteilen ist, hat er Augustin immerhin angestiftet.«

»Ich frage mich, wieso dieser Augustin das mitgemacht hat«, meinte Grigoleit. »Sonnberger, klar, mit seiner Vergangenheit hat er genügend kriminelle Energie nachgewiesen. Aber dieser Augustin kann doch sein Studium noch nicht lange hinter sich haben. Aus dem wäre doch bestimmt ein guter Ozeanograf geworden.«

Christa Demharter zog die Nase kraus. »Ein kleines Vorsträfchen hat er doch schon«, sagte sie. »Drei Jahre wegen Betrugs. Hat ein paar Rentner um ihr Erspartes gebracht, indem er ihnen selbst gedruckte Wertpapiere verkauft hat. Im Knast hat er Sonnberger kennen gelernt, und zusammen mit dessen Bruder wurde der große Plan ausgeheckt. Vorbild war ein Skandal vor acht Jahren in Holland. Auf was die Leute alles kommen, um sich zu bereichern!« Sie schüttelte den Kopf, wandte den Blick ab und starrte in die Ferne.

Rolli wusste sofort, was ihre Augen gefangen nahm. Der Mond stand als fast geschlossene Sichel links neben der schwarzen Riesentonne des Gasometers. Am dunklen Himmel sah man den Abendstern, fast so nah am Mond wie auf der türkischen Fahne. Aus den Lautsprechern leierte Hubert Kahs »Sternenhimmel«. »Die Melodie brauch ich zum Glücklichsein«, summte Rolli den Text mit.

»Sternenhimmel!«, fielen die anderen am Tisch ein. Sogar Anton Grigoleit sang mit, und weil er wegen seines Bierkonsums allmählich nicht nur in seinen früheren sächsischen Dialekt verfiel, sondern jetzt auch noch das Ostpreußisch seiner Vorfahren an die Oberfläche kommen ließ, schnarrte es über alle anderen Stimmen hinweg: »Stärrnenhimmel! Stärrnenhimmel! Oh, oh!«

*** ENDE ***

Danksagung

Niemand schreibt einen Roman allein – es sind immer eine Menge anderer Leute, die dabei geholfen haben, mit Tipps, Auskünften oder Zuspruch. Hier danke ich Dr. Wolfgang Köhler, meinem geduldigen Lektor im Wißner-Verlag, meinem Bruder Harald, der mich zu den wichtigsten Schauplätzen fuhr, der Wirtin und den Mitarbeitern der Gaststätte »Hirblinger Hof«, die in diesem Roman mit gewissen Veränderungen zur Gaststätte »Nordpol« umgewandelt wurde, Sybille Schiller und der Augsburger Allgemeinen, sowie den vielen Augsburgerinnen und Augsburgern, die als Statisten durch die Bilder meiner Fantasie spaziert sind – und vor allem meiner geliebten Frau Analyn, die mir jeden Tag meines Lebens zu einem kostbaren Geschenk macht.

Augsburg, im Oktober 2010,
Viktor Glass

Vorschau

Viktor Glass

Russensärge

Band 2 der Reihe »Nordpol ermittelt«

Eine Leiche sitzt früh morgens im Biergarten. Sie hat schon ein Frischgezapftes vor sich – blöd für Rolli, denn so macht er nicht nur persönliche Bekanntschaft mit dem Knast, sondern erlebt auch gruselige Begegnungen auf Augsburger Friedhöfen. Ein Geiger spielt zunächst eine wichtige Rolle, doch dann sind es eher die Geigerzähler, die auf den Plan treten und nicht nur ganz Augsburg in Angst und Schrecken versetzen. Rolli muss mit seinem »Nordpol«-Team aus Personal und Stammgästen einen Fall von internationalen Ausmaßen klären, um den eigenen Hals zu retten.

erscheint 2011